Un rêve américain

Du même auteur aux éditions Grasset :

POURQUOI SOMMES-NOUS AU VIETNAM?
LES ARMÉES DE LA NUIT

Norman Mailer

Un rêve américain

Traduit
PAR
PIERRE ALIEN

Bernard Grasset
PARIS

Norman Mailer n'avait que vingt-trois ans quand parut son premier roman, les Nus et les Morts *(1948).*

On remarqua aussitôt la qualité de son style – comme une voix jamais jusqu'alors entendue – et on jugea d'une audace sans pareille ses idées, où, au lendemain de la guerre, les Américains se reconnaissaient. Outre cette originalité et cette nouveauté absolues, quelque chose allait conduire Norman Mailer à tenir un rôle essentiel dans la vie intellectuelle et politique de son pays : une vision de l'homme.

Tandis qu'il composait ce premier ouvrage, Norman Mailer subissait encore le retentissement de la guerre : il y avait participé, dans la marine américaine, et souhaitait tirer tous les enseignements de cette expérience capitale. Aussi concevait-il l'homme comme un être entièrement contrôlé par la société et l'Histoire, victime de forces souterraines dont le pouvoir s'étendait jusqu'à le soustraire à tout choix personnel.

En 1965, Norman Mailer publiait Un rêve américain. *Entre ces deux livres, ces deux chefs-d'œuvre, dix-sept ans s'étaient écoulés, au cours desquels la voix tonitruante de Mailer n'avait cessé de se faire entendre. Une subtile évolution dans sa façon de voir le monde s'était pourtant accomplie, un changement dû certainement à quelques apports extérieurs, telles les lectures de Sartre et des existentialistes.*

Toutefois, il ne faut pas se méprendre sur « l'existentialisme » de Norman Mailer : si le mot revient sous sa plume – notamment dans Advertisements for myself *(1959), un essai sur la condition de l'Américain moderne – il n'en demeure pas moins que ses préoccupations ne relèvent jamais de la théorie pure ; ce terme n'a pas, pour Mailer, de signification précise. L'expérience existentielle commence avec l'inconnu et débouche sur des situations limites : la mort, le danger, la violence, la sexualité, etc. Or, à l'intérieur de ces situations, Mailer reconnaît enfin, comme Sartre, le message de l'Acte individuel.*

Un rêve américain *met donc en scène un acte à travers lequel le héros tente d'échapper aux circonstances écrasantes qui, jusque-là dans l'œuvre de Mailer, empêchaient les personnages d'exister par eux-mêmes. L'acte est un meurtre maquillé en suicide. Stephen Rojack, ancien héros de la* campagne d'Italie, ancien sénateur, écrivain raté, tue sa femme, Deborah Caughlin Kelly. Apparemment, aucune raison particulière n'explique ce geste : depuis longtemps le couple est séparé et Rojack menait une vie indépendante, exclusivement vouée à suivre ses impulsions et ses caprices. Néanmoins, Deborah continuait à exercer sur lui une emprise insidieuse. Symbole de bon nombre de corruptions, de perversions et de mystères, elle demeurait en quelque sorte un miroir où Rojack n'en finissait pas de saisir son propre reflet et de ressasser les raisons profondes, informes de son échec.

L'analyse de ce double rapport, d'une part entre Rojack et lui-même, de l'autre entre Rojack et sa femme, permet à Norman Mailer d'exprimer les obsessions qui définissent l'Amérique à ses yeux : l'alcoolisme, le cancer, la sexualité, le racisme, l'argent et la peur. Un totalitarisme obscène dont les figures, selon lui, se recrutent parmi les agents du FBI, les médecins, les producteurs d'émissions télévisées... chaque individu susceptible de coopérer avec les manipulateurs d'opinion publique. En somme, c'est à l'Amérique (« la nation la plus hypocrite de la terre ») et à ses structures que Mailer s'attaque de front, mais avec un lyrisme, un mysticisme qui en transfigurent magnifiquement l'action.

Porte-parole d'une classe apparue à la fin de la guerre, constituée de spécialistes, de diplômés venus chercher dans les grandes villes leur premier emploi, Norman Mailer se projeta dans les rôles de guide et d'amuseur de ce nouveau public. Issu lui-même de cette classe de « techniciens » (Mailer avait fait ses études à Harvard afin de devenir ingénieur dans l'aéronautique), il sut lui offrir les règles d'une éthique, la démesure d'une révolte qu'elle attendait sans le savoir. Fasciné, à la manière des romantiques, par la puissance et la volonté de poser puis de résoudre les problèmes les plus délicats de son époque, Norman Mailer ne se contenta pas de décrire la vie, il l'incarna. Ce fut aussi le cas de quelques autres grands romanciers de notre siècle : Malraux, D. H. Lawrence, T. E. Lawrence, Hemingway.

Son œuvre foisonnante est à l'image de ses intentions : une œuvre de visionnaire, à la fois érotique et mystique, classique et baroque. Un rêve américain, l'un des plus célèbres romans de Mailer, en est le modèle édifiant. Son immense virtuosité ne nous toucherait pas à ce point si nous n'éprouvions, à le lire, comme une nécessité, comme une urgence, sentiments qui ont commandé à Mailer l'inspiration de son livre, l'un des plus cruels que l'on ait jamais écrits.

DÉDIÉ A BEVERLY ET A MICHAEL BURKS

Remerciements à

Anne Barry
Richard Baron
Walter Minton
Harold Hays
Donald Fine

et à

Scott Meredith

CHAPITRE PREMIER

LES PORTS DE LA LUNE

Je rencontrai Jack Kennedy en novembre 1946. Héros de guerre, tous les deux, et nouveaux élus au Congrès. Nous sortîmes ensemble, un soir, chacun avec une fille. La nuit, pour moi, se termina en beauté. Je fis la conquête d'une femme qu'aurait laissé froide un diamant gros comme le Ritz.

Deborah Caughlin Mangaravidi Kelly. Les Caughlin étaient des banquiers anglo-irlandais, des financiers et des prêtres, les Mangaravidi étaient une branche sicilienne des Bourbons et des Habsbourg, les Kelly n'étaient que des Kelly, mais son père valait deux cents millions de dollars. Tout cela évoquait un trésor, des crimes lointains, et la peur. Nous eûmes cette nuit-là une heure et demie de folie sur la banquette arrière de ma voiture, arrêtée derrière un poids lourd dans une rue déserte de la banlieue d'Alexandria, Virginie. Kelly possédait une part de la troisième entreprise de transports du Midwest et de l'Ouest, et ce fut peut-être un trait de génie que d'entreprendre sa fille à cet endroit. Pardonnez-moi. Je crus que le chemin de la Présidence pourrait passer par son cœur d'Irlandaise. Et elle entendit le serpent remuer dans mon cœur : elle me téléphona le lendemain matin pour me dire que j'étais le mal en personne, horrible, puis retourna à Londres, dans un couvent où elle avait déjà vécu. Je ne savais pas encore que la porte d'une héritière est gardée par des ogres. Quand je pense à ce qui s'est passé, je me dis en souriant que je n'ai jamais été aussi près de la Présidence. (Je retrouvai Deborah sept ans plus tard, à Paris. Elle n'était plus le jouet préféré de son père, et nous nous sommes mariés en une semaine. Comme tout récit qui prendrait dix volumes, il vaut mieux s'en acquitter par une parenthèse — il faudrait bien dix volumes pour être véridique.)

Depuis ce temps-là, Jack a fait son chemin, bien sûr. J'ai eu des hauts et des bas, de bonnes périodes et de moins bonnes, mais je me souviens de la pleine lune cette nuit où nous sommes sortis ensemble, et, pour être d'une précision phénoménologique, la lune était pleine la nuit où je conduisis ma patrouille en haut de la colline, en Italie ; elle était pleine aussi la nuit où je rencontrai une autre fille ; pleine encore... Je pense parfois que ma carte de la Guilde des Intellectuels ne m'empêche pas de glisser peu à peu vers la horde des médiocres et des cinglés, ceux qui se fient à la sagesse populaire et aux coïncidences. La seule différence entre le Président et moi tient peut-être à ce que j'ai fini par accorder trop d'importance à la lune. La première nuit où j'ai tué, j'ai regardé le fond de l'abîme : quatre hommes, quatre individus différents, quatre Allemands morts sous la pleine lune — et Jack, pour ce que j'en sais, n'a jamais aperçu cet abîme.

Jamais, il va sans dire, je n'ai pensé comparer mon héroïsme au sien. Le mien n'a duré qu'une nuit. J'étais un jeune lieutenant nerveux, rigide et surmené, à peine sorti de Harvard, diplômé un an après le prince Jack (nous ne nous y sommes pas rencontrés), qui avait pris l'uniforme à la manière d'un adolescent timide, Harvard sur un plateau d'argent (on m'avait surnommé *Raw-Jock*, Rojack dans l'équipe de football), athlète sans éclat mais élève extrêmement brillant : Phi Beta Kappa, *summa cum laude*, boursier.

Il n'est pas étonnant que j'aie eu tant de mal à maintenir l'ordre parmi les brutes sudistes et les jeunes *mafiosos* du Bronx qui formaient le plus clair de ma section. La mort m'apparaissait, cette nuit-là, beaucoup plus agréable que l'indiscipline de mes hommes. Je ne me souciais même plus de rester en vie. Et quand je les conduisis vers cette colline, quand nous nous sommes retrouvés coincés sur une seule file, en mauvaise posture à trente mètres du sommet — une double éminence sans grand relief coiffée de chaque côté par une mitrailleuse allemande — j'étais si prêt à mourir pour me racheter que je ne sentis même pas la peur.

Pris au piège d'un crépitement rouillé — les mitrailleuses ne m'avaient pas tout à fait repéré, ni les autres — notre peur, notre trouille, l'odeur de la mort, tout cela mis en valeur par la pleine lune — j'ai néanmoins senti le danger se retirer de moi comme un ange, comme une vague tranquille qui va disparaître dans le sable. Je me levai, puis me mis à courir, à grimper la colline dans l'allée de cette sécurité qui s'ouvrait devant moi (une part de ce qui me valut plus tard cette décoration) bien que je fusse sous le feu croisé des mitrailleuses dont chacune aurait pu me réduire en bouillie. Mais leur tir était irrégulier, ils avaient été surpris, et je lançai en courant mon fusil à dix mètres devant moi, je croisai les bras pour sortir les grenades de mes poches de poitrine, j'arrachai les anneaux d'un coup de dent, ce dont j'étais incapable à l'entraînement (trop mal aux dents), je libérai la cuiller, la mèche se mit à cracher, et je projetai mes bras comme les branches d'un Y. Les grenades s'envolèrent séparément, j'eus le temps de m'arrêter, de me retourner et de plonger sur le fusil que j'avais dépassé.

Quand je lus, des années plus tard, *le Zen dans le tir à l'arc*, je compris ce livre. Car *je* n'ai pas lancé les grenades cette nuit-là sur la colline éclairée par la lune, *ça* les a lancées, et presque à la perfection. Les grenades explosèrent entre cinq et dix mètres au-dessus de chaque mitrailleuse,

blast, blast, comme le doublé d'un boxeur, une-deux, et je
reçus dans la fesse un éclat de ma propre mitraille, un
grand coup aussi douloureusement plaisant que la morsure
d'une amoureuse qui plante ses dents dans votre chair en
criant « *yummy* ». Le canon de mon fusil pivota comme
une longue et délicate antenne vers la droite, savoir le nid
de mitrailleuse où une grande tête d'Allemand sanglante et
douce, un jeune visage sain gâté archi-gâté léché d'amour
maternel avec la bouche trop ronde de tous ces mignons
petits grassouillets qui s'occupent de leur rectum depuis
l'adolescence, sortit en pleurant, sortit lourdement en souriant par-dessus le rebord de son trou, « *Salut, la mort !* »,
le sang et la boue sur sa poitrine comme l'enseigne de la
sodomie, et j'appuyai sur la gâchette comme sur la gorge
tendre du plus tendre des pigeons qui ait jamais volé —
parfois le sein d'une femme fait revenir ce pigeon — le
coup résonna contre ma paume comme une branche cassée,
whop ! un trou rond apparut à la racine de son nez, s'élargit, je vis son visage aspiré par la blessure béante, soudain vieillard édenté, rusé, libidineux. Puis il gémit, *Mutter,*
souvenir du premier jappement hors du ventre de sa mère,
et s'écroula dans son propre sang juste à temps, moment
calculé comme dans un stand de tir, car le suivant se dressait, son camarade de trou, dur spectre vengeur armé d'un
revolver, un bras en moins, arraché, la droiture comme un
fil de salive barrant une lèvre rectiligne, la plus droite que
j'ai jamais vue, une droiture de protestant allemand. *Whap !*
fit mon fusil et le trou était dans son cœur et il replia son
long bras muni du revolver contre sa poitrine pour couvrir sa nouvelle blessure et retomba immédiatement avec
toute la mélancolie d'un clown, comme s'il glissait le long
d'un mince tuyau. Je me retournai, sentant remuer l'éclat
dans ma blessure, douleur bienvenue, sang libéré, je me
tournai vers les deux qui sortaient de l'autre trou, un pauvre petit mec, l'air d'un singe, le dos tordu comme s'il avait
une fausse bosse dont les balles eussent arraché le rembour-

rage près de l'omoplate. Je tirai, il tomba. Je ne sus jamais
où je l'avais touché, je ne vis jamais réellement son visage.
Le dernier se dressa, baïonnette à la main, et me fit signe
d'avancer. Il était blessé au ventre. Sa chemise était propre,
en ordre, son casque bien posé, mais sous la ceinture ce
n'était que le carnage et le sang. Je tentai de me lever. Je
voulais charger, comme si c'était là un accord entre nous,
mais je restai sur place. J'étais incapable de regarder ses
yeux. Ils renfermaient toute la scène, les deux grenades, le
sang sur ma cuisse, le jeune homme gras, le spectre au revolver, le bossu, le sang, ces maudits cris qui n'éclataient jamais.
Tout était dans ses yeux, des yeux que je revis plus tard sur
une table d'autopsie d'une petite ville du Missouri, ceux d'un
fermier Blanc d'un coin perdu dans les Ozarks, yeux si
bleus, si complètement bleus et fous qu'ils pénètrent au plus
profond des cavernes du ciel, yeux qui remontent jusqu'à
Dieu, comme je crois l'avoir entendu dire un jour dans le
Sud. Je trébuchai, sous ce regard clair comme la glace au
clair de lune, je mis un genou en terre, sans savoir si ma
blessure me le permettait, et soudain c'était parti, cette présence limpide, cette grâce, *ça* m'avait quitté à l'instant de
mon hésitation. Je n'avais plus le courage de continuer, je
ne pouvais plus affronter sa baïonnette. Je tirai. Et je le
manquai. Tirai encore. Et le manquai. Alors il me lança
sa baïonnette, sans m'atteindre. Il était trop faible. Elle
tomba sur une pierre avec un bruit retentissant, comme le
miaulement du chat qui va bondir, puis resta immobile,
entre nous. La lumière s'en allait de ses yeux. Elle commença de se figer, de se coaguler en cette épaisse gelée
qui recouvre l'œil d'un chien mort, et il mourut à ce moment,
puis tomba. Comme un arbre majestueux aux racines pour-
ries. Ma section était autour de moi, tirant frénétiquement
dans les trous, les hommes me félicitaient, parlaient sans
arrêt, m'embrassaient sur la bouche (sûrement un des Italiens), me tapaient dans le dos. « Laissez-le, il est blessé »,
cria quelqu'un, le sergent. Je me sentais comme un demi

de mêlée qui a reçu une passe de cinquante mètres et en a couru quarante-huit autres pour marquer l'essai le plus long de l'histoire de l'école. La fin de la scène fut malheureusement escamotée, car le ballon me glissa des mains comme je franchissais les derniers mètres. J'avais marqué, mais pas de football dans mon ventre en fin de compte : six points de suture. Et ces yeux bleus continuèrent de fixer la chair à vif de ma mémoire jusqu'à ce que je tombe lourdement, une vague venue de la terre me tirant en arrière et poussant ma tête vers le sol avec une volonté propre. « Ambulance », cria un des hommes.

Je fus transporté sur une civière, la radio révéla une fêlure sans importance et une petite fente de la ceinture pelvienne. Je fus évacué sur un hôpital de l'arrière, puis envoyé à New York où je reçus la *Distinguished Service Cross*, rien de moins, et où on me fit servir pendant un an à la publicité de l'Armée. Je m'exécutai avec un soupçon de boiterie distinguée. Héros dès l'été 1944, héros toute l'année 1945 et même après le jour V, j'ai eu pas mal d'occasions, et je m'en suis servi. Pendant un certain temps j'accompagnai Mme Roosevelt dans des endroits plus honorables les uns que les autres : je lui plus, et elle me poussa vers la politique. Tout allait bien ces années-là, tout fonctionnait, les rencontres, les intuitions, le style et la création de soi-même. Cela finit par aboutir, car, après tout, j'étais une curiosité, quelque chose de très spécial : le seul intellectuel de l'histoire américaine avec une *D.S.C.*, et je parlais en public avec le charme discret du guerrier.

Dans le comté de New York, à l'époque où l'appareil du Parti séparait le bon grain de l'ivraie et m'envoyait des invitations bizarres et officieuses, comme pour un déjeuner avec le cardinal ou l'évêque (« Une question, mon fils, demanda la première de ces éminences, croyez-vous en Dieu ? — Oui, votre Eminence »), Mme Roosevelt me présentait à la société protestante, à la société juive, et tout se combina si bien que je me retrouvai candidat, puis élu. Représentant Stephen Richards Rojack, démocrate de New York.

Je pourrais naturellement m'étendre sur la série d'événements qui fit de moi en 1946, à l'âge de vingt-six ans, un député, car après tout cela n'est pas arrivé tout seul, mais je ne ferais là que décrire les aventures du personnage dont j'avais pris l'apparence. De nombreuses vedettes de cinéma s'attirent l'amour de femmes qu'ils n'ont jamais vues et dont les maris ont le malheur d'avoir à combattre un homme qui est hors de leur atteinte. Je pense surtout à ces acteurs qui possèdent le profil de l'amant idéal tout en étant homosexuels, ou en ayant une vie privée très particulière. Ils doivent sans cesse côtoyer la folie. J'étais dans une situation un peu analogue. Alors que beaucoup de jeunes athlètes ou de héros sont constamment plongés dans les plaisirs du sexe, je me perdais dans des jeux de miroirs avec la mort. Je ne pouvais pas oublier le quatrième soldat. Ses yeux avaient vu ce qui l'attendait de l'autre côté et m'avaient dit à ce moment que la mort est une création plus dangereuse que la vie. J'aurais pu faire une carrière politique, si j'avais seulement pu penser que la mort n'est rien, zéro, notre néant commun. Mais je savais qu'il n'en est pas ainsi. Je jouais un rôle. Tout mon personnage était bâti sur le vide. Je perdis ma position politique presque aussi vite que je l'avais obtenue, car je décidai en 1948 de quitter le parti Démocrate et de faire campagne sous la bannière progressiste. Henry Wallace, Glen Taylor et moi. J'avais des motifs honorables, d'autres qui l'étaient moins, mais il est clair aujourd'hui que j'ai voulu abandonner la politique avant d'être divisé sans espoir de retour entre un personnage public qui avait pris forme, et même quelque puissance, sur les écrans de la télévision, et ma liaison secrète et empreinte de terreur avec les phases de la lune. Quand vous décidez de ne pas faire de discours une semaine où la lune est pleine, vous savez également, si vous n'êtes pas fou, que la politique n'est pas faite pour vous et que vous n'êtes pas fait pour elle.

Mais il y a longtemps de cela. J'ai eu depuis des hauts et certainement des bas, comme je vous le disais, des hauts et des bas. Je me retrouvai professeur de psychologie existentielle à l'université de New York. J'y soutenais la thèse, qui n'est pas sans importance, que la magie, la peur et le sentiment de la mort sont à l'origine de la motivation. J'étais un personnage connu de la télévision, l'auteur d'un livre à succès, *la Psychologie du bourreau,* une étude du style des exécutions en différents pays — la guillotine, le peloton, la corde, la chaise électrique, la chambre à gaz — un livre intéressant. J'avais aussi épousé — je l'ai déjà dit — une héritière, et n'avais eu aucun succès de ce côté. En fait, j'étais parvenu au terme d'une très longue rue. Mettons une avenue. Car j'avais finalement décidé que j'étais un raté.

L'année, qui n'avait pas été bonne, devint franchement mauvaise. Pour la première fois de ma vie, je peux bien l'admettre, je compris que le suicide était en moi. (Pour le meurtre, je le savais depuis longtemps.) Rien n'aurait pu être pire. Le meurtre, après tout, contient un élément d'exaltation. Je ne veux pas dire que c'est un état qu'il faut cultiver : la tension physique vous rend rapidement malade, et il y avait assez longtemps que je me promenais la poitrine remplie de haine et la tête prête à éclater. Mais il y a quelque chose de viril à contenir sa rage, tellement c'est difficile, comme de monter un coffre-fort de cent kilos au sommet d'un tas de ferraille. Je pense que la joie vient de cette force qu'on sent vous appartenir. De plus, le meurtre promet un soulagement immense. Le sexe n'en est jamais exclu.

Alors qu'il y a bien peu de sexe dans le suicide, paysage désolé sous la pâle lumière du rêve, d'où vous appelle une voix portée par le vent. La terreur me prenait, certaines nuits, quand j'entendais s'accorder le quatuor qui se rapprochait de plus en plus d'un ensemble parfait. (Oui, le meurtre est une symphonie dans la tête, et le suicide une musique de chambre.) A près de quarante-quatre ans, je venais seulement de comprendre pourquoi certains de mes amis et un grand nombre de femmes que je croyais connaître ne pouvaient supporter de rester seuls la nuit.

J'avais passé l'année à me séparer de ma femme. Il y avait huit ans que nous étions très intimes et souvent très malheureux, et cinq ans que j'essayais d'évacuer mon corps expéditionnaire, toute la force d'espoir, de besoin, de désir sexuel et de confiance que j'avais placée en elle. Une guerre perdue d'avance. Je voulais battre en retraite, compter mes morts et chercher l'amour ailleurs, mais Deborah était une garce, une véritable lionne, et n'acceptait qu'une reddition sans conditions. Car une garce perd tout de même quelque chose quand le bonhomme s'en va. Son principe étant d'exterminer tout mâle assez courageux pour la connaître charnellement, elle *manque à son rôle*, en quelque sorte (comme diraient les psychanalystes, ces metteurs en scène manqués), si le mâle en réchappe sans être complètement démembré ou cloué au mât. Deborah avait planté ses griffes en moi, elle les avait plantées huit ans plus tôt et elles s'étaient multipliées. Vivre avec elle faisait de moi un meurtrier, vouloir m'en séparer fit venir le suicide. Quelque bombardement psychique de ma volonté de vivre avait commencé, on avait découvert une particule nouvelle dans le mystérieux atome de l'amour : l'envie de sauter.

J'étais sur le balcon d'un dixième étage, bavardant avec mon hôte après la fin d'un cocktail. Nous regardions Sutton Place sans parler de Deborah — sujet à éviter entre tous, après cette longue année — et je me demandais (cela m'arrivait souvent) si ce vieux copain aussi confortablement ivre que moi, un mâle de quarante-six ans et de bonne apparence — il conservait sa ligne en jouant au *squash* à l'A.C. de New York, et son regard de truand en élaborant ses petites combines (sans parler des femmes qu'il invitait au restaurant, il avait du flair) —, je me demandais donc si son amitié pour moi était aussi sincère que le ton de sa voix (ton parfois sincère, parfois douteux), ou s'il baisait ma

chère Deborah cinq fois par an depuis huit ans, quarante
baisages grandioses derrière l'horreur inconsciente de mon
dos (baisages si fantastiques qu'ils avaient peine à se retenir et s'en tenaient aux cinq fois l'an, par délicatesse, une
sorte de décence qui leur prédisait la catastrophe s'ils se
laissaient aller).

J'étais donc sur ce balcon, sans savoir si ce vieux copain
était plongé dans les plaisirs de la chair ou si son amitié
était de bon acier, ou les deux — il y avait après tout une
ou deux femmes mariées avec qui j'avais pratiqué le coup
des cinq fois par an, et l'enjeu était bien agréable — il n'est
rien de tel qu'une femme résolue à dévorer son homme et
dont la haine accumulée pendant des mois se change en désir
instantané pour le premier mâle qui la renverse dans le foin.
(J'avais les entrailles remuées de compassion quand je ren-
contrais le mari.) Tout était possible — soit ce type s'inquié-
tait vraiment pour un vieil ami et ses difficultés conjugales,
soit il faisait lui-même part de ses difficultés, soit les deux,
oui, exactement ce qui m'était arrivé si souvent. Devant
l'évidente complexité de ce problème, devant l'infinité de
calculs indispensables pour connaître la vérité sur une femme
tant soit peu intéressante, j'étais perdu. Je vous dirai à ma
honte que je n'ai pu, en huit ans, découvrir plus de cinq
infidélités réelles, et avouées par Deborah. Elle m'avait
elle-même annoncé chacune d'entre elles, accents, transitions,
étapes concrètes dans la dégringolade de notre mariage,
rideau tiré après chacun des cinq actes de la pièce. Au-
delà, dans l'inconnu le plus impénétrable, se trouvaient de
zéro à deux cents cocuages, car Deborah était orfèvre en
cette très haute dialectique de l'incertain où les mensonges
mènent à la vérité et où la vérité contient l'embryon de
tous les mensonges. « Es-tu fou ? demandait-elle quand je
lui faisais part de mes soupçons à propos de tel homme.
Enfin, c'est un enfant » ou « Ne vois-tu pas qu'il me *répu-
gne* ? », ce qu'elle disait toujours de son plus bel accent
britannique, cinq ans d'école catholique en Angleterre étant

pour beaucoup dans le côté patricien de son langage. Devant une telle incertitude, me sentant comme un physicien de la vérité dont les instruments se seraient révélés inutiles ou d'une exactitude invérifiable, j'enterrompis ma conversation avec mon vieux copain pour me pencher et envoyer par-dessus son balcon, gâteaux, cocktails, pâte d'anchois, sandwiches, crevettes en sauce et au moins six jets de bour-bon, cascade brûlante venue de l'arrière-gorge, troupeau affolé aux sabots d'amour empoisonné.

— Oh ! mon Dieu ! dit l'ami pour une fois sans malice.

— Ferme-la, dis-je en grognant.

— Mon Dieu, dit-il encore, c'est tombé au deuxième étage.

Nous avions tous deux pensé — si soudaine avait été la crise — que tout était tombé sur la tête du portier, alors qu'en fait un locataire viendrait bientôt se plaindre. L'aspect mécanique de la chose me fit presque éclater de rire — comment porter un store chez le teinturier ?

— Il vaut mieux que je les prévienne, dit-il.

— Que la pluie enlève ce que la lune ne saurait bénir, dis-je d'une voix que j'avais fini par prendre en horreur, genre gentleman du Connecticut imbibé d'alcool, alignant des phrases poétiques sans la moindre poésie, et qui me venait de l'accent presque anglais de Deborah et des trop nom-breuses heures vides passées à discourir devant des élèves.

— En fait, mon vieux, laisse-moi seul. Si cela ne t'ennuie pas trop.

Je restai donc sur le balcon à regarder la lune, qui était pleine et très bas dans le ciel. Et il se passa quelque chose. La lune me répondit. Ne croyez pas par là que j'entendis des voix, ou que la lune et moi ayons bavardé à bâtons rompus, non, ce fut pire, en vérité. Quelque chose venu du plus profond de la lune, quelque rayonnement tendre mais sans innocence traversa le ciel nocturne aussi vite que la pensée de l'éclair, sortit des mortes profondeurs des caver-nes de la lune pour franchir l'espace d'un bond jusqu'à

moi. Et soudain je compris la lune. Croyez-moi si vous
voulez. Le véritable voyage est celui que fait la connaissance
d'une âme à une autre, et je n'étais à ce moment qu'entrailles à vif, seul sur ce balcon au-dessus de Sutton Place.
L'énergie de la nourriture et de la boisson arrachées de
mon ventre et de mon estomac laissait mon Etre dans sa
nudité. Des fentes et des crevasses traversaient comme des
failles géologiques le plomb, le ciment, le kapok et le cuir
de mon ego, isolant déchiré, et je sentais mon Etre, plutôt
ridicule, quoi ! Je pouvais sentir des lumières parcourir mon
corps, flotter comme un brouillard sur les pierres brisées
de mon ego tandis que s'élançait une forêt de nerfs minus-
cules, une forêt malodorante d'où émanait toute la puanteur frémissante d'une dent cariée. A moitié saoul, à moitié malade, à moitié sur le balcon et à moitié dehors, car
j'avais passé une jambe par-dessus la balustrade comme si
je respirais mieux en pointant un orteil vers la lune, je
contemplais mon Etre, ces jolies lumières et cette forêt pourrie, et je tendais l'oreille. C'est-à-dire que je plongeai mon
attention dans ce miroitement de mort passée et de folie
nouvelle, femme de platine à la lampe d'argent, soudain dans
mon oreille, dont j'entendais la chanson, « Viens à moi,
disait-elle, viens maintenant. Tout de suite ! » et je sentais
mon autre jambe passer par-dessus la balustrade. J'étais de
l'autre côté, seuls mes huit doigts m'empêchaient de tomber
(huit car j'avais levé mes pouces qui pointaient comme des
cornes vers la lune). Mais ce fut encore pire. Je sus que
j'allais m'envoler. Mon corps tomberait comme un sac, tout
en bas, un sac d'os et d'habits, mais je m'envolerais, cette
part de moi qui pense et parle et peut entrevoir le paysage
de mon Etre s'élancerait, s'élèverait pour franchir les ténèbres jusqu'à la lune. Je rejoindrais comme un lion les légions
du passé pour partager leur puissance. « Viens tout de
suite, disait la lune, ton heure est arrivée. Quelle joie de
voler ainsi. » Et je lâchai la balustrade d'une main. La
main gauche. L'instinct me poussait vers la mort.

Quel instinct et où ? Ma main droite se crispa sur la rambarde et je me retournai d'un seul geste, manquant me cogner la poitrine, le dos maintenant tourné vers la lune et la rue. Je ne pouvais plus voir la Dame qu'en tournant la tête.

« Saute », dit-elle encore une fois, mais le moment était passé. Si je sautais maintenant, je tomberais tout entier. Il n'y aurait pas de voyage.

« Tu ne peux pas encore mourir, me dit la part conventionnelle de mon esprit, tu n'as pas terminé ton œuvre. »

« C'est vrai, dit la lune, tu n'as pas terminé ton œuvre, mais tu as vécu ta vie, et tu es mort. »

« Que je ne sois pas mort tout entier », me criai-je à moi-même, et j'enjambai de nouveau la rambarde. Je m'écroulai sur une chaise, malade. Je vous assure que j'étais malade comme je ne l'avais jamais été. Quand on a une forte fièvre, qu'on est secoué par le torrent d'une violente nausée, votre âme peut toujours vous dire : « Regarde ce que nous fait cette maladie, froussard ! », et on peut se remuer, se battre contre la fièvre, mais là, écroulé sur la chaise longue, c'était pire qu'un cauchemar, c'était l'extinction. Je sentais fuir ce qu'il y avait de bien en moi, peut-être à jamais. Mon courage, mon esprit, mon ambition et mon espoir s'élevaient vers les nuages. Il ne restait dans mon torse vide que la merde et la maladie, et la lune me contemplait de ses rayons désormais maléfiques. Me comprendrez-vous si je dis qu'à ce moment je sentis venir l'autre maladie ? Je sus qu'il me faudrait peut-être vingt ou quarante ans pour mourir d'une révolte de mes cellules qui se développeraient dans l'anarchie, mais que tout aurait commencé en cet instant précis, cette minute où les cellules avaient fait le grand saut. Je n'avais jamais connu une telle maladie — la vengeance de la lune était complète, toutes mes facultés anéanties, étouffées, comme si j'avais désappointé une Dame et qu'il me faille manger le ver solitaire et glacé de son déplaisir. Il ne semblait rester rien de noble en moi.

Je me levai enfin de la chaise longue et rentrai dans le salon. L'air pesant et la lumière vive me firent croire que j'étais dans une piscine couverte. Je devais être dans un état avancé, car chaque ampoule électrique avait une auréole et semblait un personnage distinct. Je me souviens d'avoir pensé : bien sûr, c'est ainsi que les voyait Van Gogh vers la fin.

— Tu ne sembles pas très bien, me dit mon hôte.

— Mon vieux, c'est encore pire que ça n'en a l'air. Donne-moi une goutte de sang, veux-tu ?

Le bourbon avait goût d'huile de lin. Un brouillard tiède surgit dans mes entrailles nauséeuses. Le rayonnement de la lune transperça les fenêtres et la terreur revint comme un hurlement de taureau dans la rue.

— Une grande nuit pour la race, dis-je.

— Quelle race ? dit le copain. Il était évident qu'il aurait aimé me voir partir.

— La race humaine, Ho, ho, ho !

— Steve !

— Je m'en vais.

Je lui tendis mon verre à bout de bras, comme une pomme rouge et luisante, et je sortis, repoussant la porte avec tant de soin qu'elle ne se ferma pas. Je me retournai pour la fermer et sentis alors une force aussi tangible qu'un champ magnétique. « Sors d'ici », me dit une voix. L'ascenseur mettait trop longtemps. Je sonnai, je re-sonnai, mais pas un bruit ne venait de la cage ni des câbles. Je me mis à transpirer. « Si tu n'es pas sorti dans trente secondes, me dit la voix, ta nouvelle maladie gagne un point. Les métastases sont faites de ce genre d'événements. » Je me précipitai dans l'escalier. Dix étages, deux sauts par étage, vingt sauts sur les marches de béton, des murs de prison peints en vert caca, une rampe en tube d'acier sanglant. Je plongeai, poursuivi par la panique, je ne sentais plus la vie en moi, comme si j'étais mort sur cette terre sans vraiment le savoir. Il en est peut-être ainsi quand on meurt dans son lit, la première heure de l'agonie vous traîne dans un cercle sans fin, et vous croyez que la vie est encore là.

La porte d'en bas était fermée à clef. Naturellement. Je me lassai de la frapper de mes poings — j'étais presque sûr d'être vraiment mort — je me mis sur un pied, retirai ma chaussure et m'en servis pour cogner. Le portier apparut, furieux : « Qu'est-ce qui se passe ? Je monte avec l'ascenseur et vous n'y êtes pas. » Il était Italien — quelque sinistre déchet de la *maffia* —, *ils* lui avaient donné ce travail une fois sûrs qu'il était inutile de le faire servir dans des bars inutiles. « Pour qui me prenez-vous ? » demanda-t-il.

« Dans le cul, l'ami. » Je remis ma chaussure et passai devant lui. Il marmonna derrière mon dos : « Et dans le tien. »

Je marchai vite et dépassai deux blocs avant de m'apercevoir que j'avais oublié mon manteau.

Nous étions fin mars, il faisait froid, beaucoup plus froid depuis que j'étais allé sur ce balcon. Y penser me donna le frisson, et le vent effleura la forêt de nerfs dans mon ventre. Les nerfs se tortillèrent comme un grouillement de larves au passage de l'air froid. J'éprouvais une détresse familière. Je pouvais quitter Deborah pendant une semaine ou deux, mais il arrivait un moment, il arrivait toujours un moment, quand tout le reste avait disparu, où il m'était impossible de ne pas l'appeler. Dans ces moments je me sentais comme si j'avais fait hara-kiri et que ma poitrine fût séparée de mon ventre. Une sensation physique insupportable, comme si tous les restes de mon amour pour elle, cet amour qui s'écoulait de la plaie en laissant derrière lui la désolation, comme si tout l'amour que je possédais était perdu et qu'une catastrophe dont je pouvais à peine entrevoir l'importance allait s'ensuivre. Je la haïssais plus que jamais, ma vie avec elle avait été une suite de succès aussitôt annulés par des échecs, et je savais — pour autant que je puisse encore être sûr de quelque chose — qu'elle avait fait de son mieux pour engendrer chaque perte, qu'elle était une artiste pour sucer la moelle d'un os brisé, qu'elle faisait les deux côtés de la rue avec le talent des putains les plus habiles et des héritières professionnelles. Une fois, par exemple, au cours d'une soirée, un de ses amis, un type que je n'avais jamais aimé et qui ne m'aimait pas, s'est attaqué à ma « célébrité » à la T.V. tant et si bien qu'il s'est laissé aller et m'a invité à nous battre. Nous avions bu tous les deux. Mais, quand il fallait boxer, j'étais un bon _torero de salon_. Quatre verres dans le ventre et des meubles pour tourner autour arrangeaient les choses. Nous nous battîmes donc devant les sourires consternés des femmes, les évaluations raisonnables des hommes. Je me sentais plutôt méchant. Je l'accrochai tout de suite, sèchement, le martelai de coups brefs, main ouverte, mais en accompagnant les coups — il était tellement con. Une minute de ce manège et il se mit à frapper aussi fort (et aussi mal) qu'il pouvait, tandis que j'étais de plus en plus calme. C'est le premier avantage que vous donne le ring. Je glissais à l'abri de ses coups comme de ses regards, tranquille, comme au centre d'un cyclone, et je sentais monter en moi le désir de tuer. Je pouvais prévoir chacun de ses gestes, il allait se retrouver par terre avec trois balles dans le ventre, voilà ce qu'il lui fallait, il avait déjà l'œil humide, et j'allais en finir quand sa femme s'est précipitée. « Arrêtez ! cria-t-elle, arrêtez tout de suite ! » et elle se mit entre nous.

Il était du genre méchant.

— Pourquoi nous arrêter ? demanda-t-il. On commençait à s'amuser.

— S'amuser ! Tu allais te faire tuer.

Enfin, tout ceci pour vous dire que, lorsque je me retournai pour faire un clin d'œil à Deborah — elle m'avait beaucoup entendu parler de boxe mais ne m'avait jamais vu combattre — je découvris qu'elle avait quitté la pièce.

— Bien sûr, je suis sortie, dit-elle plus tard. Quel spectacle, brutaliser ce pauvre type.

— Pauvre type ? Il est plus fort que moi.

— Et il a dix ans de plus que toi.

Ce qui anéantit tout mon plaisir. Un an plus tard, je crois — *toutes* les soirées ne se terminent pas en pugilat — un ami de passage me proposa un combat. Je refusai. Il me poussa presque à bout, mais je refusai. Deborah, quand nous sommes rentrés chez nous, me dit que j'avais eu peur. Inutile de lui rappeler le passé.

— Celui-là, au moins, était plus jeune que toi.

— J'aurais pu le battre.

— Je ne te crois pas, Ta bouche tremblait, et tu transpirais.

Et désormais, quand j'y pensais, je ne pouvais plus être sûr que la peur n'avait pas été présente. Cette histoire prit une importance démesurée. Je ne savais plus.

Une piqûre qu'on pourrait multiplier par mille. Deborah était orfèvre en la matière. Elle ne touchait jamais deux fois le même endroit. (A moins qu'il ne se soit formé un ulcère.) Je la haïssais donc, d'une haine véritable, mais cette haine était une cage où mon amour était pris. Je ne savais pas si j'aurais la force de m'en sortir. Ce mariage était l'armature de mon ego. L'armature une fois disparue, je m'écroulerais peut-être comme une statue d'argile. Quand j'étais au plus bas de mes rapports avec moi-même, ce mariage me semblait la seule réussite dont je puisse me vanter — j'étais finalement le mari avec qui Deborah Mangaravidi Caughlin Kelly était restée. Elle m'avait donné accès à la haute société, ayant eu elle-même son heure de gloire et choisi ses amants dans une brochette de célébrité : politiciens en vue, coureurs automobiles, rois de l'acier — et pris sa part des *plays-boys* les plus célèbres d'Occident. Je l'avais aimée avec la furie de mon ego, je l'aimais toujours ainsi, mais comme une majorette aime la puissance de l'orchestre : pour l'élan qu'elle donne à chacun de ses effets. J'étais un héros de

guerre, un ex-député, un professeur assez connu, mais surtout du grand public, la vedette, en quelque sorte, d'une
émission de télévision qu'il me serait insupportable de vous
décrire ici, j'avais entrepris l'œuvre majeure de la psychologie existentielle, une tâche herculéenne de six à vingt volumes qui devait (théoriquement) mettre Freud sur le cul
(mais n'était pas sortie de ma tête), mais j'avais aussi la
secrète ambition de revenir à la politique. Je pensais faire
un jour campagne pour me faire élire sénateur, opération impossible sans les relations immenses du clan de
Deborah. Jamais sa famille ne nous avait donné un cent,
naturellement. Nous vivions de ce que je gagnais, bien que
Deborah eut conservé les goûts et les habitudes accumulés
grâce à la fortune de Barney Oswald Kelly. Elle affirmait
qu'il lui avait coupé les vivres quand elle m'avait épousé
— c'était possible, mais je ne l'avais pas crue. Elle n'avait
probablement pas assez confiance en moi pour me dire où
était caché le trésor. Les héritières ont une règle de fer :
elles accordent leur cœur un quart de siècle avant leur porte-
monnaie. Je me moquais de l'argent, je le haïssais plutôt,
j'aurais même pu le mépriser s'il n'était devenu la preuve
manifeste de mon inachèvement et de mon manque profond
de virilité. Comme si j'avais épousé une femme qui n'aurait
jamais abandonné son premier amant.

De toute façon, telles étaient mes ressources. Sans
Deborah je n'aurais jamais été qu'un nom traînant dans les
bars et les journaux à ragots de New York. Avec elle à
mes côtés, j'avais un levier, j'étais une des personnes les
plus en vue de la ville — personne ne pouvait être sûr que
je ne ferais jamais rien d'important. A mes propre yeux, le
bilan n'était pas fameux : je n'avais probablement pas la
force de me battre seul.

L'ennui, c'est que je vous ai donné un portrait flatté de
Deborah, et que j'en suis diminué. En fait, dans ses meilleurs jours, elle avait la force du vainqueur. Et quand elle
m'aimait (un jour sur deux ou trois), cette force semblait

s'ajouter à la mienne, j'étais plein d'esprit, de vitalité, j'avais
la pleine possession de mon style et une réserve d'énergie.
Mais ce don n'était qu'un prêt. Dès qu'elle cessait de
m'aimer — pour un crime aussi grave que de lui avoir
ouvert une porte sans démonstration de grand style, lui rappelant ainsi les officiers, les dandys et les pitres qui avaient
pu lui ouvrir la porte en de meilleures occasions — ma
psyché était balayée de la scène et fourrée dans un trou.
Un marché diabolique. J'avais vécu un an loin d'elle et
pourtant avec elle, il pouvait se passer deux semaines sans
que je pense à elle, mais il m'arrivait de tomber brusquement dans un puits, une heure où toute substance se vidait
de moi. Il fallait que je la voie. J'en avais un besoin physique aussi pressant que la panique du drogué qui attend sa
dose — si la souffrance dure trop longtemps, qui sait le
dommage irréparable qui peut en survenir ?

J'étais dans le puits. Dans la rue, en cette froide nuit
de mars, l'horreur s'annonçait. Comme chaque fois qu'il
me fallait la voir, mon instinct m'avertissait que si je lais-
sais passer une demi-heure, ou même dix minutes, je la
perdrais pour toujours. Cela n'avait aucun sens, je me trom-
pais presque toujours sur son humeur, j'étais trop secoué
cette année-là pour deviner ses états d'âme. Néanmoins, je
savais qu'en fin de compte je la perdrais définitivement en
attendant trop longtemps une de ces nuits exceptionnelles
où elle avait envie que je l'appelle. A partir d'un moment
précis, dès qu'elle se serait dit : « J'en ai assez de lui, j'en
ai assez une fois pour toutes », tout serait fini. Ses déci-
sions étaient radicales. Il lui fallait une éternité pour se
décider, mais elle ne regardait plus jamais en arrière.

Je trouvai donc un téléphone public, et, frissonnant dans
l'air glacé de la cabine, je formai le numéro de son appartement. Elle était chez elle — quelle agonie, ces nuits où je
ne la trouvais pas — elle était chez elle et elle était aimable.
Très mauvais signe.

« *Chéri*, dit-elle, où étais-tu passé ? Il faut que tu viennes

tout de suite. » Une belle femme, Deborah, une grande
femme. Avec des hauts talons, elle me dépassait d'au moins
trois centimètres. Elle avait une énorme masse de cheveux
noirs et de remarquables yeux verts, assez arrogants et parfois assez ironiques pour être ceux d'une reine, un grand
nez d'Irlandaise, une bouche large et mobile. Elle avait surtout un teint admirable, une peau d'un blanc crémeux qui
rosissait délicatement sur les joues, un teint produit par plusieurs siècles de brouillard irlandais. Mais on était d'abord
séduit par sa voix, chef-d'œuvre de duplicité provenant d'un
visage ouvert et franc. Une voix claire comme le son d'une
cloche, remplie d'insinuations fuyantes, qui pouvait bondir
comme une biche et ramper comme un serpent. Elle ne
pouvait prononcer une phrase sans charger de sous-entendus quelque mot innocent. Peut-être la voix d'une femme
à qui nul n'aurait fait confiance un seul instant — je ne
savais pas si je pourrais l'oublier.

— J'arrive.

— Cours. Il faut que tu *coures*.

Quand nous nous étions séparés, c'est elle qui était partie.
Notre mariage avait été une guerre, une bonne guerre du
XVIII° siècle avec un grand nombre de règles dont la plupart étaient violées si l'avantage était suffisant. Nous en
avions gardé le respect cordial d'un général pour le général
ennemi. J'avais donc admiré la stratégie qui consistait
à me laisser l'appartement. Un endroit *étouffant,* m'expliqua-t-elle, qui la rendait très malheureuse. Si nous devions
nous séparer, il serait illogique qu'elle reste dans un
appartement qu'elle n'aimait pas, non, il valait mieux qu'elle
me laisse là, *j'aimais* cet endroit, après tout. Je ne l'aimais
pas, je ne l'avais jamais aimé, mais j'avais fait semblant.
J'héritai donc de ses malheurs. Désormais cet appartement,
champ clos désert de notre mariage, m'étouffait, mais je
n'avais pas le courage, le temps ni même le désespoir suffisant pour partir. Je m'en servais pour jeter mon linge
sale. Pendant ce temps Deborah sautait d'un appartement

de luxe à un autre : il y avait toujours un de ses amis
qui partait pour l'Europe, et nul ne lui aurait rappelé
qu'elle n'avait pas payé le loyer. (Quels froussards, ses
amis !) Je finissais par recevoir la note, un coup de masse,
deux mille sept cents dollars pour trois mois, et la garder.
Pas question de payer. Les problèmes d'argent contribuaient
à épuiser mes réserves. Je donnais à Deborah quatre cents
dollars par semaine — il eut été absurde de lui donner
moins, elle aurait simplement accumulé les factures — et je
me démenais dans tous les sens, prenant trois cent dollars
pour apparaître une minute à la télévision et sept cent cinquante dollars pour une conférence un peu relevée devant
un club féminin de Long Island, « L'Existentialisme et le
Sexe ». Oui, les dettes me rongeaient, je devais déjà
seize mille dollars si ce n'est plus — pas envie de compter.

L'appartement qu'elle habitait alors était un petit duplex
suspendu à une quarantaine de mètres au-dessus de East
River Drive. Chaque surface verticale était couverte de peluche qui devait avoir coûté vingt-cinq dollars le mètre : une
serre remplie de fleurs veloutées, royales, sinistres au milieu
de leurs tiges, qui vous envoyaient leur souffle des murs,
du plancher, du plafond, avec la densité spécifique d'une
jungle conçue par le Douanier Rousseau. Deborah le préférait à tous ses cabanons d'emprunt. « Je me sens au
chaud, ici, disait-elle, je me sens bien, et *au chaud*. »

La bonne m'ouvrit la porte. « Madame est en haut,
dans sa chambre », dit-elle en souriant. C'était une jeune
Allemande qui avait dû avoir une vie des plus intéressante
dans les ruines de Berlin dès l'âge de cinq ans. Aucun
détail ne lui échappait. Elle me faisait depuis quelque
temps un sourire de compassion, un sourire moqueur qui
me promettait une foule d'histoires croustillantes si j'étais
assez riche pour lui délier une seule fois la langue. J'avais
parfois envie de m'y mettre, de l'empoigner, là, dans l'entrée,
de prendre sa bouche poivrée, d'aller chercher sa langue
avec la mienne et de trousser d'un coup tous les sous-

entendus de ses airs pleins de malice. Elle ne savait que
trop bien ce que Madame faisait avec moi — il m'arrivait
de temps en temps de passer la nuit avec Deborah — mais
il faudrait payer pour savoir ce que Madame faisait avec
d'autres...

Je montai l'escalier, chapelle parfumée, capitonnée, le long
d'un mur de fleurs. Deborah était couchée. Son grand corps
était aussi paresseux, et elle sautait dans son lit dès qu'elle
ne savait que faire.

« Mon Dieu, dit-elle, tu as une mine affreuse. » Les
coins de sa bouche s'adoucirent un peu. Elle me détestait
d'autant plus que j'étais en meilleure forme.

« Tu sembles vraiment une misérable créature, ce soir. »
Savait-elle, pour le balcon ? J'étais parfois sûr d'être fou,
tant il me semblait normal que Deborah ait pris contact
avec la lune et soit au courant de ce qui s'était passé.
Elle avait certains pouvoirs, ma Deborah, elle était psychique au dernier degré et savait jeter le mauvais œil. Un
jour, après nous être battus, j'avais reçu trois contraven-
tions en un quart d'heure, une pour avoir pris un sens
interdit, une pour avoir grillé un feu rouge, une enfin parce
qu'un flic n'avait pas aimé ma tête et avait décidé que
j'étais ivre. Tout cela, j'en étais persuadé, était un avertissement de Deborah. Je pouvais la voir, seule dans son lit,
agitant languissamment ses longs doigts pour envoyer ses
ordres aux démons et aux policiers.

— Ce fut une bien mauvaise soirée, dis-je.

— Comment va Philippe ?

— Il a l'air d'aller bien.

— C'est un homme *très* attirant. Tu ne trouves pas ?

— Comme tous ceux que nous connaissons, dis-je pour
la déconcerter.

— Sauf toi, mon chéri. On dirait que cette fois-ci tu
as donné le coup de grâce à ton foie.

— Je ne me sens pas très heureux.

— Viens donc *ici,* reprends goût à la vie. Il n'y a pas de raison pour que tu ne reviennes pas.

Invitation sans détour. Elle voulait que je quitte mon appartement, que je vende nos meubles et que je m'installe ici. Après un mois elle s'en irait de nouveau et me laisserait avec le velours des murs.

« Si tu étais venu cet après-midi, continua-t-elle, tu aurais vu Deirdre. Elle est retournée à son école. C'est un crime de n'être pas venu la voir. » Deirdre était sa fille, ma belle-fille. Le premier mari de Deborah était un comte français. Il était mort d'une longue maladie après un an de mariage, et Deirdre, pour ce que j'en savais, était le fruit de ce mariage, une fille délicate aux yeux hantés, des yeux qui promettaient de tout savoir à votre sujet s'ils regardaient assez longtemps mais choisissaient de ne pas regarder. Je l'adorais. J'avais compris depuis des années qu'être le beau-père de Deirdre était le côté le plus agréable de mon mariage, et c'est pourquoi j'essayais désormais de la voir le moins possible.

— Est-elle contente de retrouver son école, cette fois-ci ?

— Elle l'aurait été encore plus si tu étais venu.

Les joues de Deborah commençaient à rougir. Quand elle était en colère, elle avait sur le cou une plaque rouge comme une blessure.

— Tu as si longtemps prétendu aimer cet enfant, et voilà que tu ne lui prêtes plus aucune attention.

— Cela fait trop mal, dis-je.

— Mon Dieu, quel geignard. Parfois, quand je suis sur mon lit, je me demande comment tu as pu devenir un héros, à gémir de la sorte. Je suppose que les Allemands étaient encore pires. Quel spectacle ce dut être. Toi en train de gémir, eux en train de gémir, et toi faisant pop pop pop avec ton petit fusil.

Elle n'était jamais allée si loin.

— Comment racontes-tu ton histoire cette année ? ajouta-t-elle.

— Je ne la raconte pas.

— Sauf quand tu as trop bu pour t'en souvenir.

— Je ne bois jamais assez pour oublier.

— Je ne peux pas supporter l'air que tu as, s'exclama Deborah. On dirait vraiment un camelot misérable du fond de l'East Side.

— Mes ancêtres étaient des colporteurs.

— Comme si je ne le savais pas, mon amour en sucre, dit-elle. Ces pauvres petites gens cupides et matérialistes.

— Ils n'ont jamais fait grand mal à personne. (Ceci visait son père.)

— Non, certainement pas, et ils n'avaient pas le courage de faire quoi que ce soit d'autre. Si ce n'est donner assez d'esprit à ton père pour coucher avec ta mère et te fabriquer.

Elle était dans une telle fureur que j'eus un mouvement d'inquiétude. Deborah était violente. J'avais une profonde cicatrice à l'oreille. Les gens croyaient que cela me venait de la boxe, mais la vérité était moins reluisante — Deborah me l'avait à moitié arrachée d'un coup de dent un jour de bagarre.

— Doucement, lui dis-je.

— Tu es fragile, ce soir, non ?

Elle hocha la tête, presque douce, attentive, comme à l'écoute d'un lointain écho.

— Je sais qu'il t'est arrivé quelque chose.

— Je n'ai pas envie d'en parler.

C'était en fait une contre-attaque. Deborah ne supportait pas d'être laissée dans le noir.

— Je pensais que tu étais mort. C'est drôle. J'étais sûre que tu étais mort.

— Le regrettais-tu ?

— Oh ! j'étais désespérée. Elle sourit. Je croyais que tu étais mort et que tu disais dans ton testament vouloir être incinéré. J'aurais gardé tes cendres dans une urne. Là — près de la table, à côté de la fenêtre. Tous les matins j'aurais pris une poignée de tes cendres et l'aurais jetée sur l'East River Drive. Qui sait, avec le temps, tu aurais pu te *répandre* sur New York tout entier.

— J'aurais fait de mon mieux pour te hanter.

— Impossible, mon chou. Pas quand tu es incinéré. L'âme est atomisée. Tu ne savais pas ? Ses yeux verts avaient des reflets particulièrement méchants.

— Viens ici, chéri. Embrasse-moi.

— Je préfère pas.

— Dis-moi pourquoi.

— Parce que j'ai vomi il y a peu de temps et que mon haleine est répugnante.

— La mauvaise haleine ne me gêne pas.

— Moi si. Et tu as bu du rhum. Tu as une odeur de tous les diables.

C'était vrai. Quand elle buvait trop, une puanteur douceâtre et pourrie montait d'elle. « Le rhum n'a jamais convenu aux Irlandais, dis-je. Il fait sortir l'odeur de leur graisse. »

« C'est ainsi que tu parles à tes petites filles ? »

Elle ignorait ce que je faisais pendant des jours ou des semaines, et cela la mettait dans une rage continuelle. Une fois, plusieurs années auparavant, elle avait découvert une liaison que je gardais dans un coin. Une jeune femme plutôt ordinaire qui (par compensation) devenait au lit une véritable sorcière. En dehors de cela, parfaitement quelconque. Deborah apprit son existence d'une manière ou d'une autre — les détails de l'histoire sont forts déplaisants, détectives et ainsi de suite. Le plus dur à avaler fut que Deborah se rendit avec un détective privé au restaurant où la fille prenait son déjeuner. Elle passa tout le temps du repas à étudier la pauvre fille qui mangeait seule à sa table.

Quelle scène, ensuite !

« Je ne me suis jamais sentie aussi seule et abandonnée, me dit Deborah. Figure-toi, mon chou, qu'il m'a fallu faire la conversation au détective, un homme horrible, et qu'il

s'est moqué de moi. Tout cet argent pour une pauvre petite
souris mouillée. Elle avait même peur des *serveuses,* et dans
un salon de thé ! Quel grand garçon tu es pour t'occuper
de pareils moineaux. »

En fait, sa colère venait surtout de ce qu'il ne pouvait
en sortir aucune intrigue. Avec une de ses amies, une
femme de son milieu, elle serait partie en guerre, aurait
lancé une campagne de grande envergure, toutes griffes
dehors, aurait provoqué une série de rencontres exquises.
Je n'étais qu'un gagne-petit — péché impardonnable. Elle ne
parlait plus, depuis, que de mes *petites filles.*

« Que leur dis-tu, mon chou ? demanda Deborah. " Ne
bois pas tant, on croirait sentir un morceau de lard ", ou
bien, " Oh ! mon amour, comme j'aime ta puanteur " ? »

Son cou, ses épaules et ce que je voyais de sa gorge
étaient maintenant envahis d'affreuses taches rouges, de taches et de traînées qui rayonnaient d'une haine si tangible que
le sang se mit à courir dans mes veines comme si un corps
étranger s'infiltrait dans mon corps, un poison qui m'em-
pêchait de respirer. Avez-vous déjà ressenti la méchanceté
qui s'élève d'un marais ? Une méchanceté *réelle,* j'en jurerais,
comme le murmure calme et menaçant qui se mit entre
nous à ce moment, l'air lourd qui précède la tempête.
J'avais peur de Deborah. Elle était capable de me tuer.
Il est des tueurs, je suppose, qu'on est prêt à bien accueillir. Ils nous apportent une mort propre, laissent libre passage à notre âme. Deborah me promettait une mauvaise
mort, une mort où je m'enliserais, où la fange étoufferait
mon dernier souffle. Elle ne voulait pas tant déchirer mon
corps que salir sa lumière. Et, dans un flux de terreur,
comme si son visage — la bouche large, le nez charnu,
les yeux verts et perçants comme des flèches — devait
être le spectacle que j'emporterais dans l'éternité, ange gardien (démon gardien), je m'agenouillai près d'elle et
m'emparai de sa main. Elle était molle comme une géla-
tine et presque aussi répugnante — un millier d'aiguilles

s'enfoncèrent dans ma paune et remontèrent mon bras, exactement comme si j'avais rencontré une méduse en nageant dans le noir.

« Tu as des mains agréables », dit-elle avec un soudain changement d'humeur.

Il fut une époque où nous nous donnions souvent la main. Elle était tombée enceinte après trois ans de mariage, un enfant difficile à garder, car elle avait quelque déformation de l'utérus — je n'ai jamais eu de précisions — et une inflammation chronique des trompes depuis la naissance de Deirdre. Mais nous avions réussi, nous voulions un enfant, nous étions sûrs d'en faire un génie, et nous nous sommes tenu les mains pendant six mois. Puis ce fut la chute. Après une noire nuit de beuverie et une querelle démesurée, elle perdit l'enfant. Il sortit d'une secousse, terrorisé, je l'ai toujours pensé, par le ventre qui le portait. Il naquit, puis retourna dans la mort, et cet avortement détruisit tout espoir d'un autre enfant pour Deborah, laissant derrière lui un cœur plein de vengeance. Désormais, vivre avec Deborah était comme dîner dans un château désert avec pour seul compagnon un serviteur et sa malédiction. Oui, je m'agenouillai de peur et ma peau se tendit comme un arc pour éviter de trembler. Elle se mit à me caresser la main.

La compassion, cet oiseau en cage, se libéra de ma poitrine et vola jusqu'à ma gorge. « Deborah, je t'aime. » A ce moment je ne savais pas si je le pensais vraiment ou si j'étais quelque monstre de dissimulation allant jusqu'à se cacher de lui-même. Après l'avoir dit, je compris mon erreur. Car tout sentiment se retira de sa main, même le picotement haïssable, pour ne laisser qu'un vide glacé. J'aurais aussi bien pu avoir dans la paume une petite boîte fermée.

— Tu m'aimes, mon chou ? demanda-t-elle.

— Oui.

— Ce doit être affreux. Parce que tu sais que je ne t'aime plus du tout.

Elle le dit si tranquillement, avec un tel sens de l'irrévocable, que je repensai à la lune et à la promesse d'extinction qui était descendue sur moi. J'avais ouvert un vide — je n'avais désormais plus de centre. Comprenez-vous ? Je ne m'appartenais plus. Deborah avait occupé ce centre.

— Oui, tu as de nouveau un air horrible, dit Deborah. Tu t'améliorais, à un moment, mais tu es redevenu affreux.

— Tu ne m'aimes pas.

— Oh ! pas le moins du monde.

— Sais-tu ce que c'est, regarder quelqu'un qu'on aime et ne recevoir aucun amour en retour ?

— Ce doit être affreux.

— C'est insupportable, dis-je. (Oui, le centre avait disparu. Une minute de plus et je me mettrais à ramper.)

— C'est insupportable, dit-elle.

— **Tu le sais ?**

— Oui.

— **Tu l'as déjà senti ?**

— Il y a un homme que j'ai beaucoup aimé, et qui ne m'aimait pas.

— Tu ne me l'as jamais dit.

— Non.

Avant que nous soyons mariés, elle m'avait tout dit, confessé jusqu'au dernier de ses amants — un héritage du couvent : elle avait fait plus que me raconter, elle m'avait donné des détails — et nous gloussions dans le noir pendant qu'elle tapotait mon épaule d'un doigt plein de science et d'habileté pour m'expliquer l'allure, l'entrain, la démarche, la grâce (ou son absence) de chacun de ses amants. Elle me fit même comprendre ce qu'elle trouvait de mieux chez les meilleurs d'entre eux, et je l'avais aimée pour cela, aussi douloureux que ç'ait pu être, car au moins je savais ce contre quoi je devais me battre. Combien de maris peuvent en dire autant ? Ce fut le gage de notre amour. Sans préjuger de l'avenir, ce fut sa manière de me dire que je valais plus que les autres.

Et maintenant, elle était en moi, au centre de mon être, prête à faire sauter les rails.

— Tu ne parles pas sérieusement ?

— Si. Il y a un homme dont je ne t'ai jamais parlé. Je n'en ai jamais parlé à personne. Bien qu'une fois quelqu'un s'en soit douté.

— Qui était-ce ?

— Un torero. Un homme merveilleux, véritable.

— Tu mens.

— Comme tu voudras.

— Ce n'était pas un torero.

— Non, c'était beaucoup mieux qu'un torero, beaucoup plus. (Son visage était arrondi par la malice et les taches rouges avaient disparu.) En fait, c'était l'homme le plus beau et le plus extraordinaire que j'aie jamais connu. Délicieux. Une fête merveilleuse et sauvage. Un jour, j'ai voulu le rendre jaloux, et je l'ai perdu.

— Qui cela peut-il être ?

— Ne te mets pas à sauter d'un pied sur l'autre comme un gosse de trois ans qui veut aller au petit coin. Je ne te le dirai pas. (Elle prit une gorgée de rhum et agita son verre, non sans délicatesse, comme si les douces vagues du liquide allaient transmettre un message à quelque puissance lointaine ou — mieux — en recevoir un.) Cela va être ennuyeux de ne pas se voir ici de temps en temps.

— Tu veux divorcer, dis-je.

— Je pense que oui.

— Comme ça.

— Non, pas *comme* ça, chéri. *Après* tout ça. (Elle eut un joli bâillement et ressembla l'espace d'un instant à une jeune Irlandaise de quinze ans.) Aujourdhui, quand tu n'es pas venu dire au revoir à Deirdre...

— Je ne savais pas qu'elle partait.

— Naturellement tu ne le savais pas. Comment l'aurais-tu su ? Il y a quinze jours que tu n'as pas donné signe de vie. Tu étais occupé à peloter tes petites filles.

Elle ignorait qu'en ce moment j'étais seul.

« Elles ne sont plus si petites que ça. » Une flamme montait en moi, qui dévorait mon ventre, mes poumons étaient desséchés comme des feuilles mortes et des forces s'étaient concentrées en mon cœur, qui menaçaient d'exploser. « Verse-nous un peu de rhum », lui dis-je.

Elle me tendit la bouteille. « Elles ne sont peut-être plus si petites, mais j'en doute, mon chou. De plus, ça m'est égal. Car j'ai fait un vœu cet après-midi. Je me suis juré de ne jamais... » Elle ne finit pas sa phrase, mais elle parlait d'une chose qu'elle avait faite avec moi et personne d'autre. « Non, dit-elle, j'ai pensé : Désormais, il n'est plus besoin de ça. Plus jamais. Pas avec Steve. »

Je lui avais enseigné ce petit jeu, mais elle y avait pris un goût prononcé et royal, et c'était probablement devenu son plus grand plaisir.

— Plus jamais ? demandais-je.

— Jamais. La seule pensée — en tout cas en rapport avec toi, mon doux chéri — me fait me laver les dents à l'acide.

— Eh bien, adieu à tout cela. Tu ne le fais pas si bien que ça, à dire vrai.

— Pas aussi bien que tes petites filles ?

— Tu n'arrives pas à la cheville de cinq au moins d'entre elles.

Les taches apparurent à nouveau sur son cou et ses épaules. Une violente odeur de pourriture, de musc, et d'une chose encore plus puissante monta d'elle, comme d'un carnivore en cage. Une odeur terrifiante — qui rappelait le caoutchouc brûlé.

— Comme c'est étrange, dit Deborah, aucun de mes derniers amants n'a eu un mot pour se plaindre.

Depuis que nous nous étions séparés elle avait toujours prétendu n'avoir aucun amant. Jusqu'à ce moment. Une douleur aiguë, empreinte de tristesse mais presque de plaisir, parcourut mon corps, pour être immédiatement chassée par l'horreur.

— Combien en as-tu ?

— En ce moment, mon chou, seulement trois.

— Et tu... (J'étais incapable de poser la question.)

— Oui, mon chéri. Jusqu'au moindre détail. Je ne saurais te dire à quel point ils étaient choqués, au début. L'un d'eux m'a même dit : « Où avez-vous donc appris à baiser de cette manière ? J'ignorais que cela existait hors des bordels mexicains. »

— Ferme ta sale gueule.

— J'ai eu dernièrement des clients parmi les plus célèbres.

Je la frappai au visage de ma main ouverte. Je ne voulais pas — un recoin encore calme de mon esprit ne voulait qu'une gifle, mais mon corps fut plus rapide que mon cerveau. Je l'atteignis à l'oreille et l'envoyai à moitié hors du lit. Elle se releva comme un taureau et chargea. Elle me donna un coup de tête dans l'estomac (allumant un éclair dans la forêt des nerfs), puis un violent coup de genou au bas-ventre (elle se battait comme un adolescent brutal) qui n'atteignit pas son but, puis elle chercha mon sexe pour l'arracher des deux mains.

Tout explosa. Je la frappai du tranchant de la main sur la nuque, une manchette précise qui la mit à genoux, puis passai un bras autour de son cou et commençai à serrer. Elle était forte, je l'avais toujours su, mais sa force à ce moment était énorme. J'ai cru un moment que je ne pourrais pas la maintenir, elle réussit presque à se mettre sur ses pieds en me soulevant du sol, ce qui, dans cette position, représente une force exceptionnelle, même pour un lutteur. Nous restâmes en équilibre pendant dix ou vingt secondes, puis je sentis sa force diminuer, se communiquer à mon corps, et mon bras resserra sa prise autour de son cou. J'avais les yeux fermés. Dans mon esprit j'étais en train de

pousser de l'épaule une porte énorme qui s'ouvrait centimètre à centimètre.

Une main flotta jusqu'à mon épaule et la tapota doucement. Comme un gladiateur qui se reconnaît vaincu. Je
relâchai mon étreinte et la porte commença de se refer-
mer, mais j'avais pu entrevoir ce qui se trouvait de l'autre
côté, c'était un paradis, mirage de villes en pierres étin-
celantes sous la nuit tropicale, je poussai la porte à nouveau, je sentis à peine la main quitter mon épaule, je ban-
dai toutes mes forces contre cette porte, mon corps fut parcouru de spasmes et soudain une voix en moi me cria : « En
arrière ! tu vas trop loin, reviens ! » Je sentais les ordres
courir comme des jets de lumière de ma tête à mon bras,
j'étais prêt à obéir, prêt à m'arrêter, mais chaque battement
de cœur faisait monter la pression comme un orage. Quelque désir noir de bile, un désir d'avancer comme lorsqu'on
pénètre dans une femme qui s'écrie qu'elle n'a rien en elle,
s'échappa de moi comme une rage et mon esprit explosa
dans un feu d'artifice d'étoiles, fusées, braises projetées en
tous sens, le bras autour de son cou chercha le murmure
dans sa gorge, et *crac* je serrai plus fort, et *crac* je l'étouffai,
et *crac* je lui donnai son dû — plus d'arrêt, désormais —
et *crac* la porte s'ouvrit tout grand et le fil s'enfonça dans
sa gorge, et j'avais passé la porte, la haine refluait en moi
vague après vague, avec la maladie, la pestilence et l'odeur
de pourriture, la nausée, comme des gouttes froides et sa-
lées. Je flottais. J'étais plus loin en moi que je n'avais
jamais été, et les univers tournoyaient dans un rêve. Devant
mes yeux fermés, le visage de Deborah sembla se détacher
de son corps pour me contempler dans l'obscurité. Elle eut
un regard malveillant pour dire : « Il est dans le mal des
dimensions qui dépassent la lumière », puis elle sourit
comme une fille de ferme, s'éloigna, disparut. Et, au milieu
de la splendeur de ce paysage oriental, je sentis le contact
perdu de son doigt sur mon épaule qui envoyait une onde
de haine, à peine perceptible, mais ineffaçable, dans la grâce

nouvelle. J'ouvris les yeux. Mon corps était lourd d'une fatigue des plus honorables et ma chair me semblait neuve. Je ne m'étais pas senti aussi bien depuis l'âge de douze ans. Il semblait inconcevable à ce moment que la vie puisse contenir une seule chose déplaisante. Mais il y avait Deborah, morte à mes côtés sur le tapis à fleurs, aucun doute à cela. Elle était morte, morte en vérité.

CHAPITRE II

EVASION DE LA SALLE DE JEU

Il y a seize ans, la nuit où je fis l'amour avec Deborah sur la banquette arrière de ma voiture, elle me regarda, lorsque nous eûmes terminé, avec un sourire brumeux et quelque peu désorienté.

— Tu n'es pas catholique, par hasard ?

— Non.

— J'espérais un peu que tu étais un catholique polonais, Rojack, tu vois.

— Je suis à moitié juif.

— Et l'autre moitié ?

— Protestante. Rien du tout, en fait.

— Rien du tout, répéta-t-elle. Viens, ramène-moi chez moi. Elle semblait déprimée.

Il me fallut huit ans pour en découvrir la raison, sept ans de vie indépendante et un an de vie commune. Il me fallut vivre un an avec Deborah pour comprendre qu'elle avait des préjugés aussi complexes que ses passions, et aussi attirants. Elle détestait profondément les juifs, protestants ou catholiques.

« Ils ne connaissent rien de la Grâce », m'expliqua-t-elle enfin.

Comme tout catholique d'exception, Deborah était empreinte d'une certaine idée de la Grâce. La Grâce nous déroba notre lune de miel et devint le spectre de notre

lit conjugal. Quand les choses allaient mal, Deborah disait
d'un air triste et pensif : Avant, la Grâce était en moi.
Maintenant plus jamais. » Quand elle fut enceinte, la Grâce
lui revint. « Je pense que Dieu ne m'en veut plus tellement. » Parfois, en effet, il montait d'elle une tendresse,
un baume charnel qui me réconfortait par son impureté
même : la Grâce de Deborah avait toujours un arrière-goût
de mort. J'étais heureux de son amour, et mes pensées
choisissaient ce moment pour s'évader au sommet désert
d'une montagne, ou se préparaient à plonger le long de la
paroi grise et lisse d'une vague haute de trois mètres au
milieu de la tempête. Voilà ce qu'était l'amour de Deborah.
Faire l'amour avec elle était bien autre chose, ce qui explique qu'elle nommait l'un la Grâce et l'autre le désir. *Dans*
l'amour, elle était formidable : vous étiez sûr, après, d'avoir
accompli un échange charnel avec un animal en cage.

Pas seulement son odeur, l'odeur (sans gants blancs) d'un
ours sauvage en chaleur, odeur chaude venue d'un zoo, non,
il y avait autre chose, son parfum peut-être, un soupçon
de sainteté, une chose aussi calculatrice et perfide que la
haute finance, c'est cela — elle sentait comme une banque. Christ, c'était trop pour n'importe quel homme, il y
avait une telle ruse en elle, une sorte de serpent, je m'imaginais réellement un serpent gardant la caverne où se trouvaient le trésor, les richesses, le luxe infâme du monde
entier, et il était rare que je puisse remplir mes devoirs
sans éprouver la douleur d'une morsure aiguë, comme si des
crocs avaient pénétré ma chair. Le moment d'après, étendu
sur son corps, j'étais porté par un feu lourd et bas, un courant de feu sombre, empoisonné, une huile enflammée qui
sortait de son corps pour envelopper le mien. Chaque fois
un gémissement s'échappait de mes lèvres comme le bruit
d'une chaîne, ma bouche sur la sienne, non un sanglot, une
tentative pour respirer. J'avais toujours l'impression d'avoir
arraché quelque promesse de mon âme pour l'offrir en guise
de rançon.

« Tu es merveilleux », me disait-elle alors.

Oui, j'en étais venu à croire à la Grâce et à son absence, au doigt de Dieu et au fouet du diable, j'avais abandonné mon intelligence scientifique à la réalité des sorcières. Deborah croyait aux démons. Cela tenait à son origine celte, m'expliquait-elle à une époque, les Celtes sont sur le même plan que les esprits, font l'amour avec eux et chassent en leur compagnie. Et elle chassait réellement d'une manière exceptionnelle. Elle était partie en safari avec son premier mari, avait tué, à trois mètres d'elle, un lion blessé qui allait bondir, elle avait tué un ours de l'Alaska de deux balles dans le cœur (Winchester 30/06), et je la soupçonne d'avoir finalement perdu son courage. Elle laissa entendre qu'un jour elle avait battu en retraite et que le guide avait dû se charger de l'animal. Mais je ne savais rien de sûr — elle restait dans le vague. Je lui offris d'aller chasser avec elle, dans l'Himalaya, au Congo, n'importe où : pendant les deux premières années de notre mariage, j'étais prêt à me battre avec n'importe quel expert, guide ou champion — elle prit le mal de m'enlever ces idées romantiques. « Voyons, chéri, jamais je ne pourrais chasser avec toi, dit-elle, Pamphli — surnom presque imprononçable de son premier mari — était un chasseur magnifique. C'était ce que nous avions de mieux en commun. Tu ne crois pas que je vais gâcher ce souvenir en allant piétiner à tes côtés ? Cela ne nous ferait aucun bien. Non, je ne chasserai plus jamais le gros gibier. A moins que je ne tombe amoureuse d'un chasseur aussi divin. » Elle avait, comme la plupart de ses amis, l'indifférence des aristocrates pour le développement du talent. On jouit de ce qui est en fleur, on le dévore si le désir vous en prend, mais on laisse à d'autres le soin de cultiver.

Elle m'emmena finalement chasser... des taupes et des marmottes. On me montrait ainsi la distance qui me séparait de son bien-aimé Pamphli, mais, même dans une telle occasion, une simple promenade dans une forêt du Vermont

près d'une maison que nous avions louée pour la saison,
je pus me rendre compte de son talent. Elle ne voyait
pas la forêt comme les autres la voient. De la fraîcheur et
de l'humidité, de l'odeur des arbres, doucement parfumée
de pourriture, Deborah faisait un état d'âme — elle connaissait l'esprit qui rendait le buisson attentif, elle me dit
un jour qu'elle sentait cet esprit la regarder. Que, quand
cet esprit disparaissait, était remplacé par un autre regard,
eh bien ! *il y avait* un animal. Et il y en avait un. Une petite
bête bondissait de sa cachette et Deborah la descendait
avec son 22. Je n'ai jamais vu un chasseur faire lever
autant d'animaux. Elle tirait aussi bien de la hanche, un
geste précis comme un doigt tendu. Et elle en laissait
beaucoup s'échapper. « Prends-le », disait-elle, et parfois
je le manquais. Ce qui provoquait un rire doucement mépri-
sant et de mauvais augure. « Achète un fusil, chéri »,
me glissait-elle. Bien que cela ne nous soit pas arrivé souvent, je compris que je ne chasserais plus jamais. Pas avec
elle. Car Deborah préférait les plus beaux et les plus laids
des animaux qu'elle délogeait. Elle abattait des écureuils
au visage délicieux, tendres comme des biches dans leur
agonie, elle fracassait l'arrière-train des marmottes dont le
dernier rictus semblait reproduire une gargouille de pierre.
Aucun endroit de cette forêt n'était le même quand elle
y avait chassé. « Tu vois », me dit-elle un soir, tard dans
la nuit, alors que l'alcool l'avait laissée dans le plus rare
de ses états d'esprit, ni violent, ni méchant, ni amoureux,
mais simplement méditatif, des cercles refermés sur eux-
mêmes, « je sais que je suis meilleure et pire que tout
autre être humain, mais avec quoi suis-je née, et qu'est-ce
qui m'est échu plus tard ?

— Tu changes d'un jour à l'autre.

— Non. Je fais juste semblant. (Elle sourit.) Je suis le
mal, à dire vrai. Mais je le méprise, vraiment. Le mal a
le pouvoir, c'est tout. »

Ce qui était une manière de dire que le bien était captif

du mal. Je n'en savais rien moi-même, après neuf ans de mariage. J'avais appris à parler dans un monde qui croyait au *New York Times : Les experts divisés sur la fluorisation. Un diplomate attaque un texte du Concile. Autonomie prochaine pour la province bantoue. Le chancelier définit le but de ses entretiens. Nouvel élan pour l'assistance aux personnes âgées.* J'avais désormais perdu toute foi en ces choses, et je nageais dans le puits des intuitions de Deborah, intuitions plus proches de mes quatre soldats allemands que tout ce que j'ai pu rencontrer, avant elle ou après. Mais je ne savais pas lequel de nous deux emprisonnait l'autre, et comment. C'était une horreur au bord de la folie que d'être auprès de Deborah dans le lit conjugal et de se demander qui était responsable du nuage de pensées fétides qui s'élevait dans nos haleines confondues. Oui, j'en étais venu à croire aux esprits, démons, diables, sorciers, présages, magiciens et autres esprits malins, aux incubes et aux succubes. Plus d'une fois m'étais-je dressé dans le lit d'une femme étrange, une sensation de griffes sur ma poitrine, une mauvaise odeur familière plus forte dans ma bouche que celle de l'alcool, les yeux verts de Deborah me fixant dans le noir, ma gorge oppressée comme si on m'étranglait. Elle avait le mal en elle, décidais-je, pour penser l'instant suivant que le bien ne pouvait rendre visite au mal que sous l'apparence du mal : oui, le mal ne reconnaîtrait sa présence que par l'intensité de son pouvoir. C'était peut-être donc en moi qu'était le mal, et Deborah était prise au même piège. Ou étais-je aveugle ? Car je me souvenais alors que j'étais là, nulle part ailleurs, et qu'elle était morte. Etrange. Il me fallut garder cela en tête. Il ne semblait pas tant qu'elle fût morte que plus tout à fait vivante.

Je revins donc à moi, comprenant que je venais de sommeiller auprès du corps de ma femme pendant une ou deux minutes, peut-être une dizaine, si ce n'était plus. Je me sentais toujours bien. Je me sentais très bien, mais je savais confusément qu'il ne me fallait pas penser à Deborah

en ce moment, surtout pas en ce moment, et je me levai pour
aller me laver les mains dans la salle de bains. Avez-vous
déjà pris du peyotl ? — le carrelage reflétait une lueur violette et tremblante et je voyais du coin de l'œil un arc-en-ciel
rejoindre l'horizon du sol.

Je n'avais qu'à fermer les yeux pour qu'une pluie de
velours aussi rouge que le rideau envahisse ma rétine.
Mes mains plongées dans l'eau étaient parcourues de
picotements. J'eus à ce moment le souvenir des doigts
de Deborah sur mon épaule, ôtai ma chemise et me
lavai le haut du bras. Comme je reposai le savon, je
sentis son poids vivant dans ma paume, puis j'entendis
un léger bruit mou quand il rencontra la céramique. J'aurais contemplé ce bruit pendant une heure entière, mais
la serviette était dans ma main, ma main qui aurait pu
ramasser la poudre sèche des feuilles mortes qui s'effri-
taient entre mes doigts. De même avec la chemise. Quelque chose était en train de me démontrer que je n'avais
jamais compris la nature d'une chemise. Toutes ses odeurs
(molécules bien particulières et séparées) étaient dispersées
dans le tissu comme un banc de poissons morts sur la plage,
pourriture, les bouffées intimes de leur pourriture constituant
le fil qui me ramenait au cœur secret de la mer. Oui, je
recouvris mon corps de cette chemise avec la dévotion d'un
cardinal mettant son chapeau — puis je nouai ma cravate.
Un nœud très simple, noir, mais j'aurais pu aussi bien remor-
quer un bateau à quai, tant la cravate me semblait énorme,
une corde épaisse de trois centimètres et assez longue pour
un nœud compliqué — mes doigts pénétraient dans les inter-
stices du *double-windsor* comme des souris dans un gréement. A propos de l'état de grâce — je n'ai jamais connu
un tel calme. Avez-vous déjà écouté le silence la nuit, seul
dans une pièce ou au milieu d'une forêt ? Ecoutez : car
sous le silence est un monde où chaque silence particulier
prend sa hauteur propre. Je me tenais dans cette salle de
bains, le robinet fermé, et j'écoutais le silence du carrelage.

Quelque part dans les étages un ventilateur se mit en marche, un réfrigérateur se déclencha : comme des bêtes aux réflexes aiguisés par le silence qui montait de mon corps. Je regardai dans le miroir, examinant une fois encore le rébus de mon visage. Je n'en avais jamais vu de plus beau. En vérité. Exactement le genre de vérité qu'on découvre en tournant le coin d'une rue et en se heurtant avec un inconnu. Mes cheveux étaient vivants et mes yeux étaient bleus comme un miroir placé entre le ciel et l'océan — des yeux qui égalaient pour le moins ceux de l'Allemand qui s'était levé devant moi avec sa baïonnette — un moment de peur passa comme une comète dans le refuge de mon calme, je plongeai plus avant dans les yeux du miroir comme s'ils étaient les serrures de la grille d'un palais et me demandai : « Suis-je bon désormais ? Suis-je mauvais pour toujours ? » — il semblait que ce fut une question simple, indispensable — mais la lumière soudain baissa, puis revint. Quelqu'un m'avait salué. Et les yeux dans le miroir étaient joyeux, un peu vides. Je ne pouvais croire que j'étais en train de les étudier.

Je sortis de la salle de bains et revins regarder Deborah. Elle était étendue sur le ventre, le visage contre le tapis. Je ne voulais pas la retourner, pas encore. Le calme en moi semblait fragile. Il me suffisait de rester près de son corps et de contempler la pièce. Nous n'avions pas fait grand désordre. Le couvre-lit et les couvertures avaient glissé par terre, un des oreillers était tombé à ses pieds. Un fauteuil poussé de côté avait fait un pli dans le tapis. C'était tout. Le rhum était toujours dans la bouteille et dans les verres, pas de lampes renversées, pas de tableaux décrochés, rien de cassé, pas de débris. Tout semblait tranquille — un canon de la guerre civile dans un champ désert : il a fait feu quelques minutes auparavant, une dernière volute de fumée en sort, comme un serpent, pour être décapitée par le vent. Aussi tranquille que ça. J'allai jusqu'à la fenêtre et regardai du côté de l'East River Drive. La circulation battait son plein. Sauterais-je les dix étages ? La question n'avait pas de force : il y avait dans cette pièce une décision à prendre. Je pouvais décrocher le téléphone et appeler la police. Ou je pouvais attendre. (Je prenais à chaque pas un plaisir qui suggérait la grâce que peut ressentir une danseuse.) Oui, je pouvais aller en prison, y passer dix ou vingt ans, je pouvais, si j'en étais capable, écrire la grande œuvre qui s'était atrophiée dans mon cerveau au cours des ans, grâce à l'alcool et aux jeux de Deborah. C'était la décision honorable, mais je n'eus guère qu'une vague envie vite réprimée de connaître un tel honneur, non, il y avait autre chose au fond de mon crâne, un plan, quelque désir, et je me sentais bien, comme si ma vie venait de commencer. « Attends », dit nettement une voix dans ma tête.

Mais je n'étais pas à l'aise. Quand je fermais les yeux je revoyais la lune pleine et lumineuse — m'en libérerai-je jamais ? Je faillis prendre le téléphone.

La voix dans ma tête me dit : « Regarde d'abord le visage de Deborah. » Je m'agenouillai pour la retourner. Son corps fit entendre comme un bruissement de protestation, un soupir étouffé. Elle était mauvaise, dans la mort. Un animal sauvage, et qui me regardait. La violence colorait le point lumineux de ses yeux, sa bouche était ouverte et découvrait les dents. On aurait dit une caverne. Je pouvais entendre un souffle qui pénétrait jusqu'aux entrailles d'une planète sans soleil. Une mince ligne de salive sortait du coin des lèvres, une petite graine verte avait flotté sur une goutte de sang partie du nez et vite arrêtée. Je ne sentais rien. Ce qui ne veut pas dire qu'il ne m'arrivait rien. Des émotions, comme des fantômes, traversaient, invisibles, les avenues de mon corps. Je savais qu'un jour lointain je pleurerais Deborah et que j'aurais peur d'elle. J'étais sûr en ce moment qu'elle avait été divisée par la mort — sans savoir en quelle proportion, tout le bien en elle avait pénétré en moi (comment expliquer autrement ce beau souf-

fle de calme ?) et tout ce qui me détestait était rassemblé
dans le visage qu'elle portait dans la mort — si quelque
chose lui survivait hors de moi, c'était la vengeance. Une
angoisse délicate et croissante faisait palpiter mes narines.
Car Deborah serait là pour m'attendre le jour de ma
mort.

Le verdict, désormais, était clair. Je n'allais pas appeler
la police, pas maintenant, pas encore — une autre solution
se faisait jour peu à peu, un messager du magicien qui
répond à toutes les énigmes était en route, il escaladait les
innombrables marches qui conduisent des salles de jeu
enfouies dans l'inconscient jusqu'à la tour du cerveau. Il
était en route et j'étais perdu si je croyais accomplir mon
œuvre en prison. Car sa malédiction serait sur moi.

J'eus alors le sentiment de la présence de Deborah.
S'élève-t-on comme une plume après la mort, doucement ?
J'allai ouvrir la fenêtre comme dans l'espoir qu'une brise
vienne la séduire, puis laissai retomber ma main. Car j'eus
l'impression qu'on venait de me toucher l'épaule, juste à
l'endroit précis où ses doigts m'avaient supplié de lâcher sa
gorge. Quelque chose me toucha, puis me poussa en direction de la porte. Cette fois encore j'aurais pu être à l'intérieur d'un champ magnétique dont la force, sans autre sensation que celle de sa présence, m'aurait fermement encouragé
à m'éloigner de Deborah, à traverser la pièce et à sortir. Et
je suivis cette force — elle contenait une promesse, comme
l'odeur du whisky dans un bar où se trouvent des filles
jeunes et riches. Il y avait quelque part dans ma tête un
bruit rassurant — l'attente se mit à revivre en moi, deux
seins gonflés vinrent couvrir mes yeux de leur baume, puis
descendirent à petits coups caresser ma gorge, se frotter
autour de ma poitrine, chatouiller un poil du ventre pour
se poser comme deux biches à la racine de mon sexe. Un
baiser de chair, une bouffée de douceur en partit qui apporta
la vie au charnier de mes testicules. Une soif de plaisir
était libérée, j'étais sorti, je descendais les marches, toujours

poussé par le champ de force qui m'avait balayé de la
chambre de Deborah. A l'étage inférieur du duplex, je
retrouvai le parfum tropical des fleurs entrelacées sur le
velours du mur. J'étais près d'une mare où voletaient
papillons et oiseaux exotiques, au-dessus des restes laissés
par les animaux carnassiers, et je flottais sur l'air qui s'élevait de cette végétation sortie de l'eau pour y retomber.
Je m'arrêtai à la porte de l'ascenseur, fis volte-face, et,
obéissant à cette force qui me tenait désormais comme
embrassé et que je n'aurais pas supporté d'abandonner, je
traversai l'entrée, ouvris la porte de la chambre que devait
occuper la bonne, et entrai.

La lampe de chevet était allumée, la fenêtre close, l'air
sentait le renfermé, on aurait dit une serre — et, agréable surprise, Ruta, Fräulein Ruta de Berlin, était couchée par
dessus les couvertures, son pantalon de pyjama baissé,
tenait une revue dans une main (nus en couleurs vus dans
un éclair) et se caressait de l'autre, cinq doigts grouillant
comme des vers dans son ouverture brûlante. Dans cette
région de la libido où elle était reine, ces doigts étaient
cinq seigneurs et dames qui s'occupaient consciencieusement
d'elle.

Nous ne prononçâmes pas un mot. Son visage était par-
tagé entre deux personnages : la reine incontestée de ses
désirs, et une petite fille surprise en train de faire quelque
chose de sale. Je lui fis un clin d'œil, comme le plus amical
des paysans du voisinage — je me souviens du parfait naturel de ce clin d'œil — puis j'enlevai mon manteau et commençai de me déshabiller. Je pris la peine de plier mes
vêtements et de les ranger proprement. L'atmosphère de la
pièce, qui avait frémi à mon entrée comme le souffle d'une
forge, se réchauffait lentement. La bonne posa la revue et me
tendit sa main, paume en l'air, les doigts longs et fins gardant un soupçon de la courbe charnelle dans leur arc
doublement incurvé. Je me souviens avoir remarqué que
la courbe de ses doigts, ses lèvres et ses longues jambes

minces faisaient partie de cette fièvre brillante et maligne qu'elle dégageait. Dans un nouvel accès d'audace, comme si l'audace était son métier et m'avait mené vers elle, elle leva l'autre main (les seigneurs et les dames) et me la tendit afin que je l'embrasse. Ce que je fis, aspirant une grande bouffée d'un sexe brûlant, sentant la fleur, la terre, avec un soupçon de souris malicieuse traversant le jardin, un morceau de poisson entre les dents. Je levai mon pied nu du tapis et le plaçai à l'endroit que sa main avait quitté, recevant en retour la somme humide et poivrée de tous les talents qui mènent à la réussite. Elle émit un son nasal, haut placé, comme un chat dérangé dans son jeu — je lui avais volé quelque chose, elle allait se retirer, mais l'expression de mon visage (j'étais aussi bien prêt à la tuer, il y avait un équilibre plaisant à penser que j'étais prêt à tuer n'importe qui), cette expression éteignit la flamme de ses yeux. Elle secoua la tête et accorda la place à mes orteils qui pataugèrent dans le mouillé avec le soulagement de serpents qui auraient traversé un désert. J'étais comme possédé — le savoir de mes doigts était sans défaillance. Je pouvais distinguer la peau vivante de la chair morte, mon pied jouait sur les bords, poussait des reconnaissances, lui insufflait la vie. Je me sentais pour la première fois aussi vivant qu'un chat de gouttière et je la caressais d'une haine polie comme une mince flamme par le désir de mon corps. Il se passa bien cinq minutes avant que je n'eusse envie de l'embrasser, mais je finis par prendre sa bouche, mordant le coin de ses lèvres, et nos visages se rencontrèrent comme un gant se referme sur une balle. Elle avait une bouche de virtuose, mince et vivante, avide, un peu fiévreuse, hautbois qui faisait lever en moi une promesse, des lèvres qui disaient les voyages qu'elles avaient faits et ceux qu'elles pourraient faire. Une envie chaude et basse de se plonger dans l'ignoble monta de son ventre plat et de ses seins rusés qui jaillissaient sous mon doigt avant que je ne puisse les saisir. Elle avait

au coin des lèvres un petit renflement fait pour agacer les
dents. Oui, elle était douce à la gorge comme une liqueur
de choix. Elle faisait naître dans mon cerveau les images du
sien, le hâle rosé, la chair dorée des photos de *pin-up,*
ses lèvres minces voltigeaient sur ma bouche, sa chaleur me
pénétrait, sa bouche s'offrait à descendre. Je m'allongeai
comme le roi des lions et la laissai s'ébattre — elle était
douée. Je partis dans un rêve merveilleux, Berlin, boîtes
de nuit, téléphones et curieux spectacles, bals musette et
twisterias, sa langue me donnait une rapide conférence sur
les goûts des Allemands, des Français, des Anglais (une
morsure malencontreuse), des Italiens, des Espagnols —
elle avait dû avoir un Arabe ou deux. Les goudrons et
les parfums se mêlaient, odeur pleine qui fait toujours monter le plaisir. J'étais prêt pour les montagnes russes, mais
je ne voulais pas que cela se termine, pas cette fois-ci,
pas encore, son avidité parcourait mon corps, je voulais
davantage, davantage encore, je me libérai de sa bouche et
l'allongeai sur le dos.

Alors, aussi brutalement qu'un coup de frein, une odeur
perçante, aiguë et constipée (une odeur de rochers, de graisse
et d'eau d'égout sur les pavés mouillés d'une ruelle misérable en Europe) se fraya un chemin hors de son corps.
Une faim de rat affamé qui aurait pu gâcher mon plaisir s'il n'y avait eu comme une drogue dans la précision
même de cette odeur, si forte, obstinée, si personnelle, une
odeur qui ne pouvait être adoucie que par les fourrures et
les bijoux, cette fille sentait l'argent, elle coûtait cher, elle
ramasserait du fric, il faudrait quelque chose d'aussi cor-
rompu qu'un énorme plat de caviar posé sur des billets
de cent dollars pour rapprocher cette odeur du parfum de
foie gras du monde de Deborah et de ses amis. J'eus soudain l'envie d'éviter la mer et de creuser la terre, le désir
violent de sodomiser, sachant son cul bourré de malveil-
lance rusée. Mais elle résista, elle parla pour la première
fois. « Pas là ! *Verboten* ! »

J'obtins malgré tout trois centimètres du *verboten*. Une haine violente et complexe, un catalogue détaillé de la misère la plus sordide, la science d'un rat des villes, tout cela passa d'elle à moi et vint émousser la pointe de mon désir. Je pus néanmoins continuer. Une autre présence (celle qui — pourrais-je vous le rappeler — mène à la création) s'ouvrait à moi, et j'y pénétrai d'un coup, m'attendant à la gloire et au vol brûlant d'ailes tropicales. Non, elle était inerte, son coffret disait l'air froid de la matrice, un entrepôt de désappointements. Je la quittai pour retourner où j'avais commencé, lutte féroce et serrée pour gagner la distance d'un doigt puis un peu plus, centimètre crucial, je plongeai la main dans ses cheveux roux et teints que je tirai vers le haut, les tordant, je pus sentir la douleur dans son crâne durcir son corps comme un levier et remonter le piège, j'étais à l'intérieur, j'avais obtenu ce centimètre, le reste était facile. Quel parfum subtil monta d'elle alors, et l'ambition, l'étroite volonté, la décision maniaque de réussir en ce monde, tout cela fut remplacé par une chose aussi tendre que la chair mais n'ayant rien de propre, une chose sournoise, apeurée, jeune malgré tout, une enfant dans une culotte souillée. « Tu es une nazi », lui dis-je sans savoir pourquoi.

« *Ja* ». Elle secoua la tête. « Non, non, dit-elle encore. *Ja*, ne t'arrête pas, *ja*. » Enculer une nazi me procurait un plaisir très particulier, il y avait là quelque chose de propre — je me sentais glisser dans un air pur au-dessus des rustauds de Luther, elle était libre et relâchée, très libre et très détendue, comme si après tout c'était pour elle un acte naturel : une foule de magnifiques cadeaux monta de l'enfer jusqu'à moi, le mensonge, la fourberie, une âpreté tendue tout entière vers le vol, l'astuce à rouler les autorités. Je me sentais comme un voleur, un grand voleur. Et, comme un voleur retourne à l'église, je basculai de ce réservoir de plaisirs dans son entrepôt désert, cette tombe abandonnée. Elle était mieux préparée cette fois, les parois

flasques s'étaient rapprochées — je pus voir derrière mes
yeux fermés une pauvre fleur poussée dans un tunnel — tout
l'amour qu'elle possédait était peut-être renfermé dans cette
fleur. Comme un voleur je ressortis de l'église et replongeai
vers l'or du pirate.

Voici donc comment je lui fis l'amour, une minute ici,
une minute là, un voyage pour le Diable et un pour le
Seigneur, comme un chien qui abandonne la meute pour
capturer lui-même le renard. Ce choix m'avait enivré, cette
femme était à moi comme nulle ne l'avait été, elle ne voulait rien que d'être une part de ma volonté. Son visage,
changeant, moqueur, connaissant tous les prix, ce visage
berlinois était maintenant libre et détaché d'elle, il nageait
d'une expression à l'autre, compagne cupide aux yeux et
à la bouche emplis d'un désir de puissance, le regard
d'une femme à qui appartient le monde. Une fois encore
je remontai ces quelques centimètres qui séparent la fin
du commencement, une fois encore je fus à l'endroit où
se font les enfants, et elle eut l'air un peu triste, le visage
craintif d'une fille de neuf ans qui a peur d'être punie et
veut bien se conduire.

— Je n'ai rien en moi, dit-elle. Nous continuons ?

— Qui sait, lui répondis-je, tiens-toi tranquille.

Et je la sentis qui commençait à jouir. Le doute en moi
avait déclenché son plaisir, l'ordre d'avoir à se tenir tranquille
avait lâché la flèche. Elle en avait encore pour une minute,
mais elle était en route et, comme si un de ses doigts
malins avait abaissé en moi quelque commutateur, je partis
comme un cinglé serrer une fois de plus la main du Diable.

Ses yeux brillaient d'une rare gourmandise, le plaisir
était dans sa bouche, elle était heureuse. J'étais prêt à
poursuivre, gavé, prêt à lancer le premier jet au bord du
choix, comme un chat pris entre deux fils je sautais de
l'un à l'autre, un coup chaque fois, portant les dépouilles
et les secrets de l'enfer au Seigneur, rapportant des messages de défaite du ventre désolé, puis je choisis — ah ! mais

j'avais le temps de changer — je choisis son vagin. Ce n'était plus un cimetière, un entrepôt, non, plutôt une chapelle, désormais, un endroit décent, modeste, aux parois confortables, à l'odeur verte. Il y avait là une douceur étouffée, respectueuse, entre des murs de pierre. « Voilà ce que sera la prison pour toi », dit ma voix intérieure dans un dernier effort. « Reste là ! » me dit une autre voix. Je pouvais sentir la cuisine du diable dont les feux traversaient le plancher, j'attendais que la chaleur me parvienne, monte des caves inférieures pour apporter l'alcool, la chaleur et les langues agiles, j'étais au bord d'un choix qui me lancerait sur un vent ou sur l'autre, il fallait me donner, je ne pouvais me retenir, et il y eut une explosion, furieuse, traîtresse et brûlante comme les portes d'un slalom glacé et la vitesse de mes talons dépassa ma tête, je connus une de ces fractions de seconde où s'envolent les sens et à cet instant même le désir me saisit et me fit sortir et je m'enfonçai dans son cul pour jaillir comme si j'avais été lancé au travers de la chambre. Elle eut un cri de rage. Sa jouissance dut prendre un tournant féroce. Les yeux fermés, je pouvais sentir des eaux basses et stagnantes, autour d'un tronc d'arbre mort dans un étang la nuit. J'étais venu au diable une seconde trop tard, rien n'était plus là pour me recevoir. Mais j'eus tout de suite après la vision d'une immense cité dans le désert, dans un désert, était-ce sur la lune ? Car les couleurs pastel avaient l'aspect irréel du plastique et la grande rue était illuminée à cinq heures de l'après-midi par un million d'ampoules électriques.

Tout étant dit, ç'avait été une sacrée bagarre. Elle resta une minute dans un demi-sommeil, au bord de la stupeur, sa langue caressant paresseusement mon oreille. Comme une mère chatte enseigne à son chaton l'art d'écouter.

— Mr. Rojack, dit-elle enfin de sa voix de ventre aux accents berlinois, je ne comprends pas pourquoi vous avez des ennuis avec votre femme. Vous êtes un véritable génie.

— Un docteur ne vaut pas mieux que son malade.

Elle eut un sourire méchant :

— Mais vous êtes une *vache*. Il ne faut pas me tirer les cheveux. Pas même pour ça.

— *Der Teufel* m'a demandé de lui rendre visite.

— *Der Teufel* — elle rit. Qu'est-ce qu'un homme riche comme vous peut connaître de *Der Teufel* ?

— *Der Teufel* n'aime pas les riches ?

— Non, dit-elle. Dieu protège les riches.

— Mais à la fin je n'aurais pas pu rendre hommage à Dieu.

— Oh ! vous êtes horrible, et elle me pinça vicieusement la peau tendre du ventre, en bonne Allemande. Puis elle sursauta, mal à l'aise.

— Pensez-vous que votre femme nous ait entendus ?

— J'en doute.

— Les murs sont suffisamment épais ? Elle était assise, ses seins rusés se balançaient agréablement.

— Je ne me sens pas très bien, dit-elle, votre femme pourrait nous surprendre.

— Elle ne ferait jamais une chose pareille. Ce n'est pas son style.

— Je croyais que vous connaissiez mieux les femmes que ça, dit Ruta. Elle me pinça de nouveau. Vous savez, à la fin, vous m'avez volé quelque chose.

— A moitié.

— A moitié.

On s'aimait bien. C'était parfait. Mais je pouvais sentir le calme figé qui descendait de l'autre chambre. Ruta était nerveuse.

— Quand vous vous êtes avancé vers moi, dit-elle, vous étiez joli à voir.

— Vous aussi, j'en ai peur.

— Peut-être pas, mais je ne fais jamais de choses pareil-les. Pas à moins que je n'aie fermé la porte, ajouta-t-elle avec un sourire espiègle.

— Et cette nuit vous ne l'aviez pas fait.

— Non, je dormais. Je suis allée dormir après vous avoir introduit. Je pensais à votre air malheureux, quand vous êtes venu en visite.

Elle pencha la tête de côté comme pour demander si j'étais déjà passé dans le lit d'en haut, celui de ma femme, mais ne posa pas la question.

— Naturellement vous et madame Rojack vous êtes réconciliés.

— D'une certaine manière.

— Vous êtes détestable. C'est cela qui m'a réveillée — votre réconciliation avec Mme Rojack. J'étais éveillée, et si excitée — je ne peux pas l'expliquer.

Le bout de son nez vindicatif donnait de la gaieté à tout ce qu'elle disait.

— Quel âge avez-vous ?

— Vingt-trois ans.

Elle en avait probablement vingt-huit.

— Tu es charmante, dis-je. Et tu es tout de même une *vache*.

Ses doigts commençaient à jouer avec moi.

— Dormons encore une minute, lui dis-je.

— Oui.

Elle commença d'allumer une cigarette, puis s'interrompit :

— Votre femme pense que vous êtes rentré chez vous ?

— Probablement.

— J'espère que les murs sont épais.

— Essayons de dormir.

Je voulus éteindre la lumière. J'avais un rendez-vous dans le noir. Quelque chose m'attendait, là. Mais tout alla très mal dès que j'eus tourné l'interrupteur. L'obscurité s'abattit sur moi comme l'air sur une blessure dont on enlève le pansement. Mes sens étaient beaucoup trop en éveil. Tout ce qui était passé de son corps dans le mien y vivait comme une horde de touristes fureteurs et curieux qui aurait parcouru mes membres. J'éprouvais cette angoisse qui fait de la respiration un problème d'équilibre : trop peu d'air augmente l'oppression, mais trop — une grande bouffée — et c'est la peur de tomber. Il y avait quelque chose dans la pièce entre Ruta et moi, quelque chose qui prenait des forces, qui approchait. Pas d'yeux, ni de griffes, simplement la sensation d'une oppression qui attendait. Je me sentais abject.

— As-tu de quoi boire ? demandais-je à Ruta.

— Non. Elle rit, puis murmura : Quand je bois je vais à la recherche d'hommes pour qu'ils me battent.

— Cinglée, dis-je. Je me levai.

Elle pouvait m'entendre mettre mes chaussures, dans l'obscurité. L'oppression avait disparu au moment où j'avais quitté son lit et mes doigts étaient agiles. Ils semblaient flotter sur chaque vêtement juste au moment où j'en avais besoin.

— Quand reviens-tu ?

— Avant le jour.

— Et tu vas dire à ta femme que tu es allé te promener, que tu es revenu et que tu m'as réveillée pour que je t'ouvre la porte ?

— Non, je lui dirai que je n'avais pas fermé la porte à clef.

— Ne lui donne pas tout ce que tu as de mieux. Garde un cadeau pour moi.

— Je rapporterai peut-être un diamant.

— Je t'aime un petit peu.

Et je pensais à ce ventre vide, à ce cimetière qui paria une fleur et perdit.

— Je t'aime bien, Ruta.

— Reviens, et tu verras à quel point tu vas m'aimer. Je pensais alors à ce que j'avais laissé en elle et qui était en train de mourir dans les cuisines du diable. Etait-ce sa malédiction ?

« *Der Teufel* est si content », dit-elle, et une expression de parfaite méchanceté se concentra dans son œil. Qu'elle lise dans mes pensées, grand merci.

Etait-ce le nuage pesant qui était venu vers moi dans le noir ? La semence déposée au mauvais endroit pour y mourir ?

— La prochaine fois, me dit Ruta, il faudra s'occuper de la petite Ruta.

— La prochaine fois, dis-je, sera une grande occasion.

Je voulais lui envoyer un baiser, mais je n'avais rien en moi qui aurait pu le lui apporter. Je fermai la porte, remontai l'escalier, chapelle dans la jungle et rentrai dans la chambre de Deborah en espérant qu'elle serait partie d'une manière ou d'une autre. Le corps était *là*. Il frappa mes yeux comme le récif où va se briser un navire. Qu'allais-je faire d'elle ? Je sentais dans mes pieds une rage méchante, comme si, en la tuant, j'avais été encore trop doux, comme si je n'avais pas enfoncé ma haine à l'endroit où se trouvait concentrée la véritable injustice. Elle avait craché sur l'avenir, ma Deborah, elle avait gâché ma chance et maintenant son corps se trouvait là. J'eus l'envie soudaine de lui donner des coups de pied dans les côtes, de lui écraser le nez de mes semelles, de lui enfoncer le crâne de la pointe de mes chaussures et de la tuer à nouveau, de la tuer une bonne fois, de la tuer comme il se devait. Je tremblais sous la force de ce désir et je compris que c'était là le premier des dons que j'avais reçu de la ruelle. Oh ! Jésus, je m'assis sur une chaise pour maîtriser les nouveaux désirs que m'avait envoyés Ruta.

J'avais de nouveau le souffle embarrassé. Qu'allais-je faire de cette maudite Deborah ? Il n'y avait pas de solution. Si le messager était en route, il ne donnait aucun signe de sa venue. La panique, comme un rat, commença de me ronger. « Reste tranquille, espèce de salaud », dit une voix méprisante, comme un écho de Deborah.

Laissez-moi vous raconter le pire. J'eus à ce moment un caprice bizarre et sans mesure, l'envie de transporter son corps dans la salle de bains, de le mettre dans la baignoire. Puis Ruta et moi nous nous serions assis pour dîner. Nous aurions vécu de la chair de Deborah, en aurions mangé pendant des jours, et les poisons les plus profondément enfouis dans nos cellules auraient été libérés. J'aurais digéré la malédiction de ma femme avant qu'elle n'ait pris forme. Cette idée m'enthousiasmait. Je me sentais comme un médecin qui vient de découvrir une drogue extraordinaire. Les détails se mettaient en place : ce que nous n'aurions pas voulu manger aurait disparu dans le broyeur électrique qui était sous l'évier, les organes impurs et les petits os. Pour les os plus importants, fémurs, tibias, fibula, radius et ulna, les humérus, j'avais une autre idée. J'en aurais fait un paquet que j'aurais jeté par la fenêtre par-dessus l'East River Drive jusque dans la rivière. Non, une route à quatre voies et un trottoir, trop loin pour le lancer, il me faudrait sortir, prendre un taxi, puis un autre et un autre jusqu'à ce que j'arrive enfin aux marais de Canarsie ou aux dépotoirs près de City Island, et là je pourrais jeter le paquet dans une mare. Avec un peu de chance ces grands os d'amazone disparaîtraient pour toujours. Mais en serais-je bien sûr ? Ne vaudrait-il pas mieux remplir une caisse de plâtre de Paris et y enfouir les os, ainsi que les dents ? Non, il faudrait s'occuper séparément des dents, ni un égout ni une poubelle, non, les enterrer en lieu sûr, mais où ? Pas à Central Park, surtout, une dent de retrouvée et je serais mort : comme dans un film je pouvais voir les policiers parler au dentiste de Deborah — et les os enrobés de plâtre de Paris jetés en mer ne valaient rien non plus, car comment louer un bateau au mois de mars sans attirer l'attention ? *Héritière disparue* ! les journaux du lendemain pousseraient des hurlements et les gens se souviendraient de mon visage, de mon paquet si lourd, non, cela ne marcherait pas : le pire était d'avoir Ruta dans le coup, elle pouvait me faire des ennuis. Mon rêve fantastique était sur le point de s'évanouir : je me voyais seul près de la baignoire à côté du cadavre de Ruta — cette idée possédait une drôlerie réconfortante qui me fit sourire. Non, c'était fini, l'idée

était usée, et je me laissai aller faiblement dans ma chaise
comme si un spasme maladif était remonté dans mon cerveau au lieu de se décharger par la bouche. Quel cadeau
cette fille m'avait donné, quel piment germanique !

Puis cela vint très simplement, la plus simple des solutions.
Le messager était entré dans la tour. Et je souris malgré ma
terreur, car c'était aussi la solution la plus audacieuse. Etais-
je assez courageux ? Quelque chose en moi reculait — j'eus
une minute de discussion panique où j'essayai de trouver
un autre moyen. Peut-être pourrais-je porter Deborah jusqu'à l'ascenseur (ma pauvre femme a trop bu) ou la descendre en cachette par l'escalier, non, parfaitement impossible,
et je soupirai : si je manquais mon coup, c'était sûrement
la chaise électrique. J'eus le regret de n'avoir pas tenté
de mettre un enfant dans le ventre de Ruta — c'était peut-
être ma dernière femme. Puis je me levai, allai voir Deborah, m'agenouillai encore une fois près d'elle et passai la
main sous ses hanches. Ses intestins s'étaient vidés. Je me
sentis soudain comme un enfant, prêt à fondre en larmes.
Il y avait dans l'air comme une odeur de poisson aigre qui
rappelait un peu Ruta. La maîtresse et la servante mettaient le musc dans des poches opposées. J'hésitai, et puisqu'il n'y avait d'autre solution que de continuer, j'allai
prendre du papier dans la salle de bain et nettoyai Deborah. Je dus me forcer pour aller jusqu'au bout. Puis j'allai
jeter les saletés, écoutai le hurlement canin de la chasse
d'eau et retournai près de la fenêtre ouverte. Non. Pas
encore. J'éteignis d'abord la plupart des lumières. Puis,
avec une force inspirée par la panique, comme si j'avais
eu à m'échapper d'une maison en flammes, je la soulevai,
et à quel prix je la soulevai, car son corps était presque
trop lourd (la peur m'avait-elle vidé de mes forces ?) balan-
çai ses pieds sur le rebord, plus difficile que je ne l'avais
pensé, et, avec la peur fiévreuse qu'on ne me vît à cet
instant devant la fenêtre ouverte, surtout pas à cet instant,
non, j'avalai une bouffée d'air et la jetai et tombai moi-

même sur le tapis comme si elle m'avait repoussé. Etendu
là je comptai deux, trois, je ne sais pas à quelle vitesse,
sentant le poids de sa chute, comme un frisson dans ma
poitrine. J'entendis un bruit monter de la rue, dix étages,
un bruit mat curieusement fort et sourd, puis des hurlements de freins et le choc du métal contre le métal avec
le cri d'une forme soudain écrasée. Je me levai alors et me
penchai à la fenêtre et regardai, le corps de Deborah
était à moitié sous l'avant d'une voiture et il y en avait trois
ou quatre entassées derrière et la circulation qui s'arrêtait
à grand bruit jusqu'à près d'un kilomètre et je hurlai alors
en simulant la douleur, mais ma peine était vraie — car
je savais pour la première fois qu'elle était partie — et ce
fut un cri d'animal.

Un bain de chagrin brûlant, et je me sentis propre. J'allai
jusqu'au téléphone, composait le 0, demandai : « Quel
est le numéro de la police ? » La standardiste me dit,
« Juste une minute, je vous le donne. » J'attendis huit
longues sonneries pendant que mes nerfs se balançaient
comme un clown sur une corde, et une cacophonie de voix
humaines monta les dix étages qui me séparaient de la rue.
Je m'entendis indiquer mon nom et l'adresse de Deborah
au téléphone, puis cette voix qui était la mienne dit : « Venez
ici immédiatement, voulez-vous. Je peux à peine parler, il y a
eu un terrible accident. » Je raccrochai, allai jusqu'à la
porte et criai dans l'escalier, « Ruta, habillez-vous, habillez-
vous vite. Madame Rojack s'est suicidée. »

CHAPITRE III

L'EMISSAIRE DE LA FOLIE

Il n'était plus possible d'attendre l'arrivée de la police dans la chambre de Deborah. L'angoisse me parcourut comme une saute de courant au moment d'un court-circuit. Mon corps aurait pu se trouver dans un métro, était lui-même un wagon de métro, sinistre et grinçant, lancé à toute vitesse. L'adrénaline me secouait tout entier.

Je franchis la porte, descendis les marches, et rencontrai Ruta dans l'entrée. Elle était à moitié vêtue d'une robe noire et d'un corsage blanc déboutonné, sans bas ni chaussures. Les seins nus, pas de soutien-gorge, et ses cheveux roux, teints, ébouriffés, se dressaient comme un buisson qui gardait les traces de mes mains. La teinture, la mise en plis, la laque, mon passage — tout cela lui donnait l'air d'une fille surprise par une rafle. Quelque chose en moi se détendit malgré tout. Il y eut entre nous le bref écho d'une autre nuit (d'une autre vie), nous nous serions rencontrés dans le couloir d'un bordel italien, une nuit où les portes auraient été fermées, une soirée privée, les filles allant de lit en lit dans une seule chaleur, une même douceur...

— Je rêvais, dit-elle, et vous m'avez appelée.

Elle referma soudain son corsage.

— Non, et, à ma grande surprise, je laissai échapper un sanglot. Un bruit extraordinaire. « Deborah s'est suicidée. Elle a sauté par la fenêtre. »

Ruta poussa un cri, un vilain petit cri étranglé, et quelque chose de sale en fut délivré. Deux larmes coulèrent le long de sa joue.

« C'était une femme surprenante », dit Ruta, qui éclata en sanglots. Maintenant j'entendais sa douleur, un chagrin d'une telle vérité que je compris qu'elle ne pleurait pas sur Deborah, ni seulement sur elle-même, mais plutôt sur le fait irréfutable que les femmes ayant découvert la puissance du sexe ne sont jamais loin du suicide. Cette poussée de douleur soudaine rendit la beauté à son visage, et il émana de ses membres comme une nourriture. Je me sentais très loin, je n'était plus un individu, je n'avais plus ni personnalité ni habitudes humaines, j'étais plus proche d'un fantôme, d'un nuage d'émotions vagues éparpillées sur le vent, comme si une grande partie de moi s'était changée en femme pour pleurer tout ce que j'avais tué dans mon amour, ce tyran brutal et violent qui était en Deborah. Et je tendis maladroitement les bras vers Ruta, comme une femme qui cherche une autre femme. Nous nous serrâmes l'un contre l'autre. Mais un sein sortit du corsage et glissa dans ma paume, et ce sein ne recherchait pas la caresse d'une femme, non, il trouva vite un chemin effronté vers ce qui de ma main était dur et certain. Comme si je n'avais jamais senti le contact d'un sein (ce don de chair). Ruta pleurait toujours — sanglots qui prenaient une violence enfantine — mais son sein semblait indépendant. Sa pointe poussait du nez comme un jeune chien, promesse insolente d'une vie furtive, cherchant pour lui-même la vie avec tant d'ardeur que je fus pris d'un désir sans espoir. Sans espoir, car j'aurais dû être dans la rue, mais je n'y pouvais plus rien, il ne me fallait que trente secondes, et je les pris, une violente bouffée de la ruelle monta de Ruta comme je la possédais toujours en larmes, sur place, dans l'entrée, son dos contre les fleurs de velours, et je lançai un éclair féroce et brûlant de meurtre incendiaire, aussi cruel que le démon dans les yeux d'un enfant doré.

Quelque chose en elle bondit pour saisir cet enfant, je sentis une avarice se vider par secousses — elle commença lorsque j'eus fini, me pinçant la nuque à laquelle elle s'agrippait, et arriva dix secondes après moi.

— Oh, dit-elle, tu essayes de me faire la cour.

J'étais redevenu froid comme un glaçon et lui donnai un baiser moqueur sur le nez.

— Maintenant écoute, lui dis-je, va prendre une douche.

— Pourquoi ?

Elle secoua la tête, feignant de mal comprendre. Mais ces quarante secondes nous avaient mis sur le même plan. Je me sentais parfaitement bien, méchant comme un rasoir et content de moi. J'avais eu besoin de lui prendre autre chose, quelque sel amer, étroit, agressif comme l'œil d'un directeur du personnel.

— Parce que, mon chat, la police sera là dans cinq minutes.

— Tu les as appelés ?

— Bien sûr.

— Mon Dieu !

— Ils seront là dans cinq minutes, et il me faut avoir l'air accablé. Ce que bien sûr je suis. (Et je souris.)

Elle me lança un regard stupéfait. Etais-je fou, demandaient ses yeux, ou méritais-je le respect ?

— Mais quest-ce que vous devez leur expliquer ? demanda-t-elle en bonne Allemande.

— Que je n'ai pas tué Deborah.

— Qui dit que vous l'avez fait ?

Elle essayait de me suivre, mais ce dernier tournant avait été trop brusque.

— Je n'aimais guère Deborah. Elle me détestait. Vous le savez.

— Vous n'étiez pas très heureux ensemble.

— Pas très.

— Une femme ne se suicide pas pour un homme qu'elle déteste.

— Ecoute, mon chat, je dois te dire une chose affreuse. Elle a senti ton odeur sur moi. Et elle a sauté. Comme ça. Devant mes yeux.

— Monsieur Rojack, vous êtes sans pitié.

— Sans pitié. (Je lui pinçai un peu l'épaule.) Et toi ?

— Moi aussi.

— Sortons-nous de là ensemble. Après, nous prendrons du bon temps.

— J'ai peur, dit-elle.

— Quand la police t'interrogera, dis la vérité. Sauf un détail, évidemment. Il est clair qu'il n'y a rien eu entre nous.

— Rien entre nous.

— Ce soir, tu m'as ouvert la porte. Il y a deux heures. Tu ne sais pas exactement à quelle heure, mais il y a environ deux heures. Puis tu es allée te coucher. Tu n'as rien entendu jusqu'à ce que je te réveille.

— Oui.

— Ne fais pas confiance à la police. S'ils disent que nous avions une liaison, tu le nies.

— Monsieur Rojack, vous ne m'avez jamais touchée.

— C'est ça.

Je lui pris le menton entre le pouce et l'index, comme si c'était un objet précieux.

— Maintenant, le second système de défense. S'ils me confrontent avec toi, ou s'ils t'amènent en face de moi, et que tu m'entendes dire que nous avons couché ensemble, alors tu es d'accord. Mais seulement si tu m'entends le dire.

— Vous allez leur dire ?

— Non, sauf s'ils trouvent une preuve. Dans ce cas je leur dirai que je voulais protéger notre réputation à tous les deux. Ça ira quand même.

— Ne devrions-nous pas l'avouer dès le départ ?

— Il est plus naturel de le cacher. (Je lui souris.) Maintenant, va te laver. Vite. Si tu as le temps, habille-toi. Et attention.

— Oui.

— Aie l'air tout à fait ordinaire. Et, pour l'amour de Dieu, donne-toi un coup de peigne.

Là-dessus je quittai l'appartement. L'ascenseur prendrait trop longtemps, mais je l'appelai tout de même, je sonnai cinq coups perçants pour manifester mon impatience, puis descendis par l'escalier. C'était la seconde fois de la nuit que j'allais descendre dix étages, mais cette fois-ci, j'étais pressé. Quand j'atteignis la loge, elle était vide, le portier était sûrement en train de monter, coup de chance ou de malchance (je ne pouvais plus faire entrer en ligne de compte toutes les possibilités), puis je fus à l'extérieur et franchis en courant les quelques mètres qui me séparaient de la route. L'air libre pénétra soudain ma gorge et me donna une impression passagère mais parfaite d'aventure au grand large, d'une aventure depuis longtemps passée — souvenir : j'avais dix-huit ans et je jouais au rugby pour Harvard ; une passe, le ballon arrive sur moi, je le tiens et je suis en train de courir. De la rivière vient un vent léger qui suggère l'odeur du gazon. Une palissade courait le long de East River Drive. Il n'y avait pas de fil barbelé au sommet, je pus la franchir sans déchirer mon pantalon. Je me retrouvai de l'autre côté. Il me fallait encore sauter plus de deux mètres pour atteindre le trottoir, mais je me laissai tomber — j'avais horreur de sauter — je me laissai tomber, me cognai le genou, me blessai légèrement à l'aine, un petit muscle sans importance, et me frayai un chemin parmi les voitures qui rampaient vers le sud à cinq kilomètres à l'heure sur la seule chaussée encore libre. Deborah était, trente mètres plus loin. J'aperçus quatre ou cinq voitures qui s'étaient télescopées et un attroupement de quarante à cinquante personnes. On avait allumé une torche au magnésium, et elle répandait cette lumière blanche et violente qui baigne les ouvriers qui ont un travail sérieux à faire, la nuit. Une voiture de police de chaque côté, leur lampe rouge tournant comme un phare. Je pouvais entendre au

loin la sirène d'une ambulance, et au milieu de la scène
se trouvait une zone de silence immobile et figé comme
celui qui entoure un cercueil placé au centre d'une pièce.
J'entendis une femme pleurer nerveusement dans une des
voitures accidentées. Puis les voix absorbées, irritables, aux
accents brefs, de trois hommes de grande taille parlant entre
eux, conversation professionnelle, deux policiers et un inspecteur, à ce que je compris, plus loin un homme âgé aux
cheveux gris et sales, avec un grand nez et un teint maladif, portant des lunettes à verres roses, était assis dans sa
voiture, la portière ouverte, se tenant les tempes et laissant
échapper un gémissement semé de gargouillis qui trahis-
saient l'état lamentable de ses intérieurs.

J'avais traversé la foule et m'apprêtais à m'agenouiller
près du corps de Deborah. Un bras recouvert de serge
bleue me retint.

— C'est ma femme.

Le bras s'abaissa d'un coup.

— Feriez mieux de ne pas regarder, monsieur.

Il n'y avait rien de joli à voir. Elle avait dû d'abord
toucher le sol, puis la voiture la plus proche l'avait heurtée
en fin de course, presque arrêtée, déplaçant peut-être le corps
de quelques dizaines de centimètres. Ses membres avaient
pris l'aspect d'un vieux bout de cordage ballotté par la mer,
et sa tête était à moitié écrasée par la roue d'une voiture.
Un homme prenait des photos, son flash faisant chaque fois
un claquement malveillant. Il recula quand je me mis à
genoux et se tourna vers un autre, un médecin qui avait
une trousse à la main, pour lui dire : « Elle est à vous ? »
— « Bon, reculez la voiture », demanda le médecin. Deux
policiers qui étaient près de moi poussèrent la voiture en
arrière sur trente centimètres avant qu'elle ne touche celle
qui était derrière. Je devançai le médecin et me baissai pour
regarder le visage sali par le frottement et les marques du
pneu. La moitié du visage était reconnaissable. Le côté qui
avait reçu le choc de la roue était fortement gonflé. On

aurait dit une jeune fille un peu grasse. Mais l'arrière de
son crâne, comme un fruit trop mûr s'écrasant dans sa pourriture, était au centre d'une mare de sang figé qui avait près
de trente centimètres de diamètre. J'étais entre le photographe de la police, qui s'apprêtait à prendre d'autres photos,
et le médecin, qui ouvrait sa trousse. Toujours agenouillé, et
j'appuyai mon visage contre le sien en prenant soin de me
mettre un peu de sang sur les mains et même (en caressant ses cheveux de mon nez) d'en tacher mon propre visage.
« Oh ! chérie », dis-je tout haut. Il aurait peut-être été bon
de pleurer, mais il n'y avait rien de ce genre à l'horizon.
Non, le choc et la stupeur étaient encore ce que j'avais de
mieux à présenter. « Deborah », dis-je, et il me vint de
mon passé le plus atroce l'impression d'avoir déjà fait tout
cela, d'avoir fait l'amour à une femme qui ne me plaisait
pas à cause d'une odeur désagréable ou d'une peau sans
vie, d'avoir dit « Oh, chérie, oh ! ma chérie », avec ce viol
de mon intimité qu'exigent les convenances. Ce « Oh ! chérie » sortit alors bien timbré, avec toute la force du chagrin.
« Oh ! Christ ! Christ ! » répétais-je faiblement.

« Vous êtes le mari ? » demanda une voix dans mon
oreille. Je me rendais compte sans tourner la tête du genre
d'homme qui avait parlé. Un inspecteur, au moins un mètre
quatre-vingts, large d'épaules, un début de brioche. Une voix
irlandaise adoucie par le sentiment de son autorité, qui
contrôlait un millier d'irritations diverses. « Oui », répondis-
je en levant la tête, et je vis un homme qui ne correspondait
pas à la voix. Il devait avoir un mètre soixante-dix, était
presque mince avec un visage dur et net et des yeux bleus
et glacés toujours en quête d'un adversaire. Ce fut comme
la légère surprise de rencontrer quelqu'un après lui avoir
parlé au téléphone.

— Votre nom ?

Je le lui dis.

— Monsieur Rojack, il nous faut passer par toute une série
de détails déplaisants.

— Très bien, dis-je d'une voix éteinte, me gardant bien de le regarder en face.

— Je m'appelle Roberts. Nous devons transporter votre femme au n° 400 de la vingt-neuvième rue Est, et nous aurons peut-être besoin de vous là-bas pour l'identifier à nouveau, mais pour l'instant, si vous voulez bien nous attendre.

Je me demandais s'il fallait dire « Mon Dieu, elle a sauté devant mes yeux, comme ça ! » mais ce pigeon ne serait pas allé bien loin. Roberts me donnait une sensation de malaise qui ressemblait à celle que m'avait donnée Deborah.

Je fis quelques pas du côté des voitures accidentées. Le vieil homme désagréable aux lunettes roses gémissait toujours. Il avait avec lui un couple de jeunes gens : un Italien beau garçon, grand et brun — peut-être son neveu, il y avait une certaine ressemblance — avec un visage boudeur, des cheveux noirs et plats coiffés à la Pompadour, un costume sombre, une chemise de soie blanche et une cravate de soie blanc-argent. Le genre qui me déplaît à première vue, et qui me déplaisait plus encore à cause de la fille blonde qui l'accompagnait. Je ne fis que l'entrevoir, mais elle avait un de ces visages parfaitement américains, le visage de petite fille aux traits purs et nets qu'en retrouve sur toutes les affiches du pays, et quelque chose de plus, l'allure subtile de celles qui s'offrent en spectacle aux gens riches, une expression d'habileté ciselée dans un métal précieux. Un air tranquillement détaché. Son nez, d'une perfection classique, avait juste l'angle volontaire du hors-bord qui franchit la vague.

Elle dut sentir mon regard, car elle se retourna — elle s'occupait avec un certain ennui du vieil homme aux lunettes roses et de ses faibles bruits d'entrailles — et ses yeux, d'une extraordinaire couleur vert-jaune-doré, (les yeux d'un ocelot) se posèrent sur moi avec une sollicitude d'une franchise toute provinciale. « Mon pauvre homme, votre visage est couvert de sang », dit-elle. Une voix chaude, forte, assurée, presque masculine, avec une trace d'accent du Sud. Elle sortit son mouchoir, et me tamponna la joue.

— Cela dut être terrible », me dit-elle. Un subtil sens maternel, profondément enfoui, mais inébranlable, était présent dans la pression de sa main sur mon visage.

— Hé, Cherry, dit son ami, va devant, parle aux flics et vois si on peut faire sortir l'Oncle d'ici.

Il m'évitait soigneusement.

— Laisse faire, Tony, répondit-elle. Ne va pas attirer l'attention.

L'oncle gémit à nouveau, comme pour me reprocher l'attention qu'elle m'accordait.

— Merci, lui dis-je, vous êtes très gentille.

— Je vous connais, dit-elle en examinant, mon visage. Vous êtes à la télévision ?

— Oui.

— Votre émission est très bien.

— Merci.

— Monsieur Rojack !

L'inspecteur m'appelait.

— Comment vous appelez-vous ? demandai-je à la fille.

— N'y pensez même pas, monsieur Rojack, dit-elle en souriant avant de se tourner vers Tony.

Et je pris conscience à cet instant que l'inspecteur m'avait vu bavarder avec cette blonde.

— Allons parler là-haut, dit-il.

Nous montâmes dans une voiture de police, la sirène se mit en marche, la voiture chercha une issue, quitta l'East River Drive, puis retourna vers l'appartement. Nous ne dîmes pas un mot. C'était aussi bien. Etre assis auprès de Roberts me donnait cette intimité physique qu'on éprouve habituellement près d'une femme. Lui aussi était conscient de mon corps, c'était comme si une sorte d'instinct que je ne sentais que trop bien, plongeait en moi.

Quand nous arrivâmes il y avait dans la rue deux voitures

de police supplémentaires. Nous gardâmes le silence dans l'ascenseur. Dans l'appartement, nous trouvâmes quelques inspecteurs et des policiers. Il y avait dans l'air une odeur sans joie qui me rappelait un peu le savon liquide. Deux des policiers interrogeaient Ruta. Elle ne s'était pas contentée d'un coup de peigne, mais avait fait de son mieux pour se recoiffer et n'en paraissait que trop attirante. Elle avait échangé sa robe et son corsage pour un saut-de-lit de soie rose-orangé.

Mais elle se rattrapa par son accueil.

— Monsieur Rojack, dit-elle avec un sourire, mon pauvre, pauvre monsieur. Puis-je vous faire du café ?

Je fis signe que oui. J'avais aussi envie d'alcool. Peut-être aurait-elle la bonne idée d'en verser dans ma tasse.

— Très bien, dit Roberts, je voudrais voir la pièce où c'est arrivé.

Il fit signe à un des inspecteurs, un grand Irlandais à cheveux blancs, et ils me suivirent tous les deux. Le second se montrait très amical, et me fit un clin d'œil compatissant quand nous nous assîmes.

— Bien ! pour commencer, dit Roberts, depuis combien de temps vous et votre femme habitez-vous ici ?

— Il y a six ou huit semaines qu'elle y était.

— Mais pas vous ?

— Non, il y a un an que nous étions séparés.

— Depuis combien de temps étiez-vous mariés ?

— Près de neuf ans.

— Vous la voyiez souvent depuis que vous étiez séparés ?

— Peut-être une ou deux fois par semaine. Ce soir était la première fois depuis quinze jours.

— Bien ! vous avez dit au téléphone que c'était un accident.

— Oui, je crois avoir dit que c'était un terrible accident. Je pense avoir employé ces mots-là.

— Un véritable accident.

— Non, inspecteur. Je puis aussi bien vous dire que ce fut un suicide.

— Pourquoi avoir dit que c'était un accident ?

— J'avais le vague espoir de protéger la réputation de ma femme.

— Je suis heureux que vous n'ayez pas persévéré dans cette version.

— Ce ne fut qu'après avoir raccroché que je compris avoir dit en fait ce qui est très près d'un mensonge. Je pense que cela dissipa une part des effets du choc. Quand j'ai appelé la bonne, j'ai préféré lui dire la vérité.

— Très bien. (Il approuva de la tête.) Ce fut un suicide. Votre femme a *sauté* par la fenêtre. (Il faisait de son mieux pour rendre le mot inoffensif). Maintenant, que je comprenne bien. Votre femme s'est levée de son lit. C'est cela ?

— Oui.

— Est allée à la fenêtre et l'a ouverte ?

— Non, je l'avais ouverte quelques minutes avant. Elle se plaignait de la chaleur et me demanda d'ouvrir la fenêtre aussi grand que je pourrais.

Je frissonnai à ce moment, car la fenêtre était toujours ouverte et l'air de la pièce était glacé.

— Excusez mon indiscrétion, dit Roberts, mais les suicides sont de sales histoires si elles ne sont pas vite réglées. J'ai quelques questions difficiles à vous poser.

— Demandez-moi ce que vous voulez. Je crois que tout ceci ne m'a pas encore vraiment atteint.

— Bien ! alors, si cela ne vous fait rien, avez-vous eu des rapports intimes avec votre femme ce soir ?

— Non.

— Mais vous avez pris quelques verres ensemble ?

— Pas mal, oui.

— Etait-elle ivre ?

— Elle devait avoir une bonne dose d'alcool dans le

corps. Mais elle n'était pas ivre. Deborah tenait très bien l'alcool.

— Vous vous êtes peut-être disputés ?

— Pas exactement.

— Expliquez-moi, je vous prie.

— Elle était terriblement déprimée. Elle a eu des mots très déplaisants.

— Vous ne vous êtes pas mis en colère ?

— J'en avais l'habitude.

— Pourriez-vous nous répéter ce qu'elle a dit ?

— De quoi une femme accuse-t-elle son mari ? Elle lui dit d'une manière ou d'une autre qu'il n'est pas suffisamment l'homme dont elle a besoin.

— Certaines femmes, dit Roberts, se plaignent de ce que leurs maris courent un peu trop les femmes.

— J'avais ma vie privée, Deborah avait la sienne. Les gens qui viennent de son milieu ne sont pas à l'aise tant que leur mariage ne s'est pas congelé en mariage de convenance.

— Cela semble plutôt paisible.

— Evidemment, ce ne l'était pas. Deborah avait de profondes dépressions, mais elle les gardait pour elle. C'était une femme orgueilleuse. Je doute que même ses amis les plus proches aient su l'étendue de ces dépressions. Quand elle se sentait mal, elle se mettait au lit pour y rester un ou deux jours de suite, sans rien dire. Je ne l'ai guère vue cette dernière année, mais vous pouvez sûrement demander à la bonne.

— Deux de nos hommes sont justement en train de lui parler, dit l'autre inspecteur avec un large sourire heureux, comme s'il n'avait pour seul désir que de me réconforter.

— Et ce café ? demandai-je.

— Il arrive, répondit Roberts.

Il alla jusqu'à la porte, appela quelqu'un, puis revint.

— Qu'est-ce qui la déprimait ainsi ? demanda-t-il avec simplicité.

— Elle était croyante. Une catholique très pieuse. Et je ne suis pas catholique. Je crois qu'elle pensait que ce mariage la maintenait en état de péché mortel.

— Elle était donc catholique et très pieuse, dit Roberts, et à décidé de sauver son âme immortelle en se suicidant ?

Il y eut comme l'amorce d'un silence.

— Deborah avait un esprit très particulier, répondis-je. Elle me parlait souvent de suicide, surtout pendant les périodes ou elle se sentait déprimée. Particulièrement ces dernières années. Elle avait fait une fausse couche, vous comprenez, et ne pouvait plus avoir d'enfant.

Mais je m'étais porté un coup. Non par rapport à eux, plutôt par rapport à un instinct personnel, qui tourna soudain au dégoût. Cet avortement, après tout, avait été une perte aussi bien pour moi. Il n'y avait naturellement rien à faire, sinon continuer.

— Je ne pense pas tant que ce fut l'avortement. Deborah sentait quelque chose de mal en elle. Elle se croyait hantée par des démons. Vous comprenez quelque chose à cela ?

— Non, dit Roberts. Je ne vois pas comment mettre des démons dans un rapport de police.

L'autre inspecteur me fit à nouveau un clin d'œil jovial.

— Roberts, je n'ai pas l'impression que vous soyez un type à vous suicider, dis-je.

— En effet. Ce n'est pas mon genre.

— Eh bien, alors ! ne croyez-vous pas que vous auriez besoin d'un peu de charité pour essayer de comprendre un esprit porté au suicide ?

— Vous n'êtes pas à la télévision, monsieur Rojack, dit Roberts.

— Ecoutez, je sais où je suis. Je fais de mon mieux pour vous expliquer quelque chose. Préféreriez-vous que je sois complètement anesthésié ?

— Ce serait peut-être plus convaincant.

— Cette remarque implique-t-elle un soupçon ?

— Je n'ai pas entendu.

— Cette remarque implique-t-elle un soupçon ?

— Attendez une minute, monsieur Rojack, mettons les
choses au point. Il doit déjà y avoir des journalistes en bas. Il
y aura une foule à la morgue et une autre à l'enquête.
Ne soyez pas surpris que les journaux du matin en fassent
leur première page. Vous serez démoli pour toujours si
le rapport du juge d'instruction fait la moindre réserve.
Mon devoir d'officier de police est de rechercher les faits et
de les communiquer à qui de droit.

— Y compris la presse ?

— Je travaille avec eux tous les jours. Je ne travaille
avec vous que ce soir et peut-être demain, espérons que
cela n'ira pas plus loin. Je veux que tout soit clair. Je veux
pouvoir descendre et dire à ces journalistes : « Je crois
qu'elle a sauté — allez-y doucement sur le pauvre type
qui est là. » Vous entendez ? Je ne veux pas avoir à dire :
« Ce type est inquiétant, il l'a peut-être poussée. »

— Très bien, dis-je, cela me semble correct.

— Si vous voulez, ajouta-t-il, vous pouvez ne pas répondre à mes questions et demander un avocat.

— Je n'ai pas envie d'un avocat.

— Oh ! vous pouvez en prendre un, dit Roberts.

— Je n'en veux pas. Je ne vois pas pourquoi j'en aurais
besoin.

— Alors nous continuons.

— Si vous voulez, dis-je. Comprendre le suicide de
Deborah — pour autant que je le comprenne — il vous
faudra suivre l'idée que je m'en fais.

— Vous nous parliez de démons, dit Roberts.

— Oui. Deborah croyait en être possédée. Elle se sentait
mauvaise.

— Elle avait peur de l'enfer ?

— Oui.

— Revenons-en là. Une pieuse catholique croit qu'elle est
destinée à l'enfer, elle décide donc de se sauver en se suicidant.

— Absolument, dis-je.

— Absolument, dit Roberts. Vous voulez bien répéter cela devant un prêtre, n'est-ce pas ?

— Ce serait aussi difficile de lui expliquer que de vous le faire comprendre.

— Il vaut mieux courir la chance avec moi.

— Ce n'est pas facile, dis-je. Pourrais-je avoir ce café maintenant ?

L'inspecteur plus âgé se leva et sortit. Roberts resta silencieux. Parfois il me regardait, parfois il regardait une photographie de Deborah dans un cadre d'argent qui était sur le bureau. J'allumai une cigarette et lui offris le paquet.

— Je ne fume jamais, dit-il.

L'inspecteur revint avec le café.

— Cela ne vous ennuie pas que j'en prenne une gorgée, dit-il. La bonne y a mis un peu de whisky.

Puis il m'envoya de nouveau son large sourire. Il émanait de sa personne une odeur grasse et corrompue. Je m'étranglai sur la première gorgée.

— Oh ! Dieu, elle est morte, dis-je.

— C'est cela, dit Roberts, elle a sauté par la fenêtre.

Je posai la cigarette pour me moucher, découvrant à ma détresse qu'un aigre filet de vomi avait remonté ma gorge jusqu'au fond de mon nez, et que je l'avais projeté à travers mes narines jusqu'au mouchoir. Mon nez me brûlait. Je pris une seconde gorgée de café et le whisky irlandais commença de répandre sa douce chaleur.

— Je ne sais pas si je peux vous l'expliquer, continuai-je. Deborah croyait qu'il existe une miséricorde particulière pour les suicidés. Elle pensait que c'était un acte terrifiant, mais que Dieu vous le pardonnait si votre âme courait le danger d'être anéantie.

— Anéantie, répéta Roberts.

— Oui, non pas perdue, mais éteinte. Deborah croyait que si vous alliez en enfer vous pouviez encore y résister

au diable. Vous comprenez, elle pensait qu'il existe quelque
chose de pire que l'enfer.

— C'est-à-dire ?

— Quand l'âme meurt avant le corps. Si l'âme est
anéantie dans la vie, rien ne gagne l'éternité quand vous
mourez.

— Qu'est-ce que l'Eglise dit de tout cela ?

— Deborah pensait que ceci ne s'appliquait pas à un
catholique ordinaire. Mais elle se voyait comme une catholique déchue. Elle croyait que son âme était en train de
mourir. Je crois que c'est pour cela qu'elle voulait se tuer.

— C'est la seule explication que vous ayez à proposer ?

J'attendis une minute.

— Je ne sais pas si c'était fondé, mais Deborah croyait
être atteinte d'un cancer.

— Qu'en pensez-vous ?

— C'était peut-être vrai.

— S'est-elle fait examiner ?

— Pas à ma connaissance. Elle n'avait pas confiance dans
les médecins.

— Elle ne prenait pas de pilules, demanda Roberts, seulement de l'alcool ?

— Pas de pilules.

— Et la marijuana ?

— En avait horreur. Elle serait sortie de la pièce si
elle avait pensé que quelqu'un en fumait. Elle a dit un
jour que la marijuana était la grâce du démon.

— Vous en fumez quelquefois ?

— Non. (Je toussai.) Oh ! j'ai pu en prendre une ou deux
bouffées par politesse, mais c'est à peine si je m'en souviens.

— Bon, dit-il, voyons un peu ce cancer. Pourquoi pensez-vous qu'elle en avait un ?

— Elle en parlait sans arrêt. Elle disait qu'au moment
où votre âme meurt, le cancer apparaît. Elle disait toujours
que c'était une mort différente des autres morts.

Le gros inspecteur péta. Aussi abrupt que ça.

— Quel est *votre* nom ? lui demandai-je.

— O'Brien.

Il changea de position, mal à son aise, et alluma un cigare. La fumée se mêla rapidement à l'odeur des autres vapeurs. Roberts semblait dégoûté. Je sentais que je commençais pour la première fois à le convaincre.

— Mon père est mort du cancer, dit-il.

— Je suis navré de l'apprendre. Je peux seulement dire que je n'avais pas grand plaisir à écouter les histoires de Deborah, car ma mère est morte de leucémie.

Il hocha la tête.

— Ecoutez, Rojack, je peux aussi bien vous le dire. Votre femme va être autopsiée. Cela peut mettre en évidence ou non ce dont vous parlez.

— Cela peut ne rien montrer du tout. Deborah était peut-être dans un état précancéreux.

— Bien sûr. Mais tout serait peut-être mieux si le cancer était là. Parce que je dois vous accorder qu'il y a un rapport entre le cancer et le suicide.

Puis il regarda sa montre.

— Quelques questions concrètes. Votre femme avait-elle beaucoup d'argent ?

— Je ne sais pas. Nous ne parlions jamais d'argent.

— Son père a une belle fortune, si c'est bien la femme à qui je pense.

— Il a pu la déposséder quand je l'ai épousée. J'ai souvent dit à mes amis qu'elle était prête à perdre sa part de deux cents millions de dollars, mais pas à me faire mon petit déjeuner.

— Vous ne croyez donc pas être son héritier ?

— Si elle avait de l'argent, je ne crois pas qu'elle me l'aurait laissé. Tout doit revenir à sa fille.

— Bien, il sera facile de le savoir.

— Oui.

— Très bien, monsieur Rojack, venons-en à cette nuit.

Vous êtes venu la voir après deux semaines d'absence. Pourquoi ?

— Elle m'a manqué, tout à coup. Cela arrive, même quand on est séparés.

— A quelle heure êtes-vous arrivé ?

— Il y a plusieurs heures. Peut-être vers neuf heures.

— Elle vous a ouvert la porte ?

— La bonne.

— Avez-vous déjà baisé la bonne ? demanda O'Brien.

— Jamais.

— Eu envie ?

— J'ai pu y penser.

— Pourquoi ne l'avez-vous pas fait ? continua O'Brien.

— Ce serait devenu déplaisant si Deborah s'en était aperçue.

— C'est logique, reconnut O'Brien.

— Très bien, dit Roberts, vous allez dans sa chambre, et après ?

— Nous avons parlé pendant des heures. Nous avons bu et parlé.

— La bouteille est plus qu'à moitié pleine. Ce n'est pas beaucoup pour deux grands buveurs en trois heures.

— Deborah a presque tout bu. Je n'ai pris que quelques gorgées.

— De quoi parliez-vous ?

— De tout. Nous avons envisagé la possibilité de vivre ensemble à nouveau. Nous avons trouvé tous les deux que c'était impossible. Alors elle a pleuré, ce qui lui arrivait très rarement. Elle m'a dit qu'elle avait passé une heure près de la fenêtre ouverte avant mon arrivée, et qu'elle avait envie de sauter. Elle sentait que Dieu la réclamait. Elle me dit qu'elle se sentait misérable, comme si elle avait refusé Dieu. Et puis elle a dit : « Avant, je n'avais pas le cancer. Il a poussé en moi pendant l'heure où je suis restée près de cette fenêtre. Je n'ai pas sauté mais mes

cellules ont sauté. J'en suis sûre. » Ce furent ses propres
mots. Puis elle a dormi quelque temps.

— Qu'avez-vous fait ?

— Je suis simplement resté assis sur une chaise près
de son lit. Je me sentais plutôt mal, je peux vous le dire.
Puis elle s'est réveillée. Elle m'a demandé d'ouvrir la fenêtre. Quand elle a commencé à parler, elle m'a dit... faut-il
vraiment vous dire tout cela ?

— Ce serait préférable.

— Elle m'a dit que ma mère avait eu un cancer, que
j'en avais un moi aussi, et que je le lui avais donné. Elle
m'a dit que pendant toutes ces années passées dans le lit
conjugal, je lui donnais mon cancer.

— Qu'avez-vous dit ?

— Quelque chose qui ne valait pas mieux.

— Je vous en prie, allez-y, dit Roberts.

— Je lui dis que c'était aussi bien, car elle était un para-
site tandis que j'avais un travail à faire. Je lui ai même dit
que si son âme était en train de mourir, c'est qu'elle le
méritait, qu'elle était corrompue.

— Qu'a-t-elle fait ?

— Elle est sortie de son lit, s'est rendue près de la fenêtre et a dit : « Si tu ne rétractes pas ce que tu viens de
dire, je saute. » J'étais sûr qu'elle n'y croyait pas. Rien que
son emploi d'un mot comme « rétracter ». Je lui ai simplement dit : « Alors, saute. Débarrasse le monde de ton poison. » Je pensais dire ce qu'il fallait, pour pénétrer dans
sa folie, entamer cette volonté tyrannique qui avait détruit
notre mariage. Je pensais pouvoir gagner un point décisif.
Au lieu de quoi elle fit un pas en avant et disparut. Et
je sentis comme si quelque chose sortait d'elle et venait
frôler mon visage. (J'eus un frisson. Cette scène me paraissait réelle.) Alors je ne sais plus ce qui s'est passé. Je crois
que j'étais à moitié prêt à la suivre. Comme vous voyez
je ne l'ai pas fait. Non, j'ai prévenu la police, j'ai appelé
la bonne et j'ai dû m'évanouir un certain temps car je me

suis retrouvé par terre en train de penser : « Tu es coupable de sa mort ». Alors si vous voulez bien y aller doucement pour l'instant, Roberts, ça n'a pas été facile.

— Ouais, dit Roberts. Je pense que je vous crois.

— Excusez-moi, dit O'Brien.

Il se mit debout un peu lourdement et sortit.

— Il y a quelques formalités, dit Roberts. Si vous pouvez le supporter, j'aimerais que vous veniez au 400, vingt-neuvième rue Ouest pour l'identification, puis au commissariat remplir quelques papiers.

— J'espère que je n'aurai pas à répéter sans arrêt cette histoire.

— Une seule fois, pour enregistrer la déposition. Vous pourrez laisser les détails de côté, l'enfer, le paradis, le cancer et tout ça. Et votre dialogue. Dites simplement que vous l'avez vue sauter.

O'Brien revint avec un autre inspecteur qu'on me présenta comme le lieutenant Leznicki. Un Polonais. Il était de la taille de Roberts, plus mince encore, et semblait souffrir d'un ulcère, à voir ses gestes secs et nerveux. Ses yeux étaient d'un jaune grisâtre et terne, comme une huître un peu décomposée. Il avait des cheveux couleur de fer, la peau grise, et environ cinquante ans. Comme on nous présentait, il renifla d'un geste bref, comme un boxer, avant de sourire d'un air irritable.

— Pourquoi l'avez-vous tuée, Rojack ? me dit-il.

— Qu'est-ce qui se passe ? demanda Roberts.

— L'os hyoïde est brisé.

Leznicki me regarda.

— Pourquoi n'avoir pas dit que vous l'aviez étranglée avant de la jeter par la fenêtre ?

— Je ne l'ai pas fait.

— Les conclusions du médecin montrent que vous l'avez étranglée.

— Je ne vous crois pas. Ma femme a fait une chute de dix étages avant d'être heurtée par une voiture.

Roberts se rassit. Je le regardai comme s'il était mon
seul allié, le dernier ami qui me restait au monde. Il se
pencha vers moi et me dit :

— Monsieur Rojack, nous nous occupons d'un grand
nombre de suicides chaque année. Ils avalent des drogues, ils
se coupent les veines, ils se tirent des coups de revolver dans
la bouche. Quelquefois ils sautent. Mais, depuis que j'appar-
tiens à la police, je n'ai jamais entendu parler d'une femme
qui se soit jetée d'une fenêtre sous les yeux de son mari.

— Jamais, dit O'Brien.

— Tu ferais mieux de te trouver un avocat, mon pote,
dit Leznicki.

— Je n'en ai pas besoin.

— Allons au commissariat, dit Roberts.

Je me rendis compte, comme ils se levaient, de l'atmosphère qu'ils dégageaient, une odeur de chasseurs assis dans
une cabane surchauffée, attendant le lever du soleil, ivres
d'avoir bu toute la nuit. J'étais leur gibier. En me mettant debout je sentis une faiblesse envahir mon corps, et
aucune réaction d'adrénaline. J'avais encaissé plus que je
ne croyais, et j'eus la même surprise qu'un boxeur qui
sent ses jambes se dérober au milieu d'un combat, et qui
n'a plus rien dans les bras.

Ruta n'était pas en vue quand nous passâmes dans l'entrée. J'entendais des voix venir de sa chambre.

— Les techniciens sont arrivés ? demanda Leznicki au
policier de garde à la porte.

— Ils sont là-dedans.

— Dites-leur que c'est un boulot à cent pour cent, et la
même chose pour l'étage au-dessus.

Puis il appela l'ascenseur.

— Pourquoi ne pas le faire passer par la porte de
service ? demanda Roberts.

— Non, dit Leznicki, qu'il rencontre les journalistes.

Ils étaient dans la rue, huit ou dix qui se livrèrent autour
de nous à une danse bizarre au milieu des éclats de magné-

sium et des questions lancées par des visages avides et trop joyeux. On aurait dit une meute de jeunes mendiants dans une ville italienne, hystériques, au bord de la sauvagerie, fous de joie à l'idée de l'argent qu'on allait leur lancer, et tremblant de ne rien obtenir. Je n'essayai pas de cacher mon visage — je pensais qu'il n'y aurait rien de pire que de voir ma photo dans le journal du lendemain avec la tête dissimulée derrière un chapeau.

— Hé, Leznicki, il l'a fait ? cria l'un d'eux.

Un autre se précipita sur moi le visage épanoui, comme pour m'assurer qu'il était la seule personne présente en qui je pouvais avoir confiance.

— Voulez-vous faire une déclaration, monsieur Rojack ? me demanda-t-il avec sollicitude.

— Non, rien.

Roberts m'indiquait le siège arrière.

— Hé, Roberts, lança un autre, quel est le mot ?

— Suicide ou quoi ? demanda un troisième.

— Routine, répondit Roberts, routine.

Il y eut un sourd remous de mécontentement, comme lorsqu'on annonce au public que la vedette sera remplacée par sa doublure.

— Allons-y, dit Roberts.

Mais il prit place devant, près du chauffeur, et je fus coincé sur la banquette arrière entre Leznicki et O'Brien. C'était une conduite intérieure assez abîmée, sans signes distinctifs, la voiture d'un inspecteur. Je reçus au démarrage d'autres éclats de magnésium par la portière, et j'entendis les journalistes se précipiter vers leurs voitures.

— Pourquoi l'avez-vous fait ? me dit Leznicki à l'oreille.

Je ne répondis pas. Je fis de mon mieux pour le regarder dans les yeux, comme si j'étais vraiment un homme qui a vu sa femme sauter par la fenêtre et qu'il n'était qu'un chien en train d'aboyer à mes talons, mais mon silence dut être assez pâle, car il émana soudain de lui une odeur de violence, gluante, une odeur de rut, et O'Brien, de l'autre côté, qui avait déjà une odeur prononcée, d'une rancœur écœurante, lança quelque chose comme la puanteur d'un taureau qui se prépare à charger. Leurs mains posées sur leurs genoux s'agitèrent nerveusement. Ils avaient envie de s'attaquer à moi, et j'eus l'impression que je ne tiendrais pas trente secondes entre eux.

— Vous l'avez étranglée avec un bas ? demanda Leznicki.

— Il s'est servi de son bras, dit O'Brien d'une voix sombre et creuse qui résonna.

La pluie s'était mise à tomber. Des gouttes fines, presque un brouillard, recouvraient les rues d'un délicat voile de lumière. Je sentais mon cœur battre comme celui d'un canari qu'on tient dans la main, avec une fatigue tendre et presque joyeuse. J'aurais pu n'être qu'un tambour avec un cœur d'oiseau à l'intérieur ; il me semblait résonner hors de mon corps, de telle manière que tous dans la voiture pouvaient l'entendre. D'autres voitures nous suivaient, celles sûrement des journalistes et des photographes, et leurs phares, curieusement, m'apportaient un certain réconfort, comme une lampe qui passe au loin évoque la forêt pour l'oiseau en cage dans une pièce obscure. Je me sentais porté sur les battements de mon cœur comme au début d'un crescendo de terreur qui allait déclencher en moi une tempête de sensations jusqu'à ce que tout explose, jusqu'à ce que mon cœur éclate et que je m'envole au-devant de ma mort. Les hommes dans la voiture me semblaient rouges, puis verts, rouges encore. Je me demandais si je n'allais pas m'évanouir. Je suffoquais entre mes voisins — comme un renard coincé dans un marais par des chiens qui grondent tout autour. Je connaissais enfin la douceur panique de l'animal traqué. Quand le danger s'approche, porté par le vent, que les narines sentent l'air comme la chair ressent le contact d'une langue, il y a toujours une grande douceur dans l'espoir de garder la vie. Quelque chose comme un murmure de forêt venait de la ville endormie, et le message de cette nuit de mars m'apportait par la glace

baissée les premiers parfums du printemps — moment aussi
empreint de calme que l'amour éprouvé pour une femme
qui n'a pas encore accordé son amour.

— Tu voulais épouser la bonne avec le fric de ta
femme ? demanda Leznicki.

— Tu l'as étranglée. (La voix creuse de O'Brien.) Pourquoi l'as-tu étranglée ?

— Roberts, demandai-je, pouvez-vous rappeler vos chiens ?

Ils vinrent si près à cet instant que je sentis la frustra-
tion s'envoler des mains de Leznicki et me frôler le visage
comme la lumière d'une torche électrique. Ils étaient assis,
les mains sur les cuisses, et ils tremblaient : Leznicki était
secoué par le rythme musculaire d'un piston et O'Brien
tremblotait comme une méduse dérangée dans la vase.

— Répète ça, dit Leznicki, et tu reçois une raclée à
coups de crosse. Tu es prévenu.

— Pas de menace, l'ami.

— Assez, nous dit Roberts, laissez tomber.

Je me laissai aller sur les coussins, évaluant le dommage
que je m'étais causé. Désormais l'adrénaline parcourait leurs
veines comme une foule en fureur.

Le reste du voyage se passa en silence. Leurs corps étaient
si chauds de colère que j'éprouvais sur ma peau le genre
de brûlure qui vient de rester trop longtemps près d'une
lampe à rayons ultra-violets.

Nous ne demeurâmes pas plus de quelques minutes
à la morgue. Un couloir dont un employé nous ouvrit les
portes, puis une pièce où se trouvaient deux cadavres recou-
verts d'un drap, sur des tables en acier inoxydable, et une
rangée de caissons réfrigérés pour conserver les corps. La
lumière avait la couleur du ventre d'une baleine, la blancheur
froide des tubes fluorescents, et il y avait là un silence nouveau, sans vie, une étendue d'espace vide qui ne recouvrait
rien, aucun événement impliqué, un silence d'abandon.
L'antiseptique, le désodorisant et les autres odeurs me faisaient mal aux narines, parfum ignoble et pâle du liquide

des embaumeurs et d'eau fécale qui se propageait dans
l'air figé. Je ne voulais plus regarder Deborah. Je ne jetai
qu'un coup d'œil lorsqu'ils ramenèrent le drap en arrière,
coup d'œil qui me donna le spectacle d'un œil vert grand
ouvert, dur comme du marbre, mort comme l'œil d'un
poisson mort, et de son pauvre visage gonflé, beauté devenue obèse.

— Pouvons-nous sortir d'ici ? demandai-je.

L'employé ramena le drap avec un geste du poignet mille
fois répété, négligent mais assez lent, non sans cérémonie.
Il avait ce sourire sinistre et officiel de ceux qui gardent
les cabinets publics.

— Le médecin sera là dans cinq minutes. Vous l'attendez ? demanda-t-il.

— Dites-lui de nous appeler au commissariat.

Dans un coin, sur un bureau, au bout de cette longue
pièce, se trouvait un minuscule poste de télévision de la
taille d'une radio portative. Le son était baissé et l'image
s'était déréglée, elle s'éclairait violemment, puis baissait pour
s'éclairer à nouveau, et je compris dans un moment de
folie lucide que le poste s'adressait aux tubes de néon et
qu'ils lui répondaient. J'étais près de la nausée. Quand nous
ressortîmes, que nous eûmes passé le couloir, je me tournai
de côté et tentai de vomir, mais je n'obtins qu'un goût
de bile dans la gorge et le flash d'un photographe qui pro-
fita de l'occasion.

Nous ne dîmes plus un mot jusqu'au commissariat. Quoi
qu'ait pu mériter Deborah, la morgue n'était pas un endroit
pour elle. Je rêvai alors à ma propre mort, et mon âme
(quelque part dans le futur) essayait de s'élever, de se libérer du corps sans vie, processus qui demandait beaucoup
de temps, comme une membrane prise dans la boue
essayant de saisir la brise qui lui rendrait sa liberté. Dans
cette morgue (car c'est là que j'imaginais ma mort) les
délicats filaments de mon âme expiraient, paralysés par
le désodorisant, pendant que tout espoir se perdait dans le

dialogue entre les tubes de néon et le poste de télévision. Pour la première fois, je me sentais coupable. C'était un crime d'avoir poussé Deborah dans cette morgue.

Il y avait d'autres photographes et journalistes à l'entrée du commissariat, et ils étaient encore en train de crier et de parler tous à la fois. « L'a-t-il fait ? » criait l'un. « Vous le gardez ? » demanda un autre. « Comment ça se présente, Roberts, comment ça se présente ? » Ils entrèrent à notre suite mais restèrent en arrière quand nous dépassâmes la salle de garde où un flic était perché en haut de ce pupitre carré qui m'avait toujours fait penser à un tribunal (je n'en avais jamais vu qu'au cinéma). Nous entrâmes ensuite dans une très grande salle, environ vingt mètres sur quinze, les murs peints d'un vert administratif jusqu'à hauteur des yeux puis en marron sale administratif jusqu'aux plaques d'un blanc sale qui couvraient le plafond, plaques en tôle bon marché de cinquante centimètres de côté décorées chacune par une fleur de lys industrielle du XIXe siècle. Je ne voyais que des bureaux, une vingtaine peut-être, et deux petites pièces à l'autre bout. Roberts s'arrêta devant la porte où nous étions passés et adressa quelques mots aux journalistes. « Nous n'avons aucun motif pour retenir monsieur Rojack. Il a simplement l'obligeance de venir ici répondre à quelques questions. » Puis il ferma la porte.

Roberts me conduisit à une table, et nous nous assîmes. Il ouvrit un dossier, écrivit pendant quelques minutes, puis leva les yeux. Nous étions à nouveau seuls. Leznicki et O'Brien avaient disparu.

— Vous comprenez, dit Roberts, que je viens de vous faire une faveur.

— Oui.

— Eh ! bien, je n'aurais pas dû. Cette affaire sent mauvais, et Leznicki comme O'Brien ne l'aiment pas plus que moi. Je peux vous dire que Leznicki à un flair animal dans ce genre d'histoire. Il est sûr que vous l'avez tuée. Il croit que vous avez brisé l'os hyoïde en serrant son cou avec un bas. Il espère que cela s'est passé deux heures avant que vous l'ayez jetée dehors.

— Pourquoi ?

— Parce que, mon ami, si elle était morte depuis deux heures, cela peut se voir à l'autopsie.

— S'il en est ainsi, vous tenez une affaire.

— Oh ! nous en avons déjà le début. J'ai un flair pour certaines choses. Je sais que vous fricotiez avec cette bonne allemande.

Ses yeux bleus me fixaient durement. Je soutins son regard jusqu'à ce que les larmes me viennent. Il détourna la tête.

— Rojack, vous avez la chance qu'il n'y ait pas eu de blessés graves dans les cinq voitures carambolées. S'il y en avait eu, et que nous puissions vous convaincre d'avoir poussé votre femme, les journaux vous traiteraient comme le fils de Barbe-Bleue. Imaginez qu'un gosse ait été tué.

En effet, je n'avais pas pensé à cela. Après tout, je n'avais jamais eu l'intention de faire s'écraser cinq voitures sur l'East River Drive.

— Donc, continua-t-il, votre situation pourrait être pire. Mais vous en êtes au point où il vous faut prendre une décision. Si vous avouez — tant pis pour vos émotions — et que vous pouviez prouver l'infidélité de votre femme, vous vous en tirerez avec vingt ans et un bon avocat, ce qui en fait revient d'habitude à douze ans et quelquefois à huit. Nous vous aiderons en ce sens que nous dirons que votre confession fut spontanée. Il faudra que j'inscrive l'heure exacte, ce qui montrera que vous avez laissé passer plusieurs heures, mais je dirai que vous étiez encore sous le choc, je passerai sous silence toutes les conneries que vous nous avez racontées, et je témoignerai en votre faveur devant le tribunal. Alors que si vous attendez pour avouer que les preuves s'accumulent, vous aurez perpète. Dans le meilleur des cas, vous ne sortirez pas avant vingt ans. Si vous vous accrochez jusqu'au bout et que nous ayons un dos-

sier inattaquable, vous risquez la chaise, mon vieux. Il vous
raseront le crâne et vous donneront une bonne dose de
courant dans l'âme. Avalez ça, et pensez-y. Pensez à cette
chaise électrique. Je vais chercher du café.

— Minuit est passé depuis longtemps, dis-je. Ne devriez-
vous pas être chez vous ?

— Je vous apporte une tasse.

Je regrettai qu'il s'en aille. D'une certaine manière, avec
lui, c'était plus facile. Il n'y avait plus désormais qu'à
penser à ce qu'il m'avait dit. J'essayais de calculer le temps
qui s'était écoulé entre le moment où je compris que Deborah
était morte et celui où son corps s'écrasa dans la rue. Cela
n'avait pu faire moins d'une demi-heure. Peut-être une heure,
peut-être même une heure et demie. J'avais bien appris un
peu d'anatomie, mais je n'avais plus la moindre idée du
temps que les cellules mettaient à se détériorer. Il était
probable qu'ils étaient en ce moment même en train
de pratiquer l'autopsie. Une angoisse de plomb m'écrasa
l'estomac, le même gouffre sans fond qui se creusait en
moi lorsque je n'avais pas vu Deborah d'une semaine ou
deux et que j'étais soudain incapable de ne pas l'appeler.
Il était difficile de rester tranquillement assis en attendant
Roberts, comme si la sévérité impitoyable que j'en étais venu
à demander à Deborah (une quille pour lester cet abîme
de terreur dans mon ventre) m'était désormais fournie par
l'inspecteur. Je savais que j'étais probablement surveillé,
que je ne devais pas faire de mouvements inconsidérés,
je me rendais compte que si je me mettais à marcher, chacun de mes pas trahirait mon angoisse, mais je ne savais
pas si je n'allais pas épuiser toute mon énergie à rester
immobile : depuis des heures que je tirais, je n'avais presque plus de cartouches.

Je m'obligeai à étudier la pièce. Quatre ou cinq bureaux
étaient occupés par des policiers qui interrogeaient des gens.
Une vieille femme dans un manteau râpé essuyait le bureau
le plus proche et un inspecteur à l'air ennuyé tapotait la

table de son crayon en attendant qu'elle ait fini. Plus loin
un grand nègre à la figure ravagée secouait négativement la
tête à toutes les questions qu'on lui posait. Je crus entendre la voix de Ruta derrière une fausse cloison à l'autre
bout de la pièce.

Puis j'aperçus une femme au longs cheveux blonds, Cherry.
Elle était accompagnée par Tony et l'Oncle. Ils discutaient
avec le lieutenant Leznicki et deux inspecteurs que je n'avais
jamais vus. Il y avait un quart d'heure que j'étais dans
cette pièce, et je n'avais vu que l'expression du visage de
Roberts. Je me rendais compte soudain qu'il y avait autant
de bruit que dans le service de nuit d'un hôpital, un chœur
de protestations et d'exclamations continuelles, ponctuées par
la voix dure et insistante des policiers, et j'aurais pu me
laisser glisser dans l'antichambre d'un rêve où nous aurions
tous été plongés dans une mer de boue, nous appelant les
uns les autres parmi les coups de feu, sous une lune obscure.
Les voix se relançaient : la vieille pleura plus fort quand
l'Oncle à l'autre bout se mit à parler de son bégaiement
pleurard, puis Ruta, toujours invisible derrière la cloison,
reprit une note aiguë des lamentations de la vieille pendant
que le nègre au visage ravagé parlait de plus en plus vite,
secouant la tête au rythme de ses paroles. Je me demandai
si je n'avais pas la fièvre, car j'avais maintenant l'impression d'avoir relâché le carcan qui enserrait mes souvenirs :
je rendais allégeance à tous les bons moments passés avec
Deborah, j'abandonnais la rage dure et compacte de toutes
les heures où elle avait gâché mon désir, je croyais même
pouvoir dire adieu à cette nuit d'Italie et à mes quatre
Allemands sous la lune, oui, je me sentais comme un animal retenu par la peur à la limite qui sépare l'eau de la
terre ferme (par l'emprise d'un millier de générations d'expérience accumulée), au moment où il plante ses griffes dans
le sol, soulève son corps de la mer et soudain franchit instinctivement le seuil de la mutation pour devenir enfin autre
chose, un être nouveau, meilleur ou pire, qui jamais ne

pourra redevenir ce qu'il était avant cette seconde précise. C'était comme si j'avais franchi un gouffre dans le temps, comme si j'étais un homme d'une espèce différente. Quelle fièvre je devais avoir.

Quelqu'un me regardait.

— Pourquoi l'as-tu tuée ? demanda Leznicki.

— Je ne l'ai pas tuée.

Mais il semblait de meilleure humeur. Son visage mince était détendu et ses yeux couleur d'huître pourrie avaient un reflet de vie.

— Alors, mon gars, dit-il en souriant largement, tu nous donnes du fil à retordre.

— Je ne désire qu'une tasse de café.

— Tu crois que tu nous fais marcher. Ecoute...

Il prit une chaise en bois, s'assit, s'appuya la poitrine contre le dossier et approcha son visage si près du mien que je sentais dans son haleine sa fatigue et ses dents gâtées. Il était aussi naturel qu'un racoleur de champ de courses qui vous donne les bonnes nouvelles des chevaux en même temps que les mauvaises qui accompagnent l'odeur de sa bouche.

— ... Ecoute, tu te souviens de Henry Steels ?

— Je crois que oui.

— Bien sûr que tu t'en souviens. C'est dans ce commissariat qu'on a trouvé la réponse, ici même, à ce bureau-là. (Et il m'indiquait un bureau que rien à mes yeux ne distinguait des autres.) Ce pauvre type, Steels. Vingt-trois ans à Dannemora, et quand ils le relâchent il se remet au turf à Queens avec une grosse fille. Six semaines plus tard il la tue à coups de tisonnier. Tu te souviens maintenant ? Quinze jours plus tard, quand on le ramasse, il a buté trois types et trois autres grosses bonnes femmes, toujours des grosses. Mais nous n'en savons rien. On l'arrête pour son premier coup. Un policier de patrouille le voit couché dans l'entrée d'une maison de la Troisième Avenue, le retourne, le reconnaît, l'amène ici, et on lui pose quel-

ques questions de routine pour le secouer un peu avant de
l'envoyer à Queens, quand il nous dit : « Donnez-moi
un paquet de Camels et une bouteille de sherry et je vous
dis tout. » On lui donne la bouteille et il nous fait tomber
sur le cul. Il nous avoue six assassinats. Liquide la moitié
des affaires pendantes à New York depuis quinze jours.
Phénoménal. Je ne m'y ferai jamais. Juste un ancien forçat,
qui se tenait bien. (Leznicki se léchait une dent.) Donc, si
vous voulez parler, je vous donne une bouteille de champagne. Peut-être nous en donnerez-vous six, vous aussi.

Nous rîmes tous les deux. Il y avait longtemps que j'en
était venu à la conclusion que toutes les femmes étaient des
meurtrières, maintenant j'étais sûr que tous les hommes
étaient fous. J'aimais énormément Leznicki — cela faisait
partie de la fièvre.

— Pourquoi ne pas nous avoir dit que vous avez la
médaille militaire ?

— J'avais peur que vous ne me la repreniez.

— Croyez-moi, Rojack, je vous ne vous aurais pas douché
de cette manière si j'avais su. Je croyais que vous étiez un
de ces play-boys.

— Pas de rancune.

— Bon. (Il regarda autour de lui.) Vous êtes à la télévision, non ? (Je hochai la tête.) Alors, dit-il, vous devriez
nous faire passer un de ces soirs dans une émission. En
admettant que le service accepte, je pourrais raconter une
ou deux bonnes histoires. Il y a une logique dans le crime.
Vous me comprenez ?

— Non.

Il se racla la gorge avec la toux grasse et prolongée du
joueur qui a perdu toutes les parties de son corps sauf le
déclic de son crâne qui lui dit quand il faut miser.

— Un commissariat, si vous saviez, ça fait partie du jeu.
C'est comme à Las Vegas. Je sais quand la nuit va être
chaude. (Il toussa de nouveau.) Parfois je pense qu'il y a sous
terre un fou qui dirige les cerveaux de la ville, et qui pré-

pare les coïncidences. Votre femme saute par la fenêtre,
par exemple. Vous dites que c'est à cause d'un cancer, et
cinq voitures s'emboutissent sur l'East River Drive. Et
dans une des voitures se trouve le petit Oncle Ganooch,
Eddie Ganucci, vous en avez entendu parler.

— De la *Maffia*, non ?

— Un des princes, un des plus importants du pays. Et
il nous tombe sur les genoux. Il y a deux ans qu'un Grand
Jury l'a assigné à comparaître, mais il est toujours à Las
Vegas ou à Miami et ne se faufile en ville qu'une ou deux
fois par an. Cette nuit nous l'avons pris. Savez pourquoi ?
Parce qu'il est superstitieux. Son neveu lui a dit d'aller
se promener, de se perdre dans la foule. Non, il ne sortira pas de la voiture. Il y a une morte sur la route qui lui
jettera un sort s'il s'en va. Il a dû faire tuer une bonne
vingtaine de types, il possède peut-être cent millions de
dollars, et il a peur de la malédiction d'une morte. Il dit
à son neveu que c'est mauvais pour son cancer. Et regar-
dez ce que nous pouvons rapprocher. Votre femme, d'après
vous, avait un cancer, Oncle Ganooch est en plein dedans.
Et voilà. (Leznicki rit comme pour s'excuser de penser si
vite.) Vous voyez pourquoi j'y suis allé fort avec vous ?
Vous pensez bien qu'au moment où j'ai su qu'on avait récu-
péré Ganucci, je n'avais plus envie de perdre du temps avec
vous.

— Et la fille ? Qui est-ce ?

— Une fille. Le neveu possède une boîte de nuit où
elle chante. Une sacrée tordue. Elle fricote avec des nègres.
(Il nomma un chanteur noir dont j'écoutais les disques
depuis des années.) Ouais, Shago Martin, c'est avec lui,
qu'elle est, dit Leznicki. Quand une fille se teint les cheveux,
c'est qu'elle se cherche un nègre bien noir.

— Elle est très belle, dis-je. Je n'avais pas l'impression
que ses cheveux fussent teints, peut-être légèrement colorés.

— Je me mets à vous apprécier de plus en plus,

monsieur Rojack. Je voudrais seulement que vous n'ayez pas
tué votre femme.

— Encore! dis-je, eh bien! on recommence.

— Ecoutez, dit-il, croyez-vous que j'aime faire ce boulot
sur un homme décoré de la *D.S.C.*? Je préférerais ne pas
savoir que vous l'avez tuée.

— Et si j'essayais de vous dire que je ne l'ai pas fait ?

— Même si Dieu tout-puissant entrait ici... (Il s'interrompit.) Personne ici ne dit la vérité. C'est impossible.
Jusqu'aux molécules d'air qui sont pleines de mensonges.

Nous gardâmes le silence. Le nègre à la gueule ravagée
était le seul à parler de toute la pièce.

— Mais qu'est-ce que j'aurais voulu à ce marchand de
vins, disait-il, cette boutique est aux patrons, je veux dire
que c'est zone interdite. Je ne vais pas par là.

— Le policier qui vous a arrêté, lui dit l'inspecteur le
plus proche de lui, a dû aller vous chercher à l'intérieur
de cette boutique. Vous avez frappé le propriétaire au visage,
vous avez vidé la caisse, et le policier vous a pris par
derrière.

— Meeerde. Vous me confondez avec un autre Noir. N'y
a pas un flic qui puisse distinguer un nègre d'un autre.
Vous me confondez avec un autre nègre que vous avez
tabassé.

— Allons dans la pièce de derrière.

— Je veux du café.

— Tu en auras quand tu auras signé.

— Laissez-moi réfléchir.

Ils ne dirent plus rien.

Leznicki posa sa main sur mon bras.

— Ça commence a sentir mauvais pour vous, dit-il.
L'Allemande n'a pas tenu le coup.

— Qu'est-ce qu'elle peut dire ? Que j'ai voulu l'embrasser un jour dans l'entrée ?

— Rojack, on la tient bien, et en ce moment elle pense
surtout à elle. Elle ne sait pas si vous avez tué votre femme,

mais elle admet que vous auriez pu. Elle nous l'a dit quand
on l'a fait déshabiller par une auxiliaire. Un médecin a fait
un prélèvement. Cette fille s'est fait baiser cette nuit. Nous
pourrions vous faire examiner, vous aussi, et voir si vous
vous êtes occupé d'elle. Vous voulez ça ?

— Je ne crois pas que vous en ayez le droit.

— Il y a des poils d'homme dans son lit. Nous pouvons
vérifier que ce sont les vôtres. C'est-à-dire si vous voulez
coopérer. Nous n'avons qu'à vous en arracher quelques-
uns avec une pince à épiler. Vous voulez ça ?

— Non.

— Alors avouez que vous avez baisé la bonne cette
nuit.

— Je ne vois pas ce que vient faire la bonne là-dedans,
dis-je. Une histoire avec elle ne me donne pas un motif
pour tuer ma femme.

— Oubliez ces détails insignifiants, dit Leznicki. J'ai quelque chose à vous proposer. Prenez un des meilleurs avocats
de la ville et vous serez dans la rue d'ici six mois.

En disant cela il ressemblait beaucoup plus à un vieux
forban qu'à un lieutenant de police. Voleurs, pickpockets,
casseurs, drogués, parieurs, repris de justice avaient défilé
devant lui pendant vingt-cinq ans, et chacun devait avoir
ensorcelé une cellule de son corps.

— Rojack, je connais un type, un ancien *marine*,
dont la femme lui a dit qu'elle couchait avec tous ses amis.
Il lui a défoncé le crâne à coups de marteau. On l'a gardé
en observation jusqu'à son procès. Son avocat l'a tiré de là.
Démence passagère. Il est libre. Et il est mieux parti que
vous avec votre histoire de suicide. Parce que même si
vous vous en tirez, ce qui n'arrivera pas, tout le monde
croira que vous avez poussé votre femme.

— Pourquoi ne seriez-vous pas mon avocat ?

— Pensez-y ! dit Leznicki. Je vais rendre visite à l'Oncle.

Je le regardai traverser la pièce. Le vieil homme se leva
à son approche, ils se serrèrent la main, puis leurs visages

se rapprochèrent. L'un des deux dut faire une plaisanterie car ils éclatèrent de rire. Je vis Cherry me jeter un coup d'œil. Instinctivement, je lui fis signe. Elle me répondit gaiement. Nous aurions pu être des nouveaux venus à l'Université, chacun s'inscrivant à un guichet différent.

Un policier entra, une cafetière à la main, et me versa une tasse de café.

Le noir le vit et lui cria :

— J'en veux une tasse aussi.

— Ne crie pas, lui dit le flic.

L'inspecteur qui s'occupait du nègre lui fit signe de venir.

— Ce macaque est ivre mort, dit-il, donne lui une tasse.

— Je ne veux pas de café pour l'instant, dit le nègre.

— Mais si, tu en veux.

— Non. Cela me donne des papillons.

— Bois un peu de café et dessoûle-toi.

— Je ne veux pas de café. Je veux du thé.

L'inspecteur poussa un gémissement.

— Viens dans l'arrière-salle, dit-il.

— Je veux rester ici.

— Viens dans l'arrière-salle et bois un peu de café.

— Je n'en ai pas besoin.

L'inspecteur lui dit quelques mots à l'oreille.

— Bon, dit le nègre, j'irai dans l'arrière-salle.

La femme qui pleurait avait dû signer quelque papier, car elle avait disparu. Il n'y avait plus personne près de moi. Et j'assistais à une scène de tribunal. L'avocat de la défense, avec une délicate onctuosité : « Alors, monsieur Rojack, que dit votre femme à ce moment ? — Eh ! bien, monsieur, elle parle de ses amants et dit qu'ils avaient avantageusement comparé son comportement pendant l'acte sexuel avec celui d'un " plombier " — c'est un qualificatif usité dans les bordels mexicains. Et pourriez-vous indiquer à la Cour, monsieur Rojack, ce qu'est un " plombier " ? — Eh bien ! Monsieur, un " plombier " est la dernière des prostituées d'une maison close et s'abaisse à des pratiques que refusent les autres prostituées en raison de leur relative délicatesse. — Je vois, monsieur Rojack. Qu'avez-vous fait à ce moment ? — Je ne sais pas. Je ne me souviens pas. J'avais prévenu ma femme au sujet de mon caractère effroyable. Depuis la guerre j'ai parfois de grands trous noirs. Il y en eut un à ce moment. »

Une légère nausée, parente de la dépression qui peut vous attendre au réveil pendant des années, me passa dans les poumons. Si je plaidais la démence passagère, Leznicki et moi serions frères, notre esprit serait présent aux funérailles de l'autre et nous marcherions côte à côte pendant l'éternité. Pourtant, j'étais tenté. Car ce vide dans ma poitrine et dans mon estomac était présent de nouveau. Je n'étais absolument pas sûr de pouvoir continuer. Non, ils m'interrogeraient, ils me poseraient des questions sans fin, ils me diraient la vérité, puis des mensonges, ils se montreraient amicaux, hostiles, et pendant tout ce temps j'aurais à respirer l'air de cette pièce et la fumée des cigarettes et des cigares et le café venu d'un pot crasseux, les odeurs lointaines de cabinets et de lavabos, de dépotoirs et de morgues, je verrais le vert sombre des murs et le blanc sale des plafonds, j'entendrais les murmures souterrains, j'ouvrirais mes yeux et je les fermerais sous la lumière brûlante des ampoules électriques, je vivrais dans un métro, je passerais la nuit étendu dans une cellule sans rien à faire que d'arpenter un carré de pierre. Je mourrais dans des stupeurs sans fin parmi des plans mort-nés.

Ou bien je passerais un an à faire appel, je passerais ma dernière année de vie dans une cage d'acier, j'entrerais un matin dans une pièce, prêt à rien, n'ayant rien accompli, raté, misérable, terrifié des migrations qui étaient mon lot, et j'en sortirais l'intérieur secoué, fracassé, hurlant, vers le long vertige d'une mort, chute sans fin entre des murs de pierre.

A ce moment j'arrivai très près. Je pense que j'aurais fait venir Leznicki pour lui demander le nom d'un avocat,

que je lui aurais tiré la langue comme pour parodier d'une
manière burlesque nos personnages et leur contrat passé, et
que je lui aurais dit en roulant des yeux, « Vous voyez,
Leznicki, je suis fou à lier. » Je crois que je l'aurais vraiment fait, mais je n'avais pas la force d'appeler jusqu'à
l'autre bout de la pièce, j'avais horreur de montrer ma
faiblesse devant la jeune fille blonde. Alors j'attendis au
fond de ma chaise le retour de Leznicki, faisant une fois
de plus cette nuit-là l'expérience de ce que peut-être l'épuisement et l'apathie de ceux qui sont très vieux et très
malades. Je n'avais pas compris jusque-là pourquoi certains
vieillards, respirant le déplaisir dans l'haleine de tous ceux
qui les regardent, se raccrochent néanmoins avec férocité
à des jours médiocres et sans goût, faisant un pacte avec
quelque démon subalterne de la médecine : « Préserve-moi
de Dieu encore un peu. » Maintenant je comprenais. Car
il y avait en moi une frousse immense prête à toutes les
concessions, prête à piller en public le souvenir de cette
femme qui avait été mienne pendant neuf ans, prête à ridi-
culiser l'avenir de mon esprit en pleurant que moi aussi
j'étais dément, que mes idées les meilleures étaient faibles,
contrefaites, tordues et nuisibles pour autrui. Non, je voulais sortir, je voulais échapper à ce piège que je m'étais
fabriqué, j'aurais abandonné si ma peur avait eu suffisamment de force pour faire entendre ma voix de l'autre côté
de la pièce. Mais elle était seulement capable de river la
chair de mes fesses à la chaise et de m'ordonner d'attendre, comme si quelque pouvoir me tenait paralysé.

Puis le nègre recommença, cette fois de l'autre pièce. Je
ne pouvais pas le voir, mais je ne pouvais manquer de
l'entendre.

— Je ne veux pas de café, hurla-t-il, je veux du *Seagram's Seven*. Vous m'avez dit que je pourrais en avoir,
et c'est ça que je veux.

— Bois ton café, Bon Dieu, cria l'inspecteur, et je l'aperçus par la porte entrouverte faisant marcher le nègre de

long en large. Un policier le tenait par l'autre bras, un jeune
flic au visage dur et sans expression avec des cheveux noirs
et raides et les yeux qu'on voit dans les journaux aux
portraits des jeunes tueurs qui n'ont jamais manqué une
messe jusqu'au lendemain du jour où ils sont devenus
fous furieux. Tous les deux faisaient marcher le nègre, je ne
pouvais plus les voir, il y eut l'écrasement liquide du café
renversé par terre, le choc du pot sur le sol puis un autre
bruit d'écrasement, celui d'un poing sur un visage, et le
bruit sourd d'un coup de genou dans le dos, le nègre
gémit, mais presque plaisamment, comme si la raclée était
une norme retrouvée.

— Donnez-moi maintenant le *Seagram's Seven*, cria-t-il,
et je signerai votre papier.

— Bois ton café, cria l'inspecteur, tu n'as même pas
les yeux en face des trous.

— Me-erde pour le café, marmonna le nègre, et j'entendis le bruit de nouveaux coups, et tous les trois, chacun
s'agrippant à l'autre, disparurent en trébuchant, reparurent
pour disparaître à nouveau dans un déluge de coups.

— Va au diable, s'écria l'inspecteur, maudit macaque !

Un autre inspecteur s'était assis à côté de moi, plus jeune
que les autres, peut-être trente-cinq ans, avec un visage
anonyme et une bouche plutôt triste.

— Monsieur Rojack, dit-il, je veux simplement vous dire
que j'aime beaucoup votre émission de télévision, et que je
suis désolé que nous nous rencontrions dans ces circonstances.

— Unnh, gémit le nègre, unnh, unnh, unnh, à chacun
des coups qui l'atteignaient, c'est comme ça pap, unnh,
unnh, continue, tu fais des progrès.

— Alors, pourquoi ne veux-tu pas boire de café ? hurla
l'inspecteur qui le frappait.

Je dois avouer qu'à cet instant je baissai la tête et chu-
chotai pour moi-même, « Oh ! Dieu donne-moi un signe »,
pleurant jusqu'au plus profond de moi-même comme si je

possédais toutes les priorités d'un saint, puis je relevai les yeux avec suffisamment de conviction et de désespoir pour commander un arc-en-ciel, mais rien dans la salle ne frappa mon regard que les cheveux blonds de Cherry debout de l'autre côté. Elle aussi regardait dans la pièce où le nègre se faisait battre, et son visage avait l'expression pure d'une fille qui aurait regardé un cheval à la jambe cassée, misérable devant l'ampleur des événements. Je me levai alors avec l'idée de me rendre dans l'arrière-salle, mais la terreur s'évanouit quand je fus debout, et je sentis une fois de plus une force dans mon corps qui m'écartait de cette pièce, et une voix qui me disait : « Va vers la fille. »

Je traversai donc la grande salle et m'approchai de Leznicki, Ganooch, Tony, Cherry, Roberts, O'Brien et quelques autres, inspecteurs et avocats, pour m'arrêter près de Cherry. Je la voyais mieux, elle semblait plus vieille que je n'avais pensé, elle n'avait pas dix-huit ou vingt et un ans comme je l'avais cru dans la rue, mais peut-être vingt-sept ou vingt-huit, et il y avait sous ses yeux de légers cernes verts produits par une fatigue chronique. Mais je la trouvais toujours très gentille. Elle avait un air insaisissable, argenté, comme si elle avait éprouvé un jour une grande déception et qu'une gaieté délicate se fût ensuite formée pour couvrir la douleur. Elle semblait un peu comme un enfant sacré par l'aile d'un oiseau enchanté. Elle semblait aussi parfaitement misérable.

— Tony, peux-tu faire quelque chose pour ce passage à tabac ? demanda-t-elle.

Il secoua la tête :

— Reste en dehors, huh ?

Roberts lui dit alors :

— Le type qu'ils ont là-dedans a essayé cette nuit de frapper un vieillard à mort.

— Oui, dit-elle, mais ce n'est pas pour cela qu'*ils* sont en train de le battre.

— Qu'est-ce que *vous* voulez ? demanda Roberts, en me regardant.

— Roberts, je crois qu'elle a raison. Je pense que vous devriez rappeler cet inspecteur.

— Vous avez l'intention d'en parler à votre émission ? demanda Leznicki.

— Puis-je vous y inviter quand je le ferai ?

— Il vaut mieux arrêter ces choses, dit Oncle Ganooch.

— Il y a déjà trop de heurts dans le monde où nous vivons.

— Hey, Red, cria Leznicki en direction de l'arrière-salle, il est soûl. Colle-le en cellule pour la nuit.

— Il a voulu me mordre, cria Red en réponse.

— Mets-le dans une cellule.

— Maintenant, dit Oncle Ganooch, pouvons-nous en finir avec notre affaire ? Je suis très malade.

— C'est simple, sourit Leznicki, nous avons simplement besoin d'être sûrs que vous vous présenterez au reçu de votre citation.

— Nous avons déjà vu tout cela, dit l'avocat, je me porte garant de sa présence.

— Et alors, qu'est-ce que ça veut dire ? demanda Leznicki.

— Allons là-bas, me dit Roberts, je veux vous parler.

J'approuvai de la tête, puis me rapprochai de la fille. Son ami Tony à côté d'elle, me lança un regard qui me fit frémir, un regard qui signifiait : « Ne parle pas à cette fille ou quelqu'un va te casser le bras. »

Mais je pensais que je pouvais très bien prendre cette fille pour un signe — il n'y en avait pas d'autre en vue. Aussi je lui parlai, d'une voix très naturelle.

— J'aimerais bien venir vous entendre.

— J'aimerais que vous veniez.

— Où chantez-vous ?

— Dans le Village. Juste une petite boîte qui vient d'ouvrir.

Elle regarda Tony, hésita, puis me donna l'adresse d'une

voix claire. Je pouvais voir du coin de l'œil qu'on faisait
sortir le nègre de la salle.

— Allons-y, Rojack, dit Roberts. Il y a du nouveau.
Nous avons à parler.

Il devait être trois heures du matin, mais il avait toujours une apparence nette et correcte. Une fois assis, il sourit :

— Inutile de vous demander des aveux, n'est-ce pas ?

— Inutile.

— Très bien. Nous allons vous relâcher.

— Vraiment ?

— Oui.

— Tout est fini ?

— Oh non. Rien n'est fini pour vous tant que le coroner
n'a pas décidé que c'est un suicide.

— Et quand le fera-t-il ?

Il haussa les épaules.

— Un jour, une semaine. Ne quittez pas la ville tant
qu'il n'a pas déposé son rapport.

— Je suis toujours suspect ?

— Oh ! allons donc, nous savons que vous l'avez tuée.

— Mais vous ne pouvez pas me garder ?

— Si ! Nous pourrions vous garder comme témoin des
faits. Et nous pourrions vous travailler pendant soixante-
douze heures et vous ne tiendriez pas le coup. Mais vous avez
de la chance. Beaucoup de chance. Nous devons coller à
Ganucci toute la semaine. Nous n'avons pas le temps de
nous occuper de vous.

— Et vous n'avez pas de preuves.

— La fille a parlé. Nous savons que vous étiez avec elle.

— Veut rien dire.

— Nous avons également d'autres preuves, mais je ne
veux pas en parler pour l'instant. Nous vous reverrons dans
un jour ou deux. N'approchez pas de l'appartement de votre
femme, ni de la bonne. Vous ne voudriez pas influencer
un témoin.

— Non, certainement pas.

— A propos, sans rancune...

— Oh ! pas du tout.

— Je le pense vraiment. Vous tenez le coup. Vous n'êtes pas mal.

— Merci.

— Ceci peut vous intéresser. Nous avons reçu le rapport d'autopsie. Il indique que votre femme avait réellement un cancer. Ils vont faire des prélèvements pour le prouver, mais cela semble un bon point pour vous.

— Je vois.

— C'est aussi pour cela que nous vous laissons partir.

— Je vois.

— Ne soyez pas trop tranquille. L'autopsie a également montré que le gros intestin de votre femme était dans un état intéressant.

— Que voulez-vous dire ?

— Vous aurez le temps d'y penser dans quelques jours. (Il se leva.) Bonne nuit, vieux. (Puis il s'arrêta.) Oh, oui. J'oubliais de vous faire signer la demande d'autopsie. Voulez-vous le faire maintenant ?

— L'autopsie était illégale ?

— Je dirais qu'elle était irrégulière.

— Je ne sais pas si j'ai envie de signer ces papiers.

— Comme vous voulez, vieux. Si vous ne le faites pas, nous pouvons vous garder en tôle jusqu'à ce que le coroner ait écrit son rapport.

— Magnifique, dis-je.

— Pas tant que ça. Ce n'était qu'une erreur. Signez là. Ce que je fis.

— Bon, dit Roberts, je rentre chez moi. Puis-je vous déposer ?

— Je vais marcher.

Et j'ai marché. J'ai marché des kilomètres sous l'interminable crachin du petit matin, pour me retrouver peu avant l'aube dans le Village, près du Club où chantait Cherry.

J'avais survécu à la nuit, le jour approchait. C'était le matin dans la rue, et je pensai au lever du soleil. Mais il se lèverait dans un brouillard glacé, un matin humide et blême assombri par la brume.

La porte de métal cabossé s'ouvrit quand je frappai. « Je suis un ami de Tony », dis-je au portier. Il haussa les épaules et me laissa passer. Je franchis un corridor, puis une autre porte. La salle, un sous-sol, avait autrefois servi d'atelier. Elle était maintenant décorée comme un bar de Miami — une boîte en simili-cuir, loges capitonnées d'orange-feu ainsi que les loges et le devant du bar, un tapis noir et profond comme la nuit, un plafond lie-de-vin. Un homme jouait du piano et Cherry chantait. Elle me vit entrer, sourit en prenant sa respiration et fit un petit signe pour indiquer que oui, elle prendrait un verre avec moi dès qu'elle aurait fini son numéro. Si la mort de Deborah m'avait donné une nouvelle vie, celle-ci devait avoir commencé depuis huit heures.

CHAPITRE IV

LES CERNES VERTS DE LA FATIGUE

En fait, j'étais si loin dans les fièvres de l'épuisement que le bourbon pénétra dans ma poitrine par une allée majestueuse, puis dans mes poumons encombrés, le dédale de mon ventre, méandres poivrés de mes entrailles. La police était partie et reviendrait demain ; on jetait déjà les journaux du matin devant les kiosques ; dans quelques heures les détails de ma vie quotidienne jailliraient comme une maison devenue folle, la machine à laver la vaisselle hurlant des injures au livreur, la télévision me réclamerait, j'aurais peut-être à téléphoner à l'université, les amis de Deborah appelleraient, il y aurait l'enterrement, Dieu ! l'enterrement, l'enterrement, et le premier d'un nouveau millier de mensonges parmi vingt-deux mille mensonges. Je me sentais comme un marin naufragé pendant le répit que lui laissent deux tempêtes, ou mieux, comme un vieil homme plein de force qui meurt d'avoir trop travaillé et passe dans la mort en s'enfonçant plus avant en lui-même. De riches veines de couleur acajou s'unissent pour soutenir son cœur et des anges fatigués viennent à sa rencontre après le travail, tendre paradis, et lui disent comme il a bien fait de passer ainsi ces dures et mornes années. Je crois que cette gorgée de bourbon fut peut-être la meilleure que j'aie jamais bue — la détente me vint sur des ailes de velours et je nageai dans un bonheur plus profond que l'air, plus parfumé que l'eau.

Cherry chantait et je buvais sa voix — jamais je n'avais
eu l'oreille aussi sensible. Ceci ne signifie pas que c'était
une grande chanteuse : ce n'était pas vrai. Mais j'avais un
réel plaisir à l'entendre, j'avais atteint un point d'équilibre,
comme ces petites taches lumineuses qui dansaient au tapis
sur l'écran du samedi au-dessus du texte pour inviter
enfants et adultes à chanter. Elle avait une voix presque
conventionnelle — ayant écouté les leçons des autres,
emprunté des styles sans les faire siens — mais elle possédait aussi un rythme souple, entraînant, et certains détails
étranges me frappaient. Elle chantait : « *Amour à vendre,
amour tout neuf, pas encore abîmé, amour à peine...* » Puis
elle donna un certain goût *abîmé,* quelque chose de triste
comme pour montrer que ce qui était perdu était pire que
la boue. La voix sortait à peine de l'ordinaire, mais l'expérience de cette voix n'était pas ordinaire et changea d'un
coup l'humeur des assistants, ce qui était un exploit, car
cette foule était loin d'être une foule d'amoureux : un juge
italien avec deux putains, deux flics, une jeune négresse à
la peau claire, grassouillette, avec un mandarin à barbiche,
une vieille femme aux mains couvertes de diamants qui
avaient volé leur éclat à l'aurore boréale, lueurs nordiques
qui étaient sa devise et gémissaient : je suis deux fois veuve
et je crois en Dieu car c'est ce que sont les jeunes hommes
— le jeune homme qui l'accompagnait était d'une étrangeté
indéniable. Enfin, au bar, un groupe de cinq, deux filles et
trois hommes qui devaient être des amis de Tony, car ils
portaient tous des cravates en soie d'un blanc de platine,
des chemises de soie blanche et des costumes bleu nuit. L'un
d'eux était un ancien champion de boxe, un très bon poids
moyen que je reconnus tout de suite, il avait eu très mauvaise réputation sur le ring. Ajoutez quelques autres et vous
aurez une idée de l'assistance, rien d'extraordinaire pour un
matin humide, mais la petite voix de Cherry me faisait plaisir (une voix nettement plus faible que celle qu'elle avait eue

pour me parler dans la rue), cette petite voix avait comme un courage honnête.

Si tu veux les frissons de l'amour, j'ai connu les horreurs de
l'amour,
Ancien amour, nouvel amour, tous les amours, sauf le vrai,
Amour à vendre. Jeune amour appétissant à vendre.
Si tu veux ma marchandise, suis-moi, monte les marches.
A-a-mour, amour à vendre.

Le projecteur lui allait bien, une nuance perlée d'un violet-rose, bonne lumière pour une blonde au teint clair car elle donnait un reflet d'argent aux ombres de son visage et creusait les cernes vert pâle en lacs d'ombre fascinante. Cherry ne ressemblait en rien à Marlène Dietrich, mais il y avait là un éclat, une étrange lumière venue de ce *no man's land* où on ne peut distinguer la fatigue du reflet de l'espionnage. Puis le démon, bon ou mauvais, le démon des puissances télépathiques bondit sur la scène, et elle entama *The Lady is a Tramp,* mais, dans une version rauque et discordante, curieusement plate, comme si vraiment sa gorge avait été touchée par le doigt de Marlène. « Arrête-toi, pensai-je, mieux vaut t'arrêter. » Cherry éclata de rire, ce rire faux de la chanteuse qui a légèrement trop bu, puis elle se frappa la cuisse, donnant au pianiste un nouveau rythme (un rythme musclé, vigoureux), et continua de rire gaiement, les yeux fermés. « Mets-y de l'huile, mon chou », cria l'ancien champion.

Elle reprit la même chanson d'une autre voix, balançant les hanches, l'air dur, plaisant et très américain, comme une hôtesse de l'air ou la femme d'une vedette de football à la télévision. La lumière du projecteur changea, une lumière orange, plage de Floride, hâle doré d'un athlète. On voyait maintenant la poudre sur son visage et la lumière qui s'y accrochait, les petits éclats de sueur aussi brillants que le soleil sur la neige humide. Elle était dure désormais, une dureté de cabaret, et personnifiait la blonde flamboyante et dorée, à la peau bronzée et aux yeux verts, avides — le projecteur orange. *La vie sans souci. Je suis fauchée. C'est O. K. Je hais la Californie, froide et humide, c'est pourquoi la dame est un clochard,* et elle râpait les mots comme s'ils faisaient partie d'une grasse saucisse que sa voix était prête à remplir.

Le spectacle continua. Il y eut la lumière champagne qui la faisait ressembler à Grace Kelly, la lumière vert pâle qui lui donnait quelque chose de Marylin. Elle paraissait, selon les moments, une douzaine de merveilleuses blondes, et parfois semblait un peu le petit garçon du voisin. Une allure de petit garçon américain décent, solide et propre qui donnait tout son charme à la base de son nez retroussé (encore un souvenir) au même angle que le hors-bord qui saute une vague, oui, ce nez donnait du caractère au petit muscle de sa mâchoire et soulignait l'obstination de sa bouche. Elle était attirante. Elle avait étudié les blondes, cette Cherry, elle était *toutes* les blondes, et quelque diable blond l'avait accompagnée parmi les styles. C'était une merveille — en buvant mon bourbon — que de contempler un tel vif-argent à l'ouvrage. Elle aurait pu renfermer plusieurs personnalités séparées s'il n'y avait eu la présence de son cul, un beau morceau du Sud. Parfois elle se tournait pour chanter par-dessus son épaule, et montrait que bien sûr son cul n'avait rien à voir avec son visage, non, elle le menait d'après ses rythmes propres, contente de lui et d'elle, en fille entendue, le cœur du gâteau de toutes les filles du Sud, une merveille, juste un peu trop gros et trop rond pour sa taille, un cul de caisse enregistreuse, un cul de fille du Sud. « Ce cul est à vendre, mon gars, me disait-il, mais tu n'as pas ce qu'il faut, toi ! » Son visage, qui n'avait rien à faire avec tout cela, me sourit modestement pour la première fois.

Je flottais sur un zéphyr d'alcool, un vrai tapis magique. Mon cerveau s'était transformé en une petite usine de particules psychiques, balles, obus, fusées de la taille d'une aiguille, planètes de la taille de votre pupille quand se ferme l'iris. J'avais même de l'artillerie, une série de bombes plus petites que des grains de caviar mais prêtes à être lancées à travers la pièce.

Pièce I (pièce à conviction pour un tribunal futur) : Le champion dit à nouveau : « Mets-y de l'huile » à Cherry, et je déchargeai sur lui une batterie de canons. Son rire s'arrêta en plein milieu, il grimaça comme s'il avait reçu quatre œufs pourris sur la tête. Ses narines se tordirent de dégoût, comme je l'avais espéré. Il regarda autour de lui, se mit, à son tour, à calculer, (il avait l'habitude de ce genre d'attaques) découvrit que j'étais probablement l'assaillant et m'envoya violemment un coup de pied imaginaire au bas-ventre. Je baissai ma garde pour le parer. Paré ! « Ton pied te fait mal », dit mon esprit au sien, et il sembla soudain déprimé. Quelques instants plus tard, il frotta le bout de sa chaussure contre son mollet.

Pièce II : La première des putains du juge gloussait comme une hystérique chaque fois que Cherry essayait d'atteindre le *sol* en dessous du contre-*la*. Sa voix n'y était pas particulièrement préparée. Une part du son montait jusqu'à la note, le reste retombait. Mais c'était un essai courageux. J'appelai donc une des balles magiques que je maintenais en orbite autour de la pièce dont ma tête était le centre solaire. Je dis à cette balle : « La prochaine fois qu'elle glousse, tu lui traverses le crâne d'une tempe à l'autre, qu'elle en prenne un bon coup. » Ce que fit rapidement la balle. Comme si elle avait traversé une planche de trente centimètres, elle creusa en grésillant une nouvelle traînée de vide au milieu des pensées de la pute. Sa chère petite tête frémit au passage du projectile, et quand elle gloussa de nouveau, le son en était creux, le rire vide et faux d'une pute à la gueule sucrée.

Pièce III : le juge tourna la tête comme la planète frôlait son oreille. Il regarda autour de lui, mais ne put me trouver. J'envoyai une flamme immatérielle chatouiller le bout de son nez. « Par ici, baby, dit mon cerveau au juge, voilà ton radar. » Et il me découvrit. L'anathème monta dans sa poitrine, déborda de ses épaules et projeta des nuages de gaz légal. Je ne m'étais pas préparé à cela. Le gaz pénétra mes narines, ennui, bon sens, incommensurable *continuum* de la fumée de cigare, ennui. J'étais amoindri, mais pas encore si bas que je ne pusse cracher de ma bouche une flamme qui incendia son nuage et le fit battre en retraite vers sa table, renvoyant l'anathème. Comme une fleur transformée en pollen, soudain sans vie, les boucles qui entouraient l'oreille de l'autre pute retombèrent brusquement sur son cou, petites fleurs desséchées.

Pièce IV : Un des inspecteurs eut une crise de hoquet.

Pièce V : Un des flics irlandais se mit à pleurer.

Pièce VI : La pièce fut livrée au silence. Une bombe avait explosé. Dans ce silence, Cherry chantait : *Quand le pourpre profond tombe sur les murs du jardin endormi.* A « *murs du jardin endormi* » elle lança cinq notes parfaites, cinq, comme les cinq cloches d'un ange venu pour l'éveil d'une bombe, claires, le plus beau bouquet de sons que j'aie jamais entendus. Ce fut un moment de paix, une rareté dans ce champ de bataille, que d'entendre le chant d'un merveilleux corps de femme.

Ce moment lui déplut. Elle secoua la tête, frappa du pied sur le sol et commença : *Voici l'histoire d'un très malheureux homme de Memphis qui fut abandonné à Hong-Kong.*

— Garçon, un autre bourbon, criai-je.

Je regardai son pied battre la mesure. Ses sandales découvraient les orteils aux ongles vernis. Je fus retenu par cette vanité, et je m'y absorbai, car ses orteils, comme pour la plupart des femmes attirantes, étaient ce que son corps avait de plus laid. Ils n'étaient pas exactement laids, pas déformés, mais certainement trop grands. Son gros orteil était rond comme une pièce de cinquante cents, plus grand qu'un quarter, un doigt rond, avide et satisfait de lui-même, les quatre autres n'étaient pas petits non plus, quatre balles

rondes, les coussins de chair beaucoup plus grands que l'ongle, et on voyait donc cinq petits melons de chair, sensuels,
porcins et même béats, entourant des ongles relativement
petits, plus larges que longs, ce qui me déplaisait. Elle avait
les pieds courts et larges de ce genre de femme à l'esprit
pratique qui prend le temps de coucher avec le voisin en
allant faire son marché. Je remontai jusqu'à son visage délicatement ciselé d'argent, ce délicat visage d'androgyne sous
les cheveux blonds assortis, et je compris d'un coup à quel
point j'étais ivre, comme si l'ivresse était un train qui fon-
çait dans le noir, avec moi dans un siège tourné vers l'arrière, m'éloignant toujours plus d'une flamme à l'horizon,
chaque instant se rapprochant du murmure qu'on entend
dans le tunnel qui conduit vers la mort. Les femmes doivent nous tuer jusqu'à ce que nous les possédions complètement (ainsi parlait la lumineuse logique de l'alcool dans
ma tête) et j'avais peur maintenant de cette chanteuse sur
la scène, car son visage, oui, peut-être pourrais-je le posséder vraiment, peut-être ce visage arriverait-il à m'aimer.
Mais ce derrière ! il était évident que je ne pourrais jamais
posséder un tel cul, personne ne l'avait jamais eu, personne,
peut-être, ne l'aurait jamais, et toute la difficulté était descendue jusqu'à ses pieds, oui, les cinq ongles peints disaient
à quel point cette fille pouvait être mauvaise. Donc je la
voyais, je la voyais ainsi : avec une méchanceté magique,
me sentant aussi méchant qu'un fils de lord, je lançai une
flèche vers son gros orteil, dans la grasse et brutale évidence dè cet orteil, et le vis tressauter. Je lançai trois
autres flèches au même endroit et vis le pied battre
en retraite sous la robe longue. Puis, comme si on m'avait
jeté un sort (afin que j'agisse à l'encontre de mes intentions,
quelles qu'elles fussent, pour une raison que j'ignorais,
(je désirais seulement annuler mon geste), j'envoyai une
flèche acérée au milieu du ventre de Cherry, et je la sentis
pénétrer. Je sentis les dégats causés. Elle en perdit presque
sa voix. Une note se brisa, la mesure hésita, puis elle

continua, se tourna vers moi, il partit d'elle une nausée, une chose morte et brisée venue du foie, rance, épuisée, qui flotta comme une humeur pestilentielle jusqu'à ma table pour s'y poser, me soulevant le cœur. Et il y avait comme un regret dans ce qui s'était exhalé de Cherry, comme si elle avait conservé cette maladie, en espérant ne jamais l'infliger à un autre, en espérant que son orgueil lui ferait garder pour elle ses maladies, l'empêcherait de les transmettre. J'avais lancé cette flèche et percé son bouclier. La nausée s'installait dans tous mes intérieurs.

Je me levai et courus vers les toilettes, entrai, verrrouillai la porte, m'agenouillai pour vomir, seconde fois de la nuit, éprouvant l'humilité d'un saint, je savais désormais qu'un saint poserait sa tête contre ce genre de trône croyant faire ainsi une auréole d'air pur autour des exhalaisons. Peut-être respirai-je une bouffée de cet air sanctifié, car mes poumons brûlés se rafraîchirent — une fois encore je respirai cette nuit-là un air d'une pureté que je n'avais pas connue depuis vingt ans me semblait-il, puis je vomis avec tout l'entrain d'un cheval au galop : reliquats, transgressions, pourriture et gaz du compromis, puanteur des anciennes frayeurs, moisi de la discipline, toute la bile des habitudes et l'horreur des faux-semblants — ah ! c'était là l'essence du vomi ! — se déversèrent avec le bruit liquide, acharné, d'un torrent qui traverse la forêt pour rejoindre son lit, et je sentis comme un vent qui se préparait à récolter les maladies dans les poumons et les foies des autres pour les envoyer dans mon corps et de là dans l'eau. J'évacuai le poison de la blessure que j'avais faite au ventre de Cherry, et oui, pour me le confirmer sa voix me venait, *rowdy-dah, rooty-toot*, résonnant au travers des murs des cabinets, forte, joyeuse et triomphante, *Quand s'avance la légion céleste*, s'élançant comme un oiseau doré enfin libéré de la cage de sa poitrine, riant gaiement de l'ancienneté de la chanson, et je me tenais à la cuvette, secoué par des spasmes, et je pensais que si le tueur en moi était lâché, eh bien, quelque saint l'était aussi, un saint de second rang, sans aucun doute, mais tout de même libre d'absorber les poisons des autres et de les régurgiter, ah ! oui, c'était la communion, et les effroyables anneaux de la nausée et Leznicki, oh, Leznicki arrivait, venu du ventre, il montait, et la présence de Roberts montait, et *splat* ! haricots et lambeaux de vomi montaient du tréfonds de mon ventre, la police disait adieu à mon corps.

Paix. La paix. La nausée s'évanouit comme l'écho d'un train dans le demi-jour des cabinets, je frottai des allumettes pour examiner si ma veste n'était pas éclaboussée, tachée, comme si un examen que j'aurais effectué plus facilement à l'extérieur, près du lavabo, aurait été moins efficace, moins appliqué. Je lavai mon visage à l'eau froide, mais avec soin, et recommençai tout aussi soigneusement, comme si je lavais un second visage. Dans le miroir mes yeux brillaient, clairs et heureux comme ceux d'un *yachtman* où se reflé- terait l'éclat des vagues — était-ce l'équilibre retrouvé ou ce miroir m'enfonçait-il dans la folie ? Je m'en servis malgré tout pour me peigner et pour refaire mon nœud de cravate. Le col de ma chemise était curieusement propre — je me souvenais de l'avoir mise avec dévotion juste après avoir lavé le corps de Deborah, bien sûr, étendue sur le sol de l'autre pièce, et je me demandai si cette propreté durable était un cadeau que me faisait la vie pour le soin que j'avais alors accordé à la chemise. Des hiérarchies de l'âme et de l'esprit se construisaient dans ma tête — l'alcool, ou le fan- tôme de Deborah, m'avaient rendu aussi fou qu'un Celte : j'essayais de comprendre comment une chemise pouvait avoir une âme détruite par les lavages et ranimée pas des doigts compatissants. Il restait néanmoins une preuve évidente, la chemise : arrachée pour faire l'amour avec Ruta, enfilée de nouveau, passée au gril par les yeux perçants de la police, une promenade sous la pluie, une bataille d'artillerie psychi- que au bar, et toujours présentable ! — cette chemise devait être renforcée comme un ego supérieur. J'eus le regret pas-

sager de ne plus pouvoir me livrer aux aventures de l'esprit
— ne serais-je pas morts dans trois jours ? — d'une certaine
manière, cette pensée me semblait parfaitement vraisem-
blable — ou en prison ? ou simplement écrasé par l'angoisse
de répondre aux questions, aux questions intolérables qui
allaient s'accumuler. En ce moment, loin de regretter
Deborah, je la haïssais. « Oui, pensai-je, tu es encore en
train de m'emmerder. »

Cherry terminait son numéro. C'est en tout cas l'impression que me donnait la musique qui filtrait à travers les
murs. Jetant un œil dans le miroir, je portai ma main gauche
à mon œil gauche, salut parodique, la lumière baissa un court
instant comme elle avait fait dans l'autre salle de bains, que
cette fois-ci je l'aie imaginé ou non, et je me dis : « Oui,
tu seras sûrement mort dans trois jours. » Puis je sortis et
retournai à ma table au moment où Cherry chantait
les dernières mesures de « *I've Got You Under My Skin* ».
(« Je t'ai dans la peau ».)

Ce qui était juste un peu trop tard, car, lorsqu'elle passa
près de moi en se rendant au bar, avec sur les lèvres un
demi-sourire professionnel, son regard choisit presque de
m'éviter.

— Prenons un verre, lui dis-je.

— Je vais boire avec des amis, répondit-elle, mais venez
avec nous.

Son sourire valait un peu mieux. Puis elle se dirigea vers
les trois hommes et les deux femmes dont j'avais décidé
plus tôt qu'ils étaient des amis de Tony. Elle ne connaissait
pas les femmes, échangea des politesses mesurées, radar
contre radar, leur serrant finalement la main avant d'embrasser deux des trois hommes d'un gros baiser humide et amical comme une poignée de main retentissante. Quand on la
présenta au troisième, l'ancien champion, Ike Romalozzo,
Ike « Romeo » Romalozzo, je me souvenais maintenant
de son nom, elle hésita, puis dit : « Et après tout... », à voix

très haute avec un accent du Sud très prononcé, puis embrassa Romeo en guise de bienvenue.

— Vous pourriez faire payer ces baisers cinq dollars, dit Romeo.

— Mon chou, je préfère les donner pour rien.

— Cette fille est au poil, Sam, dit Romeo à l'un des autres, un homme plutôt petit, d'environ cinquante-cinq ans, avec une peau grisâtre semblable à du cuir et une bouche large et mince.

Sam porta la main à la pierre qui couronnait l'épingle plantée dans sa cravate blanche, comme un avertissement.

— C'est l'amie d'un ami, dit-il.

— Encore un baiser, mon cœur, dit Romeo.

— Laissez-moi le temps de reprendre mes esprits.

— Gary, où se cache son ami ? demanda Romeo.

— Ne me demande pas, répondit Gary, un homme grand et lourd dans les trente-huit ans, avec un long nez, un visage bouffi et des narines qui fendaient l'air d'un tranchant tel que son intelligence semblait s'y être concentrée.

Sam chuchota à l'oreille de Romeo, qui ne dit rien. Ils étaient tous silencieux. De ma place, à moins de cinq mètres du bar, j'en étais arrivé à conclure que s'il me fallait mourir d'ici trois jours, c'était probablement Romeo qui s'en chargerait. Je ne savais pas si cette pensée m'était venue du plus profond de mon instinct ou si j'avais simplement le cerveau encombré d'absurdités. Néanmoins, quelque chose décida à ce moment qu'il me fallait aller voir Romeo d'ici trois minutes. « Tu n'éviteras jamais la police, me disais-je, si tu ne raccompagnes pas cette fille. » Et, sur l'écho de cette pensée, je remarquai que les inspecteurs avaient disparu. J'étais angoissé comme si on m'avait dit que j'allais subir une opération dangereuse.

— Ils vont faire un film de ma vie, dit Romeo à Cherry.

— Comment vont-ils l'appeler ? demanda Gary, *Punch-drunk and Paunchy ?*

— Ils vont l'appeler l'*Histoire d'un enfant américain*, dit Romeo.

— Rien que ça ! s'exclama Sam.

— Les gens qui sont avec moi ont mis un écrivain sur l'histoire. Il est en train d'y travailler. Un garçon qui tourne mal, reprend le bon chemin, tourne mal à nouveau. (Romeo cligna des yeux.) C'est la faute de ceux qui l'entourent. Mauvaises influences. Alcool bon marché. Les filles. Il n'obtient pas le titre. C'est le prix qu'il doit payer.

Romeo n'était pas laid. Il avait des cheveux noirs et bouclés qu'il avait laissé pousser, surtout sur les côtés, et il avait fait refaire son nez après avoir quitté la boxe. Il avait des yeux noirs et plats, comme ceux d'un Chinois. Il avait pris du poids et aurait pu être le jeune directeur d'une agence immobilière de Miami s'il n'y avait eu l'épais matelas de cartilage sur ses tempes, faisant croire qu'il portait encore son casque de boxeur.

— Qui met l'argent du film ? demanda Cherry.

— Deux types, dit Romeo.

— Laurel et Hardy, dit Sam.

— Vous ne me croyez pas ? demanda Romeo.

— Ils ne vont pas faire un film avec toi, dit Gary.

— S'ils trouvent un acteur assez bon pour jouer mon rôle, ils vont faire un très bon film, dit Romeo.

— Dites, Romeo, appelai-je, j'ai une idée.

Je n'avais pas quitté ma place, à cinq mètres de là, mais les mots étaient sortis. Je me levai et m'avançai vers eux. C'était une idée malheureuse, mais je n'avais rien trouvé de meilleur, et j'espérais encore qu'il me viendrait autre chose en tête.

— Ouais, dit Romeo, t'as une idée.

— Oui, dis-je, quand ils feront ce film, je jouerai votre rôle.

— Tu ne pourrais pas, susurra Romeo, tu n'es pas assez dingue.

Romalozzo avait été célèbre pour son crochet du gauche,

et je venais de m'y précipiter. Gary commença à ricaner, puis le rire gagna Sam, Cherry et les deux filles. Ils étaient tous adossés au bar et me riaient au nez.

— Je dois une tournée, annonçais-je.

— Garçon, cria Romeo, cinq Bromo-Seltzers.

Gary donna une grande claque dans le dos de Sam.

— Notre gars n'arrête pas de faire des progrès.

— En fait de cinéma, on n'a encore rien vu, dit Romeo. Quand ce film sera terminé, les types et les bonnes femmes de la haute diront tous : « Romalozzo a dîné chez nous hier soir. »

— Ouais, dit Sam, et ce gorille a bouffé toute la pizza.

— Caviar-foie gras. Hé ! Frankie ! cria-t-il au garçon, apporte-nous du caviar-foie gras avec les Bromo-Seltzer.

Cherry se remit à rire, d'un rire d'une sonorité surprenante, joyeux, presque parfait et qu'on aurait écouté avec plaisir si ce n'eût été un écho fanfaron, obstiné, qui rappelait un peu la bêtise des petites villes du Sud. Je compris à ce moment le besoin que j'avais de sa perfection.

— Romeo, dit Cherry, vous êtes le type le plus drôle que j'aie rencontré aujourd'hui.

— Ce n'est pas moi, dit Romeo, c'est mon ami. Mon nouvel ami. (Il me regardait de ses yeux sans profondeur.) Sam, c'est bien ton nouvel ami ? demanda-t-il.

Sam me considéra calmement.

— Tu sais, Romeo, ce n'est pas mon ami, dit-il après un court silence.

— Peut-être est-ce le tien, Gary ?

— Ne l'avais jamais vu, dit Gary.

— Et toi, chérie, demanda Romeo à l'une des filles, c'est ton ami ?

— Non, dit la chérie, mais il est bien mignon.

— Alors, mon chou, dit-il à l'autre fille, ce doit être le tien.

— Pas, à moins que nous ne nous soyons rencontrés à Las Vegas il y a cinq ans, dit-elle, en essayant de m'aider.

Peut-être nous sommes-nous vus au Tropicana, il y a cinq ou six ans, je n'ose plus compter, ha, ha !

— La ferme ! dit Gary.

Le mulâtre au visage rond de mandarin et à barbiche me regardait fixement de sa place. On aurait dit un des corbeaux de la jungle perché sur la plus haute branche d'un arbre pendant que le lion et ses petits boivent le sang et dévorent les entrailles fumantes d'un zèbre agonisant.

— Je crois qu'il n'est l'ami de personne, dit Romeo.

— C'est le tien, dit Sam.

— Oui, dit Romeo, c'est le mien. (Il se tourna vers moi.) Qu'est-ce que tu en dis, mon vieux ?

— Vous n'avez pas demandé à la dame, dis-je.

— Tu veux dire la dame qui est venue nous rendre visite ? La dame qui chantait tout à l'heure ?

Je ne répondis pas.

— Puisque tu es mon ami, dit Romeo, je vais te mettre au courant. Cette dame m'accompagne, ce soir.

— J'en suis surpris, dis-je.

— C'est comme ça.

— Je suis vraiment surpris.

— Mon vieux, tu as poussé ta chansonnette, dit Romeo, maintenant fous le camp.

— Vous ne pourriez pas trouver une manière plus polie de me dire de partir ?

— Va-t'en.

J'étais prêt à partir. Plus rien ne me retenait, ou presque, mais ce presque était la lueur au fond des yeux de Cherry, orgueilleuse et brillante. Cette lueur provoqua la colère qui me fit faire face à Romeo. Car elle m'avait utilisé — je m'en rendais compte et j'éprouvais une fureur glacée contre les femmes qui oseraient m'utiliser. Encore une forme de folie — et j'en avais connue déjà tant cette nuit-là — mais je lui dis :

— Je m'en irai quand cette dame me le demandera, pas avant.

— Le condamné mangea de bon appétit, dit Gary.

Je continuai de fixer Romeo dans les yeux.

« Tu vas souffrir », me disaient ses yeux. « Je te prépare quelque chose », répondaient les miens. Le doute apparut sur son visage. Il ne connaissait pas ses chances, n'avait pas une idée en tête, juste une force insistante. Peut-être croyait-il que j'étais armé.

— Vous avez invité ce type ? demanda Romeo.

— Bien sûr, dit Cherry, et vous l'avez accueilli comme un chien.

Romeo éclata de rire, un grand rire sans joie ni résonance, un rire professionnel, le rire d'un boxeur qui a gagné une centaine de combats et en a perdu quarante, quarante dont douze à cause d'une erreur de l'arbitre, six parce qu'ils étaient truqués — quatre l'ayant envoyé en prison.

Le rire d'un homme qui avait appris à rire dans n'importe quelle défaite.

— Vous savez, dit Cherry, cet homme est une célébrité. C'est Mr. Stephen Richards Rojack dont vous connaissez tous l'émission de télévision, *Click* ?

— Ouais ? dit Sam.

— *Click* ? dit Gary.

— Sûr que je la connais, dit la chérie, avec la joie du mauvais élève qui répond le premier. Je suis très impressionnée de cette rencontre, monsieur Rojack, dit-elle.

Une vraie chérie. Sam en était malade.

— Et maintenant, comme monsieur Rojack est pour moi un ami très particulier, dit Cherry, me faisant un collier parfumé du bout de quatre doigts qu'elle me posa sur la nuque, allons prendre un verre dans ce coin.

— Tu repasses dans un quart d'heure, lui dit le barman.

— Je n'ai rien entendu, dit Cherry. Elle eut un sourire argenté comme si les terreurs des mâles étaient des crottes d'hippopotames.

Nous choisîmes une petite table, avec une lampe en forme

de bougie, à trois mètres de la scène où ne restaient qu'un
piano désert et un micro abandonné. Assis près d'elle, je ne
sentais pas une présence, mais deux, celle d'une jeune femme
blond cendré aux ombres couleur lavande et aux curieux
fantômes, une musique secrète, une femme possédant un
corps qu'il ne me serait peut-être jamais permis de voir au
soleil, et une autre, solide comme une fille de la campagne,
née pour être photographiée en maillot de bain, alerte, pratique, propre, de celles pour qui le sexe est un sport.

— Vous êtes encore en colère, me dit-elle.

— Oui.

— Il ne fallait pas vous mettre en colère, dit-elle, ils
vous mettaient en boîte.

— Vous aussi. Si j'étais parti, vous seriez assise avec
Romeo.

— Peut-être.

— Sans y voir de différence.

— C'est mal de dire ça, dit-elle avec sa voix de petite
fille du Sud.

— Le mal dit ce qu'il voit.

Je ne savais pas exactement ce que j'avais dit mais cela
lui plut énormément. Nous étions comme des adolescents.
Elle me caressa le menton du revers de ses doigts, ses yeux
verts pleins de poivre à la lumière de la bougie, avec des
reflets bruns, jaunes et dorés. Eclairée ainsi, elle avait tout
du chat, les yeux, les narines et la bouche savante.

— Monsieur Rojack, connaissez-vous des histoires drôles ?

— Oui.

— Racontez-m'en une.

— Plus tard.

— Quand ?

— Quand nous partirons.

— Vous êtes grossier. En fait...

— Oui ?

— Con, dit-elle avec l'accent nasillard du Sud, et nous
sourîmes tous les deux comme des diamantaires découvrant

le pendant d'une pierre. Ensuite nous nous penchâmes pour nous embrasser. L'alcool que j'avais bu me fit presque m'évanouir, car il me vint de sa bouche une bouffée douce et violente qui disait ce qu'elle savait, qui parlait des petites villes du Sud et des banquettes arrière des voitures, des hôtels de luxe, du bon jazz qu'elle écoutait depuis des années, du muscle simple et droit de son cœur et du goût des bons vins, *jukeboxes,* tables de jeu, qui disait son entêtement et quelque chose de compromis, de mort, une chose gonflée de gaz, aussi forte et sinistre que ses amis, et l'odeur du bourbon, la promesse nue et saignante, tant et si bien que je fermai les yeux et retombai dans mon vertige pour un instant, elle était trop pour moi — c'est vrai —, c'était comme si je m'étais battu avec un homme plus fort que moi et que j'avais reçu un direct du droit, pas le poing nu mais un gant de boxe, que j'étais tombé un instant dans les pommes et que j'avais attendu une longue seconde pour en sortir, craignant ce qui allait suivre. Ce ne fut pas le meilleur baiser que j'aie jamais reçu, mais certainement le plus violent. Il contenait un peu de cette mécanique d'acier, les cœurs d'un grand nombre d'hommes qu'elle avait dû embrasser.

— Quelle douceur dans votre baiser, dit-elle.

Oui, nous étions comme deux adolescents. Je n'avais pas ressenti ce mélange particulier de promesse et de respect mêlé d'un peu de crainte (comme si je marchais les yeux bandés et que je puisse à tout instant dégringoler un escalier — mais des coussins m'attendaient en bas — c'était dans le jeu), du sentiment que la vie nous offre une chose dont très peu de gens ont même une idée, du bonheur d'avoir près de moi un corps éprouvant la même douceur, la douceur même. J'avais peur de faire le moindre mouvement.

— Con, me dit-elle, tu es entré comme si tu avais une sauterelle dans chaque poche.

— J'avais peur.

— De quoi ?

— Vaudou.

— Toi vaudou. Toi dingue. Je ne t'ai pas présenté parce que tu n'étais plus mon ami, mais le roi des Fantômes.

— Je crois que c'était vrai.

— Horrible !

Le barman s'approcha.

— C'est votre tour.

— Plus de chansons pour ce soir.

— Il va falloir que je prévienne Tony, dit-il.

Elle avait l'expression du soldat qui a trouvé une pêche mûre sur un arbre en automne, et qui s'arrête pour la manger.

— Appelle Tony, dit-elle, et apporte-nous deux doubles.

— Je n'ai pas envie de l'appeler.

— Frank, je préfère que tu le fasses. Ça m'est égal. Vraiment. Mais ne me mets pas mal à l'aise parce que tu es mal à l'aise.

Frank la regarda sans dire mot.

— Et puis monsieur Rojack n'aime pas que je chante. Cela lui donne envie de dégueuler.

Tout le monde rit.

— Il aime ça, dit Frankie, il me jetait un sale œil dès que je cognais un verre.

— Monsieur Rojack jette le mauvais œil sans discrimination, dit Cherry, *whoops* !

Elle avait laissé tomber son verre.

— C'est vrai que vous n'allez pas chanter ? dit Frank en regardant les débris du verre. Quand elle secoua la tête, il s'éloigna.

— Merci beaucoup, Cherry, dis-je.

— En tout cas, dit-elle, voilà l'ambiance foutue.

Elle frotta une allumette, l'éteignit aussitôt après, puis regarda l'avenir dans le cendrier.

— Virages dangereux un peu plus loin.

— Vous me croyez fou ?

— Oh ! non. Elle rit gaiement. Vous êtes simplement gâté.

Nous nous embrassâmes de nouveau. C'était presque aussi bien que le premier. Peut-être après tout le sort nous réservait-il quelque chose.

— Je pense que je suis fou. Ma femme est morte. J'ai tiré un trait.

— Quelque chose qui ne va pas et vous ne voulez pas regarder en arrière ?

— Exactement.

— Il y a une semaine que je suis dans le même état. L'accompagnateur, un Noir, alla se mettre au piano. Il haussa les épaules en passant près de Cherry. Il choisit un accord maussade, le fit suivre de quelques autres accords maussades, puis se lança dans un air rapide et maussade.

— Peut-être l'aimiez-vous, dit Cherry, voilà pourquoi vous ne sentez rien. Celles qui pleurent le plus aux enterrements sont celles qui voulaient se débarrasser de leur mari.

Le téléphone sonna. « Monsieur Rojack, pour vous », appela Frank en m'indiquant une cabine près du bar. Je remarquai au passage que Romeo, Sam, Gary et les filles étaient partis.

— Rojack ?

— Oui.

— Roberts.

— Encore debout ?

— Oui, mon pote, encore debout.

— Où êtes-vous ?

— A Queens. J'allais me coucher.

Il fit la pause vertueuse caractéristique des représentants de la loi.

— Qui vous a téléphoné ?

— D'en haut.

— Et qu'est-ce qu'ils ont dit ?

— Rojack, assez avec votre bla bla distingué. Je sais d'où vous sortez.

— Vraiment ? Je ne sais pas d'où *vous* sortez.

— Espèce d'abruti, dit Roberts, vous êtes complètement soûl.

— Peut-être, mais vous aussi. Vous êtes en train de picoler.

— Oui.

— Je croyais que vous ne buviez jamais.

— Une fois par an.

— Je suis très honoré d'en être l'occasion.

— Vous autres de la haute, vous puez, dit Roberts.

— Nous ne valons vraiment rien.

— Ecoutez, sortez de là où vous êtes. Vous n'êtes pas en sécurité.

— C'est possible, mais en tout cas on n'est pas en train de me torturer.

— La fille qui est avec vous.

— Oui.

— Vous savez qui c'est ?

— Du poison. Absolument.

— Croyez-le, cela vaut mieux, mon vieux.

— Roberts, il faut de tout pour faire un monde.

— Déjà entendu parler de Bugsy Siegel ?

— Bien sûr. Un ivrogne qui se respecte a forcément entendu parler de Bugsy Siegel.

— Bon, eh bien, la petite fille qui vous accompagne aurait pu lui apprendre bien des choses.

— Alors pourquoi, demandais-je, chante-t-elle dans une boîte de nuit pour cent cinquante dollars par semaine ?

— Je ne peux rien vous dire de plus.

J'étais en colère.

— Je croyais que vous deviez vous consacrer à Eddie Ganucci ?

— Il y a du nouveau dans votre affaire.

— Que voulez-vous dire ?

— Vous ne nous avez pas tout dit sur votre femme.

— Tout ?

— Soit vous savez ce dont je parle, soit vous l'ignorez.

— Il est évident que je n'en sais rien.

— Laissez tomber.

— Ce nouveau, c'est bon ou c'est mauvais ?

— Venez au commissariat à cinq heures et demie.

— Vous ne voulez rien me dire de plus ?

— J'ai entendu dire que votre beau-père arrive par avion ce matin.

— Où l'avez-vous entendu ?

— A la radio. (Roberts se mit à rire. C'était sa première plaisanterie du matin.) Je l'ai entendu à la radio. Maintenant, Rojack, passez-moi le barman. Je veux lui parler.

Quand je revins à ma place, Tony était là. Il avait l'air sombre de l'homme en proie à des problèmes opposés et qui se demande lequel éclatera le premier. Il m'accorda une main flasque et un coup d'œil. Il suintait la haine comme un parfum lourd et puissant, l'odeur qu'avait eue Cherry quand j'avais failli m'évanouir. Comme j'étais en face de lui, la proximité de cette haine fit monter une fois de plus la nausée — une menace, et si peu précise (comme une agonie dans un sac en plastique) et j'eus l'envie panique de les quitter tous les deux. Seule me retint l'idée que le premier instant était toujours le pire. Je dis à Cherry en souriant :

— A peine croyable. Les flics pensent que je ne devrais pas rester ici.

— Quelques-uns sont intelligents, dit Tony.

— En tout cas, ils prennent le plus grand soin de moi. Ils étaient si inquiets qu'ils ont voulu parler à votre barman.

— Nous n'avons jamais d'ennuis ici, dit Tony. Il n'en manque pas. Mais dehors.

Il avait l'air ennuyé, comme s'il avait cinq courses à faire et seulement trois livreurs.

— Il est difficile de trouver à qui se fier, par les temps qui courent, dis-je.

— Les amis, répondit-il.

— Les amis se fatiguent. (Cela ne me coûtait rien.)

— Bon, lève-toi et va chanter, dit-il à Cherry.

— Je ne suis pas d'humeur.

— Moi non plus. N'essaye pas ce truc-là.

Elle regarda l'air que j'avais.

— Connaissez-vous une histoire drôle, monsieur Rojack ?

— Je connais un poème.

— Dites-le moi.

— Les sorcières sont idiotes, dit le magicien faible d'esprit.

— C'est le premier vers ? demanda Cherry.

— Oui. Vous voulez le second ?

— Oui.

— C'est aussi le dernier.

— Oui ?

— Hula, hula ! répondirent les sorcières.

Elle partit d'un rire perlé comme si elle voyait une sorcière argentée et une sorcière noire se battre à grands coups d'ailes.

— Répétez-le.

— Les sorcières sont idiotes, dit le magicien faible d'esprit. Hula, hula ! répondirent les sorcières.

Elle me le fit répéter à nouveau pour l'apprendre par cœur. L'expression de Tony fit naître sur son visage un sourire onctueux.

— Tu vas faire ton tour de chant ? demanda-t-il.

— Je vais chanter une chanson.

— Que veux-tu dire — une ?

— Le poème de monsieur Rojack m'a mis en forme. Je vais chanter une seule chanson, ou rien du tout.

— Lève-toi, dit-il.

Quand elle fut montée sur scène, il se tourna vers moi.

— Elle chantera toute la série.

Cherry consultait le pianiste. Je voyais qu'il secouait la

tête, puis il eut le sourire faible d'un homme faible. Pendant les pourparlers, ses doigts nerveux égrenaient une ritournelle, *Qu'est-ce que tu dis, baby ? Funky-butt, funky-butt, enlève-moi ça.*

Cherry sourit au micro. « *Funky-butt, funky-butt, enlève-moi ça* », dit-elle dans un murmure qui dut accrocher quelque fil électronique — on entendit un souffle grave puis le micro se mit à crier dans l'aigu. Elle le couvrit de sa main, adressa un sourire à la douzaine de clients qui restaient.

— C'est l'heure du petit déjeuner.

Applaudissements.

— Je sais bien que nous avons tous peur de sortir et de voir le soleil.

— Il pleut, cria le juge entre ses deux putains. Quelques rires gras.

— Oui, Votre Honneur, mais le soleil brille toujours au tribunal, dit Cherry, provoquant une légère vague de rires. Oui, nous avons tous peur du matin. Néanmoins, je vais chanter une chanson, et nous rentrerons tous chez nous, Bang.

— Elle plaisante, dit Tony d'une voix parfaitement contrôlée, mais qui recouvrait le bruit métallique d'une plaque d'égout qu'on laisse retomber sur le trottoir.

— Elle plaisante, répéta-t-il.

— Oui, dit Cherry. On applaudit ?

Elle frappa dans ses mains pour étoffer les quelques claquements ennuyés qui lui répondirent. Le pianiste frappa quelques accords. Cherry allait chanter un cantique.

> *Chaque jour auprès de Jésus,*
> *Est un plus grand bonheur.*
> *Chaque jour auprès de Jésus,*
> *Me fait l'aimer davantage.*

Elle fit une pause et baissa les yeux sur le public en joignant pieusement les mains. On aurait dit qu'elle allait avoir le fou rire.

> *Jésus me garde, Jésus me sauve.*
> *Il est celui que j'attends.*
> *Chaque jour auprès de Jésus*
> *Est un plus grand bonheur.*

C'était sa meilleure chanson de la soirée, celle où elle avait donné le maximum. Une assemblée de femmes baptistes, sortie d'une petite ville du Sud, s'avança dans mon esprit, les reflets des verres étaient ceux de leurs lunettes, la peau pâle et ridée de leurs visages, le pli vertical de la lèvre supérieure, vertueuse balafre sur le visage de la passion, l'œil étincelant de ce désir dément qui se tord sur les tombes vides, la dévotion paralysée par l'arthrite...

Chaque jour auprès de Jésus, me fait l'aimer davantage. Sa voix montait et descendait parmi les accords avec une joie physique qui devait adoucir les nombreuses piqûres que ces femmes lui avaient infligées, avec aussi un sens musical venant de ce qu'elle ne les haïssait pas tout à fait, elles aussi étaient des sorcières, aujourd'hui haineuses et rabougries, mais qui autrefois avaient aimé un homme, un neveu, un frère ou un oncle mort depuis longtemps, avaient conservé ses lettres entourées d'un ruban, et s'étaient peut-être montrées compatissantes envers une fille enceinte. Dans leurs articulations froides et durcies courait encore un filet d'amour chrétien, un sentiment qui les faisait parfois penser à la douceur de l'amant disparu, leur faisait revivre la douleur passée.

« *Chaque jour auprès de Jésus, me fait l'aimer davantage.* Tout le monde chante », annonça Cherry, et je me levai comme un des anciens élèves d'un collège réunis après trente ans d'attente, je me levai et chantai avec elle, balançant mon verre avec de grands gestes du bras, comme une chope de bière au bout d'une corde : « *Est un plus grand bonheur.* »

Nous étions seuls, elle et moi. Une ivresse particulière venait de son corps vers le mien, retournait en elle, et le pianiste parfois s'en mêlait comme une souris de dessin animé venant épier un mariage de chats. Mais ce fut bientôt fini. Un ivrogne qui venait d'arriver se mit à hurler le dernier mot de chaque vers, les putains reprirent en chœur d'une tendre petite voix de fausset coupée net par un regard du juge. Les autres se taisaient. Tony était blême. Cherry descendit de la scène.

— O.K., c'est fini ! dit-elle.

— Tu ne t'en vas pas, lui dit Tony, tu es virée. Tu es cinglée.

— J'ai un drapeau américain, Tony. Je te l'enverrai à Noël. Pour en faire une nappe.

— Tu chanteras dans ton bain, désormais, ma fille, nulle part ailleurs. Je vais te couler dans toutes les boîtes de la ville.

— Il faut que je me change, me dit Cherry.

— Je vous attends.

Je restai seul avec Tony. Nous évitions chacun le regard de l'autre, comme engagés dans une lutte silencieuse, sa présence contre la mienne, deux créatures aquatiques enfouies dans la vase d'une grotte sous-marine, échangeant les messages nauséabonds des animaux marins. Tony dégageait comme une puanteur boueuse de ciment humide que je sentais me recouvrir. Alors j'eus recours à Deborah. Combien de fois quand je lui parlais, avais-je porté la main à ma gorge — gorge qu'en son for intérieur, sûrement, elle tranchait d'une oreille à l'autre. Pas étonnant qu'elle ait cru aux miracles. C'était mon tour de glisser la main dans ma poche pour y saisir mon canif et lui faire effectuer un voyage imaginaire au creux de ma paume, l'ouvrir, tendre le bras et faire une profonde entaille en travers de la pomme d'Adam de Tony.

« C'est très bien, me dit Deborah à l'oreille, tu finis par comprendre. Mets du sel dans la blessure.

« Où trouverai-je du sel ? »

« Prends les larmes de ceux qui ont été tyrannisés par cet homme. Voilà ton sel. Et frotte-le bien. »

Je fis donc appel à quelque concentré de souffrance, et la réaction fut si puissante que je sentis sous mes doigts crisser les cristaux argentés qui porteraient cette souffrance jusqu'au cou de Tony. Une part de mon esprit dut les y faire pénétrer de force.

Je perçus son malaise. Il remua les pieds, puis ouvrit la bouche.

— Il fait chaud.

— Oui, répondis-je.

— C'est triste pour votre femme.

— Horrible.

Il ne se découragea pas.

— Je la connaissais, dit-il.

— En vérité ?

— J'ai une boîte dans les beaux quartiers. Elle y venait avec des amis.

Cherry sortait du vestiaire, une valise à la main, vêtue d'un tailleur et d'une gabardine.

— Sortons d'ici, me dit-elle, et se dirigea vers la porte sans un regard pour Tony. J'allais la suivre quand je sentis au milieu de mon dos que Tony allait lancer un poignard, et ne pas me manquer.

— Oui, dit-il encore, votre femme était tout à fait dans le vent.

— Vous savez, répondis-je, c'est un grand malheur que la maladie de votre oncle.

— Il a bien réagi, dit Tony. Sur cet écho, je suivis Cherry.

Nous prîmes notre petit déjeuner dans un café, un repas léger, petits pains anglais arrosés de thé, sans presque parler. A un moment je portai ma tasse à ma bouche et remarquai que ma main tremblait. Elle le vit aussi.

— Quelle nuit vous avez passée, dit-elle.

— Ce n'est pas la nuit, c'est le jour qui s'annonce.

— Vous avez peur de ce qui va bientôt se passer ?

— J'ai toujours peur, dis-je. Elle ne rit pas, mais approuva.

— J'ai eu un mouvement de recul, dit-elle.

— Pour une bonne raison ?

— J'avais envie de me suicider.

— Ça arrive aux femmes les plus belles.

— Non, aux plus funèbres.

— Oui.

— Pensez-vous qu'à un moment on puisse avoir raison de se suicider ?

— Peut-être.

— Comme si c'était votre dernière chance ?

— Expliquez-vous.

— Vous avez déjà vécu avec les morts ? Elle prononça ces mots en gardant son expression d'Américaine pratique.

— Non, je ne sais vraiment pas.

— Eh bien, j'ai vécu avec papa et maman toute mon enfance, et ils étaient morts. Ils sont morts quand j'avais quatre ans et cinq mois. Dans un accident d'auto. Une frère et une sœur plus âgés m'ont élevée.

— Ils étaient gentils ?

— Merde alors, non, dit Cherry, ils étaient à moitié fous.

Elle alluma une cigarette. Les cernes de ses yeux étaient noirs de fatigue, le vert tournait au pourpre au bord de ses paupières et virait au jaune sur ses joues, comme si elle avait reçu un coup.

— Quand on vit avec les morts, on s'aperçoit, certain jour de certaine année, qu'ils sont prêts à vous accueillir. C'est ce jour-là qu'il faut choisir. Sinon vous mourrez peut-être un jour où il n'y aura personne pour vous attendre, et vous serez laissé à l'abandon. C'est pourquoi l'impulsion est si forte. Je le sais. Mon jour est venu. Je l'ai laissé passer. J'ai eu un mouvement de recul.

— Eh bien, peut-être faut-il risquer la mort ce jour-là,
mais si on prend cette chance et qu'on en sorte vivant,
la fois suivante on sera peut-être moins proche du suicide.
Peut-être cette force aura-t-elle perdu de sa puissance.

— Vous êtes un optimiste. (Elle me toucha la main.)
Vous avez encore peur ?

— Moins.

Mais je mentais. L'horreur s'était installée au milieu de
mon courageux petit discours. Ne pas craindre la mort,
être prêt à s'y engager — je pensais parfois que j'avais
plus horreur de la mort que quiconque. J'y étais trop mal
préparé.

— La pleine lune va durer combien de temps ? demandai-je.

— Encore trois jours.

— Oui.

— Vous dites que vous avez peur. Est-ce la peur des
femmes ?

— Il y a des moments où je ne crois plus que ma place
soit en elles.

— Vous ne le croyez pas ?

J'étais tout près de lui dire ce que je n'avais jamais dit.

— Je ne voudrais pas donner trop d'importance à cela.

Je n'ajoutai pas qu'être avec une femme dans un lit me
donnait rarement l'impression de créer la vie, plutôt celle
d'être un pirate opérant une razzia sur la vie, ce qui
faisait naître quelque part en moi — oui, c'est *là* qu'était
une bonne part de la peur — la crainte du jugement qui
m'attendait dans le ventre de la femme. Je sentis la sueur
qui perlait dans mon dos.

— Si on buvait un verre ? demandai-je. Vous avez de
quoi boire ?

— Nous ne pouvons pas aller chez moi. Tony va téléphoner tous les quarts d'heure, puis il enverra quelqu'un
frapper à ma porte.

— Nous ne pouvons pas aller chez moi non plus. Ce

sera plein de journalistes, d'amis, d'associés... sans compter la famille.

Barney Oswald Kelly venait à New York. En tout cas si Roberts avait dit la vérité — et pourquoi aurait-il menti ? Mon beau-père, que je n'avais pas vu huit fois depuis que j'étais marié, mais que je connaissais suffisamment pour en avoir une peur intense, le sujet était si vaste que je le mis de côté, de la même manière qu'on peut mettre de côté le continent asiatique.

— Oui, restons le plus loin possible de mon appartement.

— Je ne veux pas aller à l'hôtel, dit-elle.

— Moi non plus.

Elle soupira.

— J'ai un endroit. Un endroit spécial.

— J'en aurai le plus grand respect.

— Il est trop tôt pour y aller.

— Nous n'avons pas le choix, princesse.

— Oh ! Stephen, dit Cherry, hula, hula.

CHAPITRE V

POLITESSES EN CHAINE

Nous prîmes un taxi jusqu'au fond du quartier Est, et là, dans le brouillard froid d'un matin d'avril, sous un ciel aussi gris que les vapeurs des rues mouillées, nous montâmes au cinquième étage d'un immeuble, dépassant les odeurs douceâtres de bois pourrissant qui montaient d'un entrepôt de vin bon marché, passant les escaliers dont chaque palier était marqué d'une ampoule sale entourée de grillage, lui-même couvert d'une poussière aussi épaisse et solide que de la mousse, marqué aussi par les ordures devant chaque porte, l'odeur forte et poivrée de la cuisine porto-ricaine, ce mélange d'ail, d'entrailles de porc et de condiments inconciliables, lamentable grouillement, marqué enfin par la porte ouverte des latrines et la moisissure qui débordait sur le sol. La puanteur dégorgée par les tuyaux vous inspirait un dégoût terrifié de la vieillesse, du point d'horreur que peut alors atteindre la maladie, de l'infection dégagée par les entrailles des vieillards. Tout au long de cette ascension j'étais moins un amant qu'un soldat en territoire ennemi. « Si cet amour est un échec, disait l'odeur, tu seras plus près de moi. » On entendait l'écho du mambo, une enfant qui hurlait de terreur, comme si elle était battue à mort. A chaque étage les portes s'entrouvraient sur des yeux bruns à cinq pieds du plancher, trois pieds, un seul —

des enfants âgés d'à peine un an, incapables de se tenir debout.

Cherry sortit des clés et ouvrit la porte après avoir fait jouer deux serrures distinctes. Les verrous rentrèrent dans leurs logements avec un bruit métallique, d'une profondeur disproportionnée à leur taille. Je sentais la vigilance des oreilles reliées à tous ces yeux brillants comme des yeux d'ouistitis.

« C'est toujours la même chose, dit-elle. Que je vienne à trois heures du matin ou à une heure de l'après-midi, ils me surveillent sans cesse. »

Elle enleva son manteau, alluma une cigarette, la posa, alluma le radiateur à gaz, alla chercher dans un placard une bouteille et deux verres. Le réfrigérateur était un vieux modèle à doubles portes, cabossé, et une odeur rance d'eau de la rivière monta des cubes grisâtres qu'elle détacha du plateau.

Je voulus l'aider, mais elle donna un coup de poing sec sur le pic à glace tout en parlant tranquillement, avant de laver les cubes dans l'évier dont le robinet faisait un bruit de vieux chien dérangé dans son sommeil.

— Ma sœur habitait ici, dit-elle. Elle voulait étudier la peinture, alors je l'ai un peu aidée. Juste un peu. Ce sont ses meubles.

— Elle est partie ?

Elle fit une pause.

— Oui. Maintenant l'endroit est à moi. Parfois, je me sens coupable de l'occuper si peu alors que tous ces gens sont les uns sur les autres. Mais c'était la chambre de ma petite sœur. Je ne veux pas la laisser.

Il n'y avait pas d'autre pièce que celle-là, un salon-salle à manger-cuisine-chambre à coucher de huit mètres sur quatre. Les murs de plâtre blanc étaient crevassés de partout, les meubles avaient des couleurs innocentes — orange, tomate, rouge, vert, des couleurs pleines d'appétit, comme aurait pu les choisir une jeune fille arrivant à New York,

ignorant tout de la mode. Il y avait un grand lit sans mon-
tants, un canapé dont un pied était cassé, une table de
bridge, deux chaises pliantes en métal, un fauteuil de toile
pour metteur en scène et un chevalet. Sur les murs étaient
pendus plusieurs tableaux sans autre cadre qu'une étroite
bande d'écorce de pin, et les deux fenêtres du fond donnaient, par chance, sur un espace libre, un cimetière, un
des derniers de Manhattan.

— Ce sont les toiles de votre sœur ?

Je ne voulais pas poser cette question, mais je sentais
qu'elle l'attendait.

— Oui.

— Laissez-moi voir.

Mais je me sentis d'un coup devenir irritable, effet de la
fatigue, seul effet sensible d'ailleurs : l'alcool avait enflammé
de nouveau mon adrénaline. Il viendrait un moment, dans
quelques heures, peut-être le lendemain, où je m'étendrais
pour dormir — pour essayer — et les souvenirs de cette
nuit se dresseraient comme les corps mutilés qui jonchent
un champ de bataille. Mais la boisson ne m'avait pas lâché,
j'étais encore dans son wagon doré tendu de velours rouge
d'où je pouvais survoler le charnier et regarder en face le
visage de Deborah sur chacun des cadavres.

Je ne voulais plus regarder les tableaux. J'en voyais déjà
trop, je voyais tout ce qu'il y avait de morbide chez la
sœur de Cherry, tout un fatras dégoulinant, charpie sanglante au bord de la folie.

Les toiles faisaient un lamentable contraste avec l'orange
et le vert lumineux des meubles. Cette fille avait dû paraî-
tre pleine de vitalité. Je n'avais pas envie de continuer.
Je sentais en moi une tension extrême, comme enserré
par les mâchoires d'un cheval qui retient sa course, ou,
plus simplement, comme le fumeur qui n'a pas goûté au
tabac depuis trois jours. C'est de sexe dont j'avais avant
tout besoin, non pour le plaisir, ni par amour, mais pour
soulager cette tension, supprimer la fatigue lourde et pres-

que sensuelle que j'avais ressentie en montant les marches, de sexe, et je sentais monter le désir. Mais il m'était impossible de mentir, je sentais confusément que les tableaux n'étaient pas seulement un obstacle à franchir en douceur, qu'ils ouvraient la porte d'un domaine privé, intime. Je pouvais tout gâcher en insistant, et ces toiles me mettaient de mauvaise humeur, je les trouvais répugnantes.

Nous ne pouvions pas commencer par un mensonge. C'était comme si j'étais en possession d'un secret désespéré, comme s'il m'était parvenu de l'autre bout du monde un message m'annonçant la fin du monde. Si c'était le dernier acte, inutile de garder l'argent du retour, autant miser tout ce que j'avais. J'eus alors une phrase étrange.

— Je ne peux pas vous mentir, et je ne mentirai pas jusqu'au premier mensonge.

— Allez-y, dit Cherry.

— Il est arrivé quelque chose à votre sœur, n'est-ce pas ?

— Oui.

— Elle n'a pas tenu le coup.

— Elle n'a pas tenu et elle est morte.

Sa voix était sans nulle émotion. L'événement semblait avoir été recouvert, comme par une petite pierre plate.

— Comment est-elle morte ?

— Elle était avec un type qui lui a fait du mal. Ce n'était qu'un maquereau. Une nuit, il l'a battue. Elle ne s'en est pas remise. Elle s'est traînée jusqu'ici et m'a demandé de m'occuper d'elle.

Cherry dessinait un cercle avec son verre, faisant tinter les cubes de glace, en manière d'exorcisme.

— Deux jours plus tard, reprit-elle d'une voix claire, elle a attendu que je sorte, avalé trente cachets de somnifère et s'est tranché les veines. Ensuite elle s'est levée pour venir mourir devant la fenêtre. Je pense qu'elle voulait sauter, qu'elle voulait aller dans le cimetière.

— Qu'est devenu le maquereau ? demandai-je après quelques instants.

Cherry prit l'expression dure d'un jockey se rappelant une course particulièrement infâme. Sa bouche eut un pli cruel et volontaire.

— Je me suis occupée de lui.

— Vous le connaissiez ?

— Je ne veux plus parler de cela.

J'avais le regard aigu d'un juge d'instruction qui aurait manqué une carrière de chirurgien.

— Vous le connaissiez ?

— Je ne le connaissais pas. Elle ne l'avait choisi que parce qu'elle était à moitié folle. Elle était amoureuse d'un autre. Qu'elle a perdu. Par ma faute. Je lui ai pris son amant. (Cherry frissonna.) Je n'aurais jamais cru que je ferais une chose pareille, mais je l'ai faite.

— C'était Tony ?

— Oh ! Jésus, bien sûr que non. C'était Shago Martin.

— Le chanteur ?

— Non, chéri, Shago Martin l'explorateur !

Cherry vida son verre et s'en versa un autre.

— Ecoute un peu, mon cœur, tu vas voir : ma sœur n'était qu'une des six filles qui attendaient Shago chaque fois qu'il passait à New York. Je trouvais qu'elle lui accordait trop d'importance, ce n'était qu'une enfant. Je suis donc sortie avec eux pour lui faire honte, et *bang* ! je suis devenue une des six filles de New York qui l'attendaient. Comprenez, monsieur Rojack, Shago est un *mâle*.

Le mot me fit l'effet d'un coup de poing dans le ventre. Ce jugement avait quelque chose de définitif, comme s'il existait une sorte de tournoi sexuel où s'affrontaient les chefs. Tous ceux qui comptent parmi les Noirs et les Blancs.

— Excusez-moi de vous avoir dérangée, dis-je. Elle se mit à rire.

— Je ne veux pas vous faire partir la queue entre les jambes. Ce n'était pas à ce point. J'étais amoureuse de Shago. Et bientôt il est tombé amoureux de moi. C'était inévitable. Une gentille petite Blanche du Sud comme moi.

Je suppose qu'un homme n'est pas plus viril qu'un autre,
quand il est amoureux.

Elle sourit, mi-figue, mi-raisin.

— En tout cas, je me sens justement on ne peut plus
viril, dis-je, et c'était vrai. Je réagissais au coup de poing
par une envie mauvaise. Le visage de Deborah, l'œil vert
de la morgue était à nouveau devant mes yeux, mais je
n'avais plus peur, au contraire, il me semblait posséder la
haine qui s'y reflétait.

— Je ne me sens pas très bien non plus, dit-elle.

C'est dans cette chaude ambiance que nous nous apprê-
tâmes à nous coucher. Elle déplia un paravent près de
l'évier et se déshabilla derrière pendant que j'ôtais mes vêtements. Je me glissai en tremblant entre les draps de son
lit, petit pour deux personnes, des draps de luxe (ce n'est
pas sa sœur qui avait dû les acheter), et me mis à grelotter,
car le tissu avait conservé tout le froid métallique de ce
misérable hiver. J'eus des visions de cimetières, du cimetière
d'à côté, de l'arche romane de Harvard, dans Sever Hall
— je n'avais pas pensé à cette salle depuis vingt ans, mais
peut-être n'avais-je pas eu aussi froid depuis vingt ans —,
et je sus en même temps que j'aurais pu être au pôle Nord
et me mettre nu, comme si tout le fer de mon corps s'était
rassemblé pour résister au vent.

Elle revint de ce côté du paravent, vêtue d'un négligé
couleur paille, avec le triste sourire d'une modestie professionnelle cent fois oubliée, et s'allongea pudiquement dans
le lit.

Son cul était vraiment une splendeur, et la vie me revint
par-delà les glaciers de ma fatigue lorsque je posai les
mains sur elle. Ce ne fut pas une rencontre d'amoureux,
plutôt deux animaux tranquilles, dans une clairière, venus
chacun d'un sentier de la jungle, une rencontre d'égaux.
Et nous fîmes l'amour sans préliminaires — à peine trente
secondes avant que je ne la pénètre calmement. Toutes les
ruses de son corps et de son expérience sur un des pla-

teaux de la balance pour compenser le poids du mien — sa vie passée valait la mienne, et la vision submergée de mon sexe en mouvement était libre de toute vanité, sans hâte à donner le plaisir. Nous étions dépourvus de passion, deux danseurs professionnels en train de répéter un long ballet presque immobile, seuls sur une scène éclairée par la lune. J'aurais pu ne jamais m'arrêter. La fatigue m'avait libéré. Ma vie se jouait en eau profonde, loin sous le sexe, un tunnel de rêve où l'effort et la récompense étaient enfin séparés. Elle était exquise. Elle était d'une sensibilité merveilleuse. Je n'en attendais pas moins. Au pli de sa chair vivait la fraîcheur d'une ombre violette. Mes mouvements n'avaient jamais atteint cette perfection. Impossible de faire la moindre erreur.

Pourtant la tendresse ne dépassait pas l'acte lui-même. Pas d'amour en elle, ni en moi, le culte était célébré dans une église à la mesure de notre corps, le lieu de notre rencontre était en dessous de la lumière des yeux, des sécrétions de l'esprit. J'étais presque mort d'épuisement — plus de cerveau, ni d'intelligence, ni de vanité, je ne sentais plus l'éperon de l'impatience, comme si la membrane du passé s'était recroquevillée telle une peau morte qu'on allait arracher. Loin au fond de moi, comme un observateur sur la lune, je savais que mon haleine devait être fétide et qu'il sortait des lèvres de Cherry un souffle mêlé de cendres et de poussière funèbre, mais cette odeur pourrie, chargée d'alcool et de tabac, qui circulait entre nous, n'avait pas de contact avec ce qui vivait en moi. Je traversai (les yeux fermés) quelque minuit d'un espace intérieur, conscient de mon seul désir, cercle d'acier autour du cœur, et du sien, ceinture de fer qui enserrait son ventre. Nous atteignîmes le milieu d'une course, comme des cyclistes pris au rythme de leurs genoux, il ne resterait bientôt de nous qu'un rythme semblable, rien d'autre qu'un rythme infatigable jusqu'au spasme qui ne viendrait jamais, maintenant j'en étais sûr, et je sentis au cœur de ce tourbillon ses doigts me presser durement la nuque, un geste court comme pour demander : « Tu veux maintenant ? ». Mais l'instinct, que je ne mis pas en doute, guida ma réponse : « Non, je ne veux pas... je ne peux pas tant que tu as cette chose en toi », ce que je n'avais encore jamais dit, et elle se retira, j'étais dehors, un choc, comme si je m'étais cogné le crâne contre une poutre, je tâtonnai à la recherche de cet obstacle caoutchouteux qui faisait partie de son corps et que je haïssais tant, le touchai du doigt, le retirai et le jetai loin du lit. J'entrai en elle de nouveau, ce fut comme se plonger dans l'eau chaude un jour glacé d'hiver, et nos désirs s'étaient rejoints comme des yeux qui ne se quittent plus du regard, nos désirs enfin unis dans l'égalité commencèrent à laisser couler leurs larmes, à s'attendrir dans cette lumière qu'étouffe la volonté pour ne pas pleurer, fer contre fer jusqu'à vibrer dans un brouillard de rosée, être essuyés puis mouillés à nouveau. Je traversais une grotte aux étranges lumières, sombres, comme des lanternes de couleur qui auraient brûlé sous la mer, frémissant reflet de flèches ornées de pierreries, la cité de rêve qui m'était apparue pendant que Deborah agonisait contre mon bras serré, et une voix me demanda si bas que j'entendis à peine, une voix comme un murmure d'enfant apporté par le vent : « Veux-tu d'elle ? Veux-tu vraiment d'elle, veux-tu enfin savoir ce qu'est l'amour ? » Je voulais une chose dont je n'avais jamais eu envie, et je répondis d'une voix qui semblait provenir du centre de mon être : « Oui, dis-je, bien sûr, je veux l'amour », mais une part de moi-même, une part sèche et putassière ajouta, comme un vieillard distingué et courtois : « Vraiment, et qu'y a-t-il à perdre ? » et la petite voix me répondit, terrifiée : « Oh ! tu risques de perdre plus que tu n'as jamais perdu, si tu échoues, plus que tu ne peux imaginer. » — Et si je réussis ? — Ne demande rien, choisis ! » et je sentis une monstrueuse épouvante me transpercer, un dragon qui se dressait en moi comme si je savais que la voix était réelle, j'ouvris les yeux au sommet de la vague de terreur et je vis la beauté de son visage sous le matin pluvieux, ses yeux pleins d'une lumière dorée, et elle me dit : « Ah ! chéri, oui. » Alors je répondis oui à la voix, et je sentis l'amour entrer comme un oiseau glissant sur ses vastes ailes que je sentais battre derrière moi, je sentis sa volonté se dissoudre dans les larmes, une douleur profonde, roses recouvertes par le sel marin, monta comme un fleuve de son ventre et m'inonda tout entier, miel de douceur sur les plaies de mon âme. Pour la première fois de ma vie je n'eus pas à traverser les flammes ni à forcer les pierres de ma volonté, j'éprouvai le plaisir avec mon corps, non avec mon esprit, sans pouvoir m'arrêter, un barrage avait cédé, joie, et je ne pouvais que lui rendre le miel qu'elle m'avait donné, miel de douceur pour son ventre, tout entier dans son sexe.

« Fils de pute, dis-je, c'est donc de cela qu'il s'agit. » Et ma bouche s'abattit comme un soldat épuisé au centre de sa poitrine.

C'est ainsi que je m'endormis. Que je tombai. Que je descendis en glissade pour rebondir et m'écrouler sur des coussins où je poussais du centre de ma chair un léger soupir de fatigue. Je plongeai dans le sommeil comme un bateau sur son erre qui vient mourir à quai, moteurs stoppés, et il y eut un instant délicieux où je sus que rien n'allait exploser ni interrompre mon repos.

Il y a longtemps, à l'époque où notre mariage se nourrissait de cruauté plus que de plaisir, je dis à Deborah, un soir que tout allait mal :

« Si nous nous aimions, nous dormirions dans les bras l'un de l'autre et n'aurions jamais envie de bouger.

— Chéri, je tremble de fièvre », répondit-elle.

Je m'endormis en serrant Cherry dans mes bras. Des heures passèrent, quatre, cinq heures — je remontai comme un plongeur, faisant une pause à chaque niveau, et mon corps s'éveilla quand j'atteignis la surface. Dès que j'ouvris les yeux (il y avait dix minutes que j'aurais pu le faire),

je sus que tout allait bien dans la pièce, mais que tout
allait mal dehors. Une connaissance qui me vint de
l'extérieur, comme l'enfant noir qui un matin comprend qu'il
est un nègre.

Pas besoin de me tâter le pouls. J'étais un assassin. J'étais
l'Assassin. Rien de plus pressé que d'étudier Cherry. Elle
prenait un visage différent pour chaque instant de son rêve.
Elle était profondément endormie. Un masque avide ou
cruel se précisait, prenait forme puis s'effaçait d'un même
élan, découvrant la douceur d'un visage d'enfant. Dans l'espace d'une minute se déroulait, comme au cinéma, la longue métamorphose qui va du bouton à la fleur. Puis la
fleur se fanait d'un coup, la cuirasse d'un nouveau bour-
geon perçait les pétales desséchés, pointe égoïste et vul-
gaire. Une sensualité venait me provoquer à travers le sommeil, les calculs impitoyables de la femelle qui vend sa
dentelle, vénale jusqu'à la moelle de ses os, toute la science
des putains. Puis je la vis savourer la douceur de ses
vols passés, l'avaler quand elle risqua de tourner à l'aigre,
masque qui fut remplacé par une expression déçue, amère,
la garce se faisant à elle-même pitié, puis de nouveau la
carapace, vite fêlée, éclatée, et j'eus sous les yeux une
gentille blonde de dix-sept ans qui me souriait, le teint
lumineux, une enfant tout en or, une pêche de Géorgie,
une majorette, un fruit gorgé de soleil — spécialité américaine. Je touchai le bout de son nez. Un nez sans expression dont la pointe relevée laissait voir les narines pleines
de hardiesse, aspirant l'air juste en face d'elle.

J'eus envie de l'éveiller. J'avais besoin de bavarder, et
je me concentrai sur mon souhait avec une telle force
qu'elle se mit à remuer. Aussitôt son visage se creusa de
rides inquiètes, comme si la fatigue qu'elle devait éliminer
avait tiré sur un signal d'alarme, elle vieillit à vue d'œil,
eut cinquante ans, serra les lèvres et gémit comme un
infirme qui dirait en lui-même : « Je suis malade quand
je me réveille, c'est dans le sommeil que mes vies se réunis-

sent. — Très bien, pensai-je, dors donc. » Elle se détendit, sourit, la gaieté ourla sa lèvre et rendit une odeur charnelle à la courbe de sa bouche.

Il y avait un réveil au-dessus de ma tête. Il était trois heures et trois minutes de l'après-midi. Je devais rencontrer Roberts à cinq heures et demie. Je me levai, sortis du lit comme un acrobate, ne voulant pas la frustrer de son sommeil, et j'enfilai mes vêtements. L'air était chaud et sec, il sentait le renfermé, le radiateur avait brûlé toute la nuit, mais les gaz étaient évacués par la cheminée, ne laissant pas d'odeur — j'eus l'image rapide d'une tarte dans un four, oui, c'est exactement ce que je ressentais. Je ne pris pas la peine de chercher un rasoir, il y en avait un chez moi. Je pris le temps de lui écrire un mot.

Quel sommeil ! Mais quel spectacle !
A bientôt, beauté, j'espère.

Je me demandais où elle serait quand je serais capable de la rejoindre. J'eus de nouveau envie de la réveiller. « J'essaierai de venir ce soir, ajoutai-je au bas de la page. Si tu es sortie, laisse un mot, l'heure et l'endroit. » J'eus un instant de panique. Reverrai-je jamais cet endroit ? Penser à Leznicki creusa une tombe dans mon estomac.

Je tirai enfin la porte derrière moi, doucement, pour que la serrure ne fasse pas trop de bruit, et descendis les escaliers. Je sentais les yeux des Porto-ricains dans mon dos, et l'air frais de la rue me sembla annoncer de multiples dangers. J'étais de retour... le monde... un klaxon m'écorcha l'oreille comme une sirène de navire au matin d'un sinistre jour de l'an ; partout des embuscades. Je suppose que j'étais encore ivre. Mon corps était imbibé d'alcool, mes nerfs étaient vivants, ma chair me semblait toute neuve — marcher devenait presque agréable, car je sentais le moindre des processus qui accompagnent le mouvement des jambes. L'air pénétrait mes narines avec l'histoire de tous ses voya-

ges — les âmes des mauvais garçons noyés dans l'Hudson,
les pavés encore secoués par les chariots du siècle dernier,
les chiens au bout de la rue, la friture des *hot dogs*, cette
même odeur que dégagent les prolétaires en rut, les gaz
brûlés d'un autobus (la momie égyptienne enfouie sous les
détritus), une bouffée lourde et suffocante comme un
enfant brutal qui étouffe son camarade (Deborah avait dû
mourir avec cette odeur dans la gorge), et j'entendis un sifflement venu de l'autre côté de la ville, par-dessus la rivière
et les chantiers de New Jersey, le hurlement d'une loco-
motive qui m'emporta dans sa course nocturne à travers le
Middle West, son cri d'acier déchirant les ténèbres. Il y
a cent ans, les premiers trains avaient pénétré la grande
prairie de ce même cri terrifiant. « Prenez garde. Arrêtez-
vous. Derrière cette machine arrive un siècle de folie furieuse,
une flamme qui veut dévorer la planète entière. » Quelle
débandade parmi les animaux !

Je pris un taxi. Le chauffeur fumait le cigare et me
parla de Harlem pendant tout le trajet. Il refusait d'y mettre les pieds. Je finis par tourner le bouton. J'avais une
folle envie d'alcool. Je ne crois pas en avoir jamais eu
un tel désir — je gémissais intérieurement comme un vase
brisé qui demande de la colle (le moment où j'avais pensé
à Leznicki m'avait coupé en deux moitiés). J'étais assis sur
le siège arrière, le dos rigide, une sueur maladive montait
de mes vêtements tellement je me retenais pour ne pas
dire au chauffeur de s'arrêter tous les cinquante mètres,
chaque fois que je voyais un bar. Je serrais les mâchoires
pour m'accrocher, sachant que j'étais à un tournant, que si
je me mettais à boire — moi qui aimais le whisky au point
qu'il me servait de sang — je prendrais le tournant une
bonne fois pour me retrouver coincé, complètement intoxi-
qué. Non, il fallait que je tienne jusqu'au soir, il fallait tenir, ne pas toucher un verre jusqu'à ce que je retrouve
Cherry — c'était la première clause de mon nouveau
contrat, du pacte que j'avais fait ce matin-là. Je pensai à

Ruta, et ce désir vint s'ajouter à tout le reste. J'étais malade, trempé, je tremblais de peur et je pus néanmoins la revoir dans un éclair, appuyée contre le mur tendu de velours rouge à fleurs, une vision qui me fut comme du poivre dans la blessure, la tentation diabolique de bondir dans un café pour lui téléphoner.

— Ruta, vous vous souvenez de votre ami médecin, ce médecin à moitié fou qui ne vaut pas mieux que son malade ?

Un silence.

— Ah ! Oui. Le génie.

— Le génie vous voit assise sur les genoux d'hommes en bleu.

— La gendarmerie de New York envoie ses plus beaux garçons quand l'affaire est intéressante.

— Pensez-vous pouvoir les abandonner ?

— Uniquement pour me faire examiner dans le plus grand détail, *geliebter Doktor.*

— Venez à ma consultation.

— Mais votre cabinet n'est plus à la même adresse.

— Je me suis installé au bar irlandais de la Première Avenue...

Nous allions boire pendant des heures, puis nous enfermer dans un hôtel allemand plein de puces, le lit renforcé par les particules démentes d'un million de fornicateurs, d'un millier de sodomites, de cent récits diaboliques. Nous n'en bougerions pas pendant deux, trois jours, et il y aurait cinq bouteilles vides au pied du lit.

Mon cœur s'affolait de nouveau comme un oiseau pris au piège. J'étais traqué. La nuit dernière j'avais vendu mon trésor au Diable, et ce matin, comme un voleur minable, je l'avais promis au murmure de l'enfant. J'avais l'impression d'avoir fait les semailles en deux fois, dans le ventre marin de Cherry, dans les cendres chaudes de Ruta. La seconde fois que j'avais fait l'amour avec elle, où donc avais-je déposé la semence ? Je ne pouvais m'en souvenir,

et ce va-et-vient entre Dieu et le Démon me semblait
soudain d'une importance extrême et menaçante, plus que
Leznicki, Deborah, son père — mon cœur fit un bond —,
plus important même que mon désir de boire.

Savez-vous ce qu'est la psychose ? Avez-vous sondé la
profondeur de ses cavernes ? J'étais au bout du rouleau,
et la corde derrière moi se tendait, prête à rompre.

— Il m'appelle, et je ne le regarde même pas. Mais il y
a un flic au croisement... Mon esprit était parti à la poursuite des alevins innombrables de la semence morte, mon
cerveau s'élevait doucement, ayant décidé de s'envoler au
loin.

— Et il m'en a fait voir. Les flics d'ici baissent leur
froc devant les nègres.

— Arrêtez-vous là, dis-je.

— Eh bien, pour être bref...

— Payez-vous.

L'air frais me maintenait en vie. Je passai devant un
bar. Sans m'arrêter. Entraîné par mes pieds.

J'avais des rivières de sueur sur tout le corps. J'étais
très faible, mais je retrouvai chacun de mes personnages : professeur d'Université, personnage de la télévision,
homme du monde en marge, écrivain, suspect, débauché,
amant à peine éclos d'une grive nommée Cherry. J'avais des
racines, comme une mauvaise herbe : un père juif, immi-
grant, une mère protestante, d'une obscure famille de banquiers de la Nouvelle-Angleterre. Oui, j'étais de retour parmi
les vivants. Je pouvais négliger les bistrots. Ils défilaient
comme des bornes kilométriques et marquaient, à ma grande
satisfaction, la distance croissante qui me séparait de l'embuscade. Je me sentais aussi petit qu'un homme d'affaires
écrasé sous le poids d'une banqueroute imminente.

J'achetai plusieurs journaux, pris un autre taxi, et rentrai
chez moi. Je regardai les journaux pendant le trajet. Inutile de les regarder en détail. L'histoire s'étalait sur la première page, c'était un suicide, ils donnaient des renseigne-

ments sur Deborah et sur moi, mêlant pour moitié le vrai
et le faux, s'excitaient au point de promettre qu'on allait
en parler encore deux jours, sans compter les hebdoma-
daires, faisaient comprendre — en douceur — que la police
était sur place, disaient que je n'avais pas fait de déclaration, ni Barney Oswald Kelly, que la télévision et l'Université refusaient tout commentaire. On citait un de mes collè-
gues du collège : « C'était un couple splendide. » Deux des
journaux reproduisaient le même portrait de Deborah,
une photo affreuse et vieille de plusieurs années. « Une
belle jeune femme de la haute société se donne la mort »,
disait une légende en caractères gras. Deborah semblait
grosse, laide et un peu stupide. Elle descendait de voiture
pour assister à un mariage et avait un sourire pincé comme
pour demander aux photographes : « Cette expression
convient-elle aux masses ? »

Je passai à la rubrique mondaine. Il y avait une chronique que je ne manquais jamais : « *Les Rênes de la
Société* », de Francis « Buck » Buchanan. C'était un ami
de Deborah, je savais simplement que c'était un coureur
de jupons, et, pendant l'année de notre séparation, je pouvais parfois suivre les revirements de Deborah à mon égard
grâce à Buchanan, qui écrivait ce qu'elle voulait. Une gentil-
lesse voulait dire que j'étais bien en cour, l'omission de
mon nom dans une liste d'invités signifiait qu'elle était
mécontente.

« *Deborah n'est plus parmi nous* », le titre de Buchanan traversait tout le haut de la page :

« *Les gens du monde et les noctambules ont reçu ce
matin à l'aube un choc inoubliable en apprenant le tragique
décès de Deborah Kelly Rojack. Nul d'entre nous ne put
croire que la charmante Deborah, fille aînée du magnat
de réputation internationale Barney Oswald Kelly et de la
première dame de Newport, Leonora Caughlin Mangaravidi
Kelly, n'était plus parmi nous. La belle Deborah nous a*

quittés. Nous n'entendrons plus les accents patriciens de son rire, nous ne verrons plus l'éclat malicieux de ses yeux. " Je veux danser jusqu'à la dernière note ", était sa devise. " Mes folles années ne sont pas terminées, juste un peu fatiguées, les pauvres ", confiait-elle à ses intimes. Trop fière pour en parler à quiconque, elle dut, la nuit dernière, entendre la dernière note. Ceux d'entre nous qui la connaissaient bien savaient qu'elle se désolait secrètement de son mariage manqué avec l'ancien sénateur Stephen Richards Rojack. A l'instant où nous mettons sous presse, nous apprenons même que Steve était dans sa chambre lorsque Deborah fit le dernier saut. Peut-être désirait-elle qu'il entende la dernière note. Peut-être... La mort de Deborah est enveloppée de mystère. Nous ne pouvons y croire. Elle était trop vivante. Pauvre Tootsie Haenniger. Tootsie lui avait prêté son bijou d'appartement du quartier Est pendant le mois qu'elle passait en Europe. Et maintenant Tootsie retrouve son nom dans les potins. »

Ça continuait sur deux colonnes pleines et le début d'une troisième, un ramassis d'anecdotes, semé d'une cinquantaine de noms — ses meilleurs amis —, pour finir sur une fanfare à la gloire funèbre de la mort violente dont les vertus semblaient devoir ouvrir quelque porte secrète au lecteur consciencieux, et un catalogue complet de tous les groupes auxquels avait appartenu Deborah : bonnes œuvres, comités, cotillons, bals, fondations, sœurs de ceci, sociétés de cela, congrégations aux noms bizarres : *l'Anti-Napoléon, les Irrédentistes, les Fusiliers des Bahamas, les Crampons, le* Quainger, *le Cœur de Croyden, la Souscription pour le Chêne du Printemps, les Cavaliers de Philadelphie, les* Kerrycombos.

Toute une vie secrète. Je ne connaissais pas le tiers de ces groupuscules. Cette enfilade de déjeuners féminins et parfumés où elle disparaissait chaque jour depuis des années — que de princes ont dû y être élus, que de prétendants guillotinés, que de mariages détournés. Une pensée me transperça avec la précision d'un pic à glace : j'avais perdu la bataille de mon mariage sans que l'ennemi se soit une seule fois montré à découvert. Ces dames avaient dû m'étrangler à loisir pendant ces déjeuners, les mêmes qui s'étaient si bien employées pour me construire une carrière politique dix-huit ans plus tôt — à moins que ce ne fussent leurs mères. Pas d'importance. Le passé n'était plus en cet instant qu'un désert couvert de cendres après le passage des flammes.

Je passai un mauvais moment en ouvrant la porte de mon appartement, comme un joueur qui vit dans la crainte d'une carte, la reine de pique, dont chaque apparition marque l'approche d'une catastrophe. Il me semblait la voir chaque fois que je sentais la présence de Deborah. Et l'appartement tout entier était imprégné de cette présence, écho des nuits que j'y avais passées sans elle, des guerres matinales où chaque cellule de mon corps criait que j'étais en train de la perdre un peu plus, tandis que mon orgueil faisait le serment de ne pas téléphoner. Quelque chose était mort dans cet appartement — les traces qu'y avait laissées Deborah. Une odeur de fosse commune montait des corbeilles à papier remplies de mégots et de la poubelle dans la cuisine, des souvenirs moisissaient dans les meubles, la mort flottait comme une bête fauve dans une odeur de musc. Devrais-je passer par la gueule rouillée de l'incinérateur pour mettre fin à cette mort amère ? Le désir de l'alcool me prit à nouveau comme une bouffée de fièvre. Je traversai le salon, l'effroyable salon, murs couleur champagne et canapés assortis, Deborah s'était encore toquée d'un autre décorateur, un ensemble gris argent, vert pâle et crème, des couleurs de fond de teint, la palette arbitraire de l'élégance — dans cette pièce, j'avais toujours eu l'impression d'être son valet de pied. Je serrais les poings.

Le téléphone sonnait. Après quatre, cinq sonneries, les abonnés absents prirent la communication, mais j'entendais

comme un écho lointain, comme un enfant gâté qui hur-
lerait dans la cave. Il devait y avoir des centaines de messages, mais j'étais incapable d'y penser. Je ne savais pas
si je pourrais supporter longtemps cet endroit — la terreur bouillonnait dans mon ventre comme l'eau grise des
machines à laver qui fonctionnent toute la nuit dans les
vitrines, une eau graisseuse qui atteignit ma taille quand
j'entrai dans la salle de bain — je ne sentais plus que le
contact du rasoir qui laissait sur ma joue une traînée de
propreté, l'odeur de la mer un matin d'été. Mes joues étaient
une fenêtre ouverte sur cette lumière, tandis que mon corps
restait emprisonné. Le téléphone sonnait encore. Je me rin-
çai, me demandai si j'allais d'abord m'habiller ou m'occuper des messages, mais la réponse était simple : il
fallait que je sois prêt à sortir à tout instant. Je choisis un complet d'été gris clair, un manteau gris, des chaussures noires, une chemise gris-bleu, une cravate noire, un
mouchoir pour servir de pochette, je m'habillai, je cirai même
mes chaussures, tout cela avec le souffle angoissé d'un
asthmatique qui sent venir la crise.

Le téléphone sonnait. Cette fois, je répondis. C'était le
producteur de mon émission.

— Steve, oh ! mon garçon, mon vieux, comment te sens-
tu ?

— Comme un morceau de glace, Arthur.

Le service des abonnés absents était aussi sur la ligne.

— Monsieur Rojack, veuillez nous appeler quand vous
aurez terminé votre communication. Nous avons plusieurs
messages à vous transmettre.

— Oui, Gloria. Merci.

— Oh ! Christ, mon vieux, tu as plongé le studio dans
la panique. Veux-tu accepter nos condoléances ?

— Oui. Merci, Arthur.

— Non, mais Steve, je veux dire qu'ici l'angoisse est
partout. On n'avait pas vu ça depuis que Kennedy s'était
affronté à Khrouchtchev pour les fusées. Pauvre Deborah.

Je ne l'ai rencontrée qu'une fois, mais c'est une grande dame.

— Oui. *Etait*.

— Steve, tu dois être sous le choc.

— Je suis un peu chancelant, mon gars.

— J'en étais sûr, j'en étais sûr. Notre dépendance à l'égard des femmes. C'est comme perdre sa mère.

Si Deborah, au lieu de mourir, était partie pour l'Europe avec un amant, Arthur aurait dit : « C'est comme perdre le sein de sa mère. »

— As-tu vu ton analyste ce matin ? demandai-je.

— Tu peux en être sûr, Steve. J'y étais à huit heures du matin. J'ai appris la nouvelle aux informations de minuit.

— Oui.

Sa voix faiblit, comme s'il se rendait compte de ce qui s'était passé.

— Steve, ça ne va vraiment pas trop mal ? Peux-tu parler ?

— Oui, ça ne va pas trop mal.

— Mon analyste dit qu'il faut que je me mette à ton niveau. Un des handicaps de cette émission est que je n'ai jamais pu établir de rapport avec toi. Mon angoisse tend à s'intégrer dans une structure sociale au lieu d'affirmer une tendance personnelle. Je crois que je me suis senti battu d'avance devant ta supériorité sociale.

— Arthur, arrête ces conneries. Je vais hurler.

— J'ai essayé de t'appeler six foix ce matin. Chaque fois je m'y suis préparé, et chaque fois je suis tombé sur des standardistes qui me faisaient dresser les cheveux sur la tête. Je suis complètement retourné, Steve, hystérique. Il y a ici une pression comme dans l'intérieur d'une marmite. Les journaux veulent une déclaration sur l'avenir de l'émission.

— Je ne peux pas y penser en ce moment.

— *Baby*, il le faut. Ecoute, je sais que je ne suis pas à la hauteur dans les rapports sociaux, que je pense trop en termes de groupe, de statut, d'opinion publique...

— Compris.

— ... au lieu de feindre une noble élégance dans une situation aussi laide.

— Mendiant infect ! lui criai-je. Petit salaud !

— Vous avez perdu l'esprit.

J'éloignai l'écouteur de mon oreille. J'entendais les explications se perdre en qualifications, puis le sérieux de l'auto-analyse, et la cicatrice de son nez (quand on l'avait opéré des végétations) devait vibrer de suffisance comme une anche de hautbois. Il y eut un silence, le ton changea — la conversation avait pris un nouveau tournant.

— Ce studio est un cancer, c'est vrai, mais une station locale supporte des pressions que peuvent éviter les grandes compagnies. Tu sais bien qu'il nous a fallu nous battre pour ton émission plus que pour n'importe quelle autre, et maintenant nous avons deux autres projets bourrés de dynamite, une vraie course à l'abîme. Le mois prochain nous lançons l'émission de Shago Martin, le coup de l'inté-gration, la première fois que nous montrons un chanteur noir et une fille blanche dans un duo *intime* et risqué.

— Comment s'appelle-t-elle, demandai-je, la fille ?

— Rosalie... je crois.

— Pas Cherry ?

— Non, Cherry Melanie était dans le coup mais s'est fait descendre.

— Comment écris-tu Melanie ?

— M-e-l-a-n-i-e. Vous avez bu ?

— Pourquoi s'est-elle fait descendre ?

— Parce que Rosalie exerce sa libido avec Numéro Uno.

— Dodds Mercer Merrill ?

— Dodds, notre patron, ce petit con rageur, croyez-le ou non. Il lui arrive de faire *la bête à deux dos*. (Arthur gloussa.) Vous savez ce qu'il m'a dit un jour : « C'est une question de frottement. »

— Et il met sa Rosalie avec Shago Martin ?

— Dodds a une passion pour les Noirs, mon vieux. Tu comprends le truc ?

Un silence. Sa voix était à nouveau calme lorsqu'il reprit :

— Stephen, mon analyste m'a donné l'instruction formelle de ne pas me laisser entraîner dans les méandres de ta conversation. Nous n'avons toujours pas abordé la question. Mon garçon, nous avons des ennuis.

— Pourquoi ne pas leur dire tout simplement que l'émission est suspendue pour une courte durée ?

— Steve ?

— Oui.

— Tu te souviens d'avoir cité Marx : « La quantité transforme la qualité » ?

— Je me souviens que cinquante spectateurs ont écrit pour se plaindre de ce que j'avais dit du bien de Marx.

— C'est exactement ce qui se passe. La quantité de publicité, les inévitables sous-entendus...

— Bravo, mon gars. J'entends l'avocat de la station...

— Steve, ce n'est pas qu'un seul d'entre nous croie que tu aies poussé Deborah. Christ, je ne le crois pas. J'ai tenu tête à Dodds pendant au moins cinq minutes en lui disant que tu étais avant tout un gentil garçon, un esprit brillant, un génie possible, que tu as peut-être quelques problèmes personnels, mais que tu n'étais pas le seul type de la télévision qui boive un peu de temps en temps ou qui ait des crises de cafard. Mais je n'ai pas pu casser la glace. Je n'ai jamais vu une glace pareille. Une morgue. Une morgue polaire.

— Une morgue polaire.

— Dodds dit qu'il y a un facteur critique : aucun public ne peut faire confiance à un homme dont la femme s'est jetée par la fenêtre.

— Compris !

— Vois ce que je veux dire ? Pas un public au monde...

— Je vois.

— J'en pleurerais, Steve.

— Compris !

— C'était une grande émission, Steve.

— Ravi d'avoir travaillé avec toi, Arthur.

— Je suis heureux, *baby*, heureux que tu dises cela.
Maintenant je comprends, je comprends vraiment pourquoi j'avais peur de cette conversation. C'était répugnant de
me demander de te faire ça.

— Sois heureux, Arthur.

— Ouais.

— Salut.

— *Ciao*.

Le téléphone sonna. C'était la standardiste. Il y avait
moins de messages que je n'avais pensé. Le directeur de
la Section de Psychologie me demandait de l'appeler,
Arthur avait bien téléphoné cinq fois, des journalistes trois
fois, ainsi que des amis avec qui je désirais parler (mais
je ne pouvais pas me le permettre), et enfin le secrétaire
de Barney Oswald Kelly me demandait d'appeler Mr. Kelly
à son appartement du Waldorf. Aucun des amis de Deborah ne s'était manifesté, aucun des amis que je croyais com-
muns. Je n'avais jamais eu l'illusion que les amis de Deborah pouvaient partager leur loyauté, mais leur silence total
en cette occasion semblait accuser encore plus le silence
de l'appartement.

— Gloria, dis-je à la standardiste quand elle eut terminé,
rendez-moi un service. Appelez le Waldorf et prenez un
rendez-vous avec Mr. Kelly. Dites à son secrétaire que j'aimerais le voir ce soir à sept heures et demie. Si l'heure
ne lui convient pas, rappelez-moi.

— Très bien, monsieur Rojack, je le ferai, c'est bien naturel... et... écoutez, monsieur Rojack...

— Oui.

— Toutes les filles veulent vous dire qu'elles sont de
cœur avec vous en cet événement tragique.

— Oh ! merci, Gloria, vous êtes très bonne de me dire
cela.

Les Français avaient-ils éprouvé cette sensation quand les nazis ont attaqué la ligne Maginot par derrière et qu'ils ont dû enlever les canons de leurs plates-formes en béton pour les retourner ? Je savais que je ne devais pas m'arrêter de téléphoner avant d'être prêt à partir.

J'appelai le directeur de ma section.

— Docteur Tharchman...

— Stephen, je suis extrêmement heureux d'entendre votre voix. J'étais très inquiet. Il ne peut rien nous arriver ici-bas d'aussi abominable. Comme je vous plains.

— Ç'a été difficile, Frédéric. Comme vous savez, ma femme et moi nous étions un peu éloignés, mais c'est quand même comme si la terre avait tremblé.

— Dieu juste, j'en suis persuadé.

Un silence.

— Je suppose que l'université a été assaillie par les journalistes.

— Ce sont des termites, dit Frédéric. Je pense vraiment qu'ils sont les termites qui dévorent la substance de la civilisation occidentale.

Un second silence, nettement gêné.

— C'est gentil de m'avoir appelé, Stephen. Je vous remercie d'y avoir pensé.

— En fait, j'en avais envie. Je peux très bien téléphoner.

— Stephen, comme vous le savez, je ne suis pas très religieux, mais ce matin je suis allé prier au temple. Je voulais prier pour Deborah.

Je pouvais voir sa mince et grise conscience presbytérienne l'entraîner sous la pluie. Il n'avait rencontré Deborah qu'une fois, à l'occasion d'un dîner à l'université, mais elle l'avait entièrement conquis en lui démontrant tout ce qu'elle pouvait faire pour moi.

— Vous savez, Deborah aussi était croyante, lui dis-je, elle a peut-être entendu votre prière.

Du coup nous étions embarrassés tous les deux. Je sentis qu'il rougissait en me répondant.

— Bon Dieu, j'espère que non.

— Docteur Tharchman, je sais qu'il nous faut régler certains détails pratiques, et je crois que, étant donné les circonstances, c'est à moi d'aborder ce sujet.

— Merci, Stephen. Oui, il faut que nous parlions. Il
nous serait utile, voyez-vous, de pouvoir donner une déclaration à ces maudits termites. J'ai surtout peur qu'ils com-
mencent à interroger les professeurs et, Dieu nous aide, les
étudiants les moins recommandables. Vous connaissez les
journalistes. Ils sont toujours à l'affût des histoires d'adul-
tère. (Il se racla la gorge.) Stephen, je ne prétendrai pas
que la haute pureté de vos idées m'a toujours enchanté,
mais je crois que vous vous rendez mal compte de la
manière très particulière dont j'ai essayé de vous défendre.
Je n'aime pas penser à certaine façon dont on pourrait
vous décrire. Un professeur m'a téléphoné ce matin. Je ne
vous dirai pas son nom. Il affirmait qu'un de vos élèves
candidat au doctorat croyait — j'ai bien peur de devoir
vous le dire — que vous aviez fait participer Deborah à
des rites Vaudou. Depuis quelque temps.

— Bon Dieu !

— C'est assez pour être déprimé quand on pense à l'université. Erudition, innocence, plus un complet délire.

— Je n'ai jamais su qu'on disait cela de moi.

— Stephen, vous êtes une légende ambulante.

Sa petite voix sèche s'attarda un instant sur les derniers
mots — Frédéric était un homme tiraillé entre la discipline,
l'envie et les convenances. Je l'appréciai pour la première
fois. Il y avait quelques années qu'il était venu de l'extérieur (du Midwest) pour prendre la tête de la Section.
On le trouvait terre à terre, bon pour maintenir la routine,
sans plus. Néanmoins il n'avait pas dû lui être toujours
facile de nous distribuer une pitance équitable. Ce bon vieux
noyau protestant d'un pays en folie... Je l'entendais tambou-
riner sur son bureau.

— Eh bien, Fred, que proposez-vous ?

— Il faut d'abord savoir si vous pensez reprendre immédiatement vos cours. Je penserais que non.

Le ton de sa voix avait parfaitement refermé cette porte.

— Je n'en suis pas sûr. J'ai besoin d'une semaine pour réfléchir.

— C'est là qu'est la difficulté. Nous devons dire une chose ou l'autre aux journalistes, et tout de suite. Le vide engendre des phénomènes de masse.

— Mais, Frédéric, je ne peux pas me décider sur-le-champ.

— En effet, je ne vois pas comment.

— Et peut-être est-ce justement le travail dont j'ai besoin.

— Je n'en sais rien. J'y ai pensé toute la matinée. Si vous étiez professeur de chimie organique ou de statistique, je vous dirais : « Au travail. Plongez-vous dedans et ne faites rien d'autre. » Mais vos cours sont très personnels. Vous y mettez beaucoup de vous-même.

— Absurde, Fred. Il y a des années que j'enseigne.

— Absurde — non ! La magie, la terreur et la mort à la racine de nos désirs — ce n'est pas cela qui peut vous apporter la paix. Je pense qu'il y aurait une tension effrayante dans votre classe, et que vous pourriez ne pas la supporter.

— Vous voulez dire qu'un des archanges de la Corporation craint que j'apporte une bouteille en classe ?

— Vous devez admettre que nous sommes tout aussi indépendants vis-à-vis du conseil d'administration que n'importe quelle université. Mais nous ne pouvons pas le *mépriser* tout à fait, non ?

— Fred, vous vous rendez compte de la conversation que nous avons ?

— Je ne sais pas si cela m'est jamais arrivé.

— En fait, lui dis-je, qu'avez-vous à perdre ?

— Ce n'est pas mesurable. Une université peut encaisser scandale sur scandale. Un de trop, et les conséquences sont incalculables. (Il toussa.) Steve, tout cela n'a pas de sens. Je ne peux pas croire que vous vouliez vous remettre immédiatement au travail.

— Mais si c'est le cas, Fred, et si j'insiste ? Que ferez-vous ?

— Oh ! si vous insistez, je serais obligé d'aller voir le président et de lui dire que c'est votre droit.

— Et que fera-t-il ?

— Il passera outre.

Humour ecclésiastique. J'entendis un léger frémissement dans la gorge de Frédéric.

— Comme j'ai un contrat, il se pourrait que j'aille en justice.

— Oh ! vous ne feriez pas cela, dit Frédéric. Ce serait une affaire extrêmement désagréable.

— Que voulez-vous dire ?

— Je ne veux pas rester sur ce sujet. La mort de votre femme est suffisamment tragique pour que nous ne parlions pas de son aspect... malheureux... atroce... *ambigu* en un mot.

— Oh ! non !

— Steve, il y a des années que je n'ai eu de conversation aussi épouvantable. Nous ne nous pardonnerons jamais ce que nous venons de nous dire.

— C'est exact.

— Je m'en suis abominablement tiré. Acceptez la réalité, acceptez-la. Prenez le point de vue de l'Université. Peut-être croyons-nous avoir fait de notre mieux, de manière honorable, avoir payé le prix indéfinissable, et avoir tiré le bénéfice encore plus indéfinissable d'avoir mis dans cette Section un créateur qui inspire à la plupart des gens respectables un profond malaise. Comprenez aussi que beaucoup d'universités n'auraient pas accepté votre émission à la télévision. Steve, ne pourrions-nous simplement dire que c'est une sale journée pour tout le monde ?

Silence.

— Très bien, Fred. Qu'est-ce que vous voulez ?

— Prenez un congé jusqu'au début de l'automne. Nous dirons que vous n'êtes pas en état d'enseigner pour une période indéterminée. Ensuite, nous verrons.

— Fred, j'ai l'impression que vous avez gagné cette manche.

— Ce n'est pas vrai, croyez-moi. Puis, très vite, il ajouta : Steve ?

Il était pressé de continuer. La voix lui manqua pour la première fois.

— Steve, je voudrais vous poser une question absolument déplacée. Peut-être ne le savez-vous pas, mais ma femme appartient a une secte mystique.

— Je ne le savais pas.

Mais j'aurais dû y penser. Je pouvais voir Gladys Tharchman passant ses vacances dans le Vermont, avec une robe pourpre et des lunettes cerclées d'argent, des cheveux blancs et sa bosse de douairière sur son corps maigre.

— Elle partage certaines de vos idées.

— Quoi ?

— Oh ! le sexe en moins, bien sûr.

Il gloussa. Le fil était renoué.

— Vous comprenez, elle croit que le dernier repas d'une personne détermine la migration de son âme.

— Vous voulez dire que celui qui meurt avec le ventre plein de céréales se retrouve dans un champ de blé ?

— Dans son esprit, c'est un peu plus compliqué que cela. Il faut tenir compte des présages, du sort, si l'âme est viande ou poisson, sans compter naturellement les phases de la lune et l'horoscope.

— Déméter et Perséphone. Pauvre Tharchman !

— Ma femme est absolument merveilleuse, et c'est peut-être une croix bien légère à porter. Mais je vous assure qu'elle ne me laissera pas en repos tant que je ne vous l'aurai pas demandé. Parce que, avec les meilleures intentions, elle cherche à joindre Deborah — Deborah lui avait fait grande impression — et elle a donc besoin de savoir...

— Ce qu'avait mangé Deborah ?

— Mon Dieu oui, Steve. Hécate doit savoir.

Et une sorte de gaieté décharnée, celle d'un enfant malingre qui demande à un athlète le dernier mot d'une histoire cochonne, vint colorer sa voix.

— Oui, Steve, qu'y avait-il dans son ventre à la fin ? Je ne pouvais pas résister.

— Eh bien, Fred, je vais vous le dire.

— Oui.

— C'était du rhum. Une bouteille pleine, environ. Et je raccrochai.

Dix secondes plus tard le téléphone sonnait. C'était Tharchman. Il était en colère.

— Vous n'auriez pas dû raccrocher, Steve. Il y avait encore quelque chose.

— Oui ?

Sa voix avait pris une résonance du Midwest, comme pour dire, « ne jouez pas avec moi, *gamin* ». Il fit claquer sa langue.

— Je crois devoir vous le dire, mais aujourd'hui des officiels m'ont interrogé à votre sujet.

— La police ?

— Non. Des gens beaucoup moins en vue. Dans quoi diable vous et Deborah vous étiez-vous mêlés ? Et c'est *lui* qui raccrocha.

Le téléphone sonna immédiatement. Je transpirais.

— Hello, Stephen ? un murmure.

— Lui-même.

— Stephen, je dois chuchoter.

— Qui êtes-vous ?

— *Chookey-bah.*

— Qui ?

— *Chookey-bah*, l'agneau. Gigot !

— *Gigot*, comment vas-tu ?

— *Chookey-bah*, c'est tout.

— Alors, bang !

C'était idiot de dire cela, mais une sorte d'allégresse m'avait saisi. Une joie curieuse, comme si nous étions citoyens d'une nation qui venait de déclarer la guerre à une autre. Je dis donc « Bang », et le répétai.

— En fait, dit Gigot, je ne suis pas vraiment *chookey-bah*. Je dois chuchoter. Blake est dans la pièce voisine et il ne veut pas que je te parle. Mais il le faut.

— Parle-moi.

C'était une des dix meilleures amies de Deborah, ce qui veut dire qu'elle était sa meilleure amie un mois sur dix. Et elle était énorme. Elle faisait près d'un mètre quatre-vingts et devait peser quatre-vingt-dix kilos. Elle avait une fortune de cheveux blonds qu'elle laissait flotter jusqu'à la taille, ou empilait comme un rempart qui dépassait son front de vingt centimètres. Et elle avait une voix de petite fille de cinq ans.

— Blake croit que je suis de nouveau mûre pour aller chez les dingues. Je lui ai dit que je demanderai à Minot de le tuer s'il me faisait enfermer, et il m'a dit : « Ton frère ne pourrait même pas tirer un coup dans son propre pantalon. » Blake est *obscène*. Je crois qu'il est fou. Il ne parlait jamais comme ça. Et il sait bien que Minot est *sexy*. Je lui ai dit.

« Blake pense que je suis flagada à cause de Deborah. Ce n'est pas ça. L'année dernière je lui avais dit de sauter. Je lui ai dit : « Mon chou, tu ferais mieux de te jeter par la fenêtre une bonne fois. Tu engraisses. » Deborah a eu son petit rire de goret, *oink, oink*, tu connais, et elle a dit : « Bettina, tu as des conseils délicieux, mais si tu continues j'appelle Blake et je lui dis qu'il est temps de te boucler une fois de plus », et elle l'aurait fait. Elle l'a fait une fois. Je lui avais dit que je savais qu'elle avait fricoté avec son cher petit papa, elle a téléphoné à ma famille,

et je me suis retrouvée dans le trou six heures plus tard, à
Paris. Nous étions seules, elle partageait ma chambre.

— Quand cela, Gigot ?

— Oh ! il y a des années, je ne sais pas, il y a *terriblement* longtemps. Je ne lui ai jamais pardonné. Les asiles
français sont innommables. J'ai failli y rester. Il a fallu
que je menace ma famille d'épouser le médecin-chef, un
drôle de petit vieux brun et juif qui sentait comme l'*Encyclo-
pédie britannique,* je jure que c'est vrai, et ma famille m'a
fait sortir en vitesse. Ils ne voulaient pas qu'un petit rat
de Juif français vienne manger leur soupe en leur disant
comment chasser l'ours sauvage, tu connais les Français,
ils vous expliquent absolument tout, qu'ils le sachent ou pas.
Dieu, je hais les Français.

— Mon chou, je me demande si tu n'as pas quelque
petite chose pour moi.

— Si. Mais je ne peux pas te le dire tout de suite. Mon
crâne me démange, c'est signe que Blake va entrer dans la
pièce.

— Alors dépêche-toi.

— Oh ! Je ne me souviens plus. Oui, ça y est. Ecoute,
quand j'ai dit à Deborah qu'elle devrait sauter, elle a eu
un sourire de garce et ma versé un verre de sherry, non,
du madère qui avait cent cinquante ans de bouteille, je me
souviens, et elle m'a dit : « Finissons le madère de Steve,
il devient fou quand il n'y en a plus », et ensuite : « Chérie, je ne vais pas sauter, je vais être assassinée. »

— Quoi ?

— Oui. C'est ce qu'elle a dit. C'était dans son horoscope.
Elle a dit qu'il allait y avoir une catastrophe effroyable
parce que Vénus rencontrait Saturne et qu'Uranus était en
Aquarius. Et même pire que ça. Les astres étaient tous
contraires à son genre de Scorpion.

— Tu veux dire qu'elle t'a dit qu'elle allait être assassinée la nuit dernière ?

— Je pense que oui.

— Elle s'est tuée, Gigot, tu l'oublies.

Elle poussa un soupir.

— Steve, tu ne l'as pas fait, n'est-ce pas ?

— Je ne l'ai pas fait, dis-je doucement.

— Steve, je suis contente de t'avoir appelé. Je pensais que je devais appeler la police. Blake m'a dit qu'il me casserait le nez si je faisais ça et s'il y avait ma photo dans les journaux. Et il me briserait le nez. Il déteste mon flair — un jour j'ai senti sur lui un infime soupçon de parfum bien qu'il ait pris la précaution d'aller dans un sauna et qu'il se soit fait arroser d'essence de bouleau. Mais je pouvais sentir le parfum et même les mains du type qui l'avait massé. Qu'est-ce que tu penses de ça ?

— Phénoménal.

— Steve, tu me dis la *vérité*. Je sais que tu m'aimes bien.

— Ecoute, Gigot, si je l'avais fait, pourrais-je te dire la vérité ?

— Mais tu ne l'as pas fait ?

— Peut-être, après tout. Tu as l'air de le croire.

— Oh ! je suppose qu'elle aurait pu se suicider. Elle se faisait beaucoup de souci à cause de Deirdre, tu sais. Elle ne savait que lui dire au sujet de son père.

— Pamphli ?

— Qui nous dit que c'est lui le père ? Nous n'en savons rien, n'est-ce pas, *cheik* ?

— Je n'ai jamais eu la moindre raison d'en douter.

— Un homme n'a jamais que du vide entre ses certitudes, dit Gigot. Oh ! Steve chéri, je sais que ce n'était pas un suicide. Deborah *savait* qu'on allait la tuer. Elle ne se trompait *jamais* sur ce genre de choses. Steve, peut-être quelqu'un lui a fait boire un poison qui a envoyé un message à son cerveau pour lui dire de sauter. Tu sais, une de ces nouvelles drogues hallucinogènes ou autre. Tous les docteurs sont devenus dingues. Ils passent leur temps à inventer des trucs de ce genre. Je veux dire que la bonne l'a peut-être versé dans son rhum.

— Allons, déesse d'amour...

— Non, la bonne était dans le coup.

— Bettina, mon ange...

— Je sais une chose que tu ne sais pas. Deborah ne te disait jamais rien. Tu sais pourquoi j'étais sa meilleure amie ? Parce qu'elle pouvait me dire n'importe quoi, personne ne me croirait, jamais. Et puis je sais une chose sur la bonne.

— Quoi ?

— Tu promets de me croire ?

— Promis.

— C'est la maîtresse de Barney Kelly. Tu sais les filles que prend un type de son âge. Il faut toujours qu'elles aient ce genre de lèvres minces qui se faufilent partout.

— Et pourquoi Barney Kelly se serait-il intéressé à ce que faisait Deborah au point de lâcher une maîtresse aussi talentueuse ?

— Je sais seulement que Deborah ne touchait sa pension qu'à condition de garder la bonne.

— Elle n'avait pas de pension.

— Kelly lui donnait cinq cents dollars par semaine. Tu croyais être seul à l'entretenir, Horatio Alger ?

— Je ne sais que penser.

— Quelqu'un l'a tuée.

— Je n'y crois vraiment pas, Gigot.

— C'était un coup monté.

— Je ne pense pas.

— Je le *sais*.

— Alors va voir la police.

— J'ai peur.

— Pourquoi ?

— Parce que je crois qu'il va y avoir des *répercussions* à tout cela.

Son murmure était encore plus mystérieux que son murmure habituel.

— Deborah était une espionne.

— Bettina, tu *es* folle.

— Tu ferais mieux de me croire, beau gosse.

— Pourquoi, au nom du ciel, Deborah serait-elle une espionne ?

— Steve, elle s'ennuyait. Elle s'ennuyait sans cesse. Elle aurait fait n'importe quoi pour l'éviter.

— Et pour qui espionnait-elle ?

— Cela, je n'en sais rien. Elle était capable de *tout*. Je l'ai accusée un jour d'appartenir au C.I.A. et elle a éclaté de rire. « Ces *idiots*, a-t-elle dit. Ce sont tous des professeurs d'université ou des gorilles avec des bottes de commando. » De toute manière, je sais qu'elle a fait partie du M.I.6. »

— Quand ?

— Quand elle était au couvent, à Londres. C'est comme ça qu'elle avait la permission de sortir. Et *en tout cas* elle avait un petit ami qui en faisait partie.

— Gigot, tu es vraiment une petite fille très bête.

— Et tu es une gourde. Blake est une gourde et tu es une gourde.

— *Chookey-bah*, je t'adore.

— Tu fais bien.

— J'ai toujours pensé que Deborah était communiste, dis-je.

— Mon agneau du ciel, c'est justement ce que j'allais te dire. Je suis prête à parier qu'elle était une sorte d'agent double, tu sais, un espion à l'intérieur d'un espion. Et je veux te dire une chose là-dessus.

Je poussai un gémissement devant la terrifiante possibilité que tout ce fatras conserve une trace infime de réalité. Je sentais les mystères graviter les uns autour des autres comme des galaxies en formation, et je savais tristement qu'il n'y avait pas le moindre espoir que je sache jamais la dixième partie de ce qui s'était vraiment passé.

— Barre-toi, les flics, chuchota Bettina. Qu'y a-t-il, Blake, dit-elle à voix haute, espèce de gorille à face d'ange,

à qui crois-tu que je parle ? C'est Marguerite Ames. Elle
appelle d'une cabine. Ne coupe pas, Marguerite, Blake
voudrait te parler. Oh ! chérie, trouve vite de la monnaie,
ou rappelle-moi... Flûte ! c'est coupé.

Je raccrochai au moment où sa main se tendait vers.
l'appareil. Ma chemise était trempée. J'étais toujours
l'homme dans la maison en flammes qui a trois minutes
pour sauver les objets de valeur. Je n'avais que ces trois
minutes pour garder le cap, avant que mon besoin d'alcool
fasse éclater les murs. J'arrachai la chemise que j'avais
choisie avec tant de soin, j'essuyai mon dos et mes aisselles
avec une serviette sèche, j'enfilai en vitesse une autre chemise et sortis de l'appartement. Ce n'est que sur le trottoir
que je me rendis compte que j'avais retenu ma respiration.
Mon malaise était devenu presque tangible, et je me sentais au milieu d'une zone de calme pesant, la lourde tor-
peur qui précède l'ouragan. Il faisait presque nuit. Je serais
en retard, mais il fallait que j'aille au commissariat en marchant. J'étais convaincu d'avoir un accident si j'entrais dans
un taxi. Je me retournai brusquement et sentis l'atmosphère
frémir. Il y avait tout près un esprit stupide mais attentif.
Je compris que j'étais suivi. Mon regard tomba sur un
homme de l'autre côté de la rue, à un demi-bloc de distance. Un détective, sans aucun doute. Cela me faisait presque plaisir. M'avaient-ils fait suivre depuis ma sortie du
commissariat, la nuit dernière ?

Pour cet entretien le bureau de Roberts se trouvait au
sous-sol. Une pièce de trois mètres sur quatre, meublée d'une
table, de quelques chaises de bois, deux classeurs et un
calendrier mural. Il y avait aussi un plan du commissariat
couvert d'épingles à tête rouge. Un policier de service près
du sergent de l'entrée m'avait conduit jusque-là par un
escalier de fer et un long couloir dont une fenêtre donnait
sur les cellules, une rangée de portes d'acier et des murs
de céramique jaune administratif. J'entendis quelqu'un crier
au passage — un ivrogne.

Roberts ne se leva pas pour me serrer la main.

— Vous êtes en retard.

— J'avais besoin de marcher.

— Pour éliminer l'alcool ?

— Vous avez l'air assez flapi vous-même.

Il hocha la tête.

— Je n'ai pas l'habitude de vivre avec le poison.

Ses yeux bleus qui étaient la nuit dernière aussi perçants et précis qu'un compas, semblaient s'être agrandis. Ils étaient cerclés de rouge et comme délavés — le bleu était plus pâle. Il dégagea en se penchant une bouffée de fatigue, aigre mais aussi trop douce, comme s'il avait pris le parfum de O'Brien. Il ouvrit un dossier.

— Nous avons le résultat de l'autopsie. Oui, tout est là, dit-il en tapotant lentement la chemise de carton. Ça n'a pas l'air très bon pour vous.

— Cela vous ennuie de me donner quelques détails ?

— J'en ai suffisamment pour vous boucler.

— Pourquoi ne le faites-vous pas ?

— C'est probablement ce que je vais faire.

— Peut-être est-ce pour moi le moment de prendre un avocat.

Je n'y mis aucune emphase. Je ne pouvais pas encore savoir s'il était sérieux ou s'il ne faisait qu'entamer une partie sérieuse.

— Je préférerais parler un peu d'abord.

— Pourquoi ?

— Vous êtes un homme intelligent. Je pense que vous avez le droit de savoir à quel point vous êtes mal parti. Je veux vos aveux, ce soir, ici-même.

Je n'avais plus envie de boire. C'était comme si les dernières heures avaient été employées à me préparer pour cet instant.

— Vous savez sûrement que la rigidité cadavérique s'installe quand la mort remonte à plus de six heures.

— Oui, je le sais.

— Eh bien, quand nous avons relevé votre femme, il n'y avait aucun signe de rigidité cadavérique.

— Comment le contraire eût-il été possible ?

— Aucun signe. Mais nous avons une autre méthode pour mesurer le temps écoulé depuis la mort. Je ne pense pas que cette méthode vous soit connue.

Quelque chose dans son attitude me poussa à ne pas répondre.

— Avez-vous déjà entendu parler de la lividité relative ?

— Je n'en suis pas sûr.

— Voici : quand une personne meurt, le sang commence à se coaguler aux endroits qui sont en contact avec le sol, ou avec un mur si le corps y est appuyé. C'est la lividité relative. Au bout d'une heure et demie on peut voir à l'œil nu des marques bleues et noires. Et, au moment de l'autopsie, le corps de votre femme était couvert de ces marques, devant et derrière.

Elle était étendue sur le ventre, puis je l'avais retournée.

— Votre femme est tombée sur le dos, ce qui peut expliquer la lividité relative à cet endroit, mais non les marques qu'elle portait sur ses joues, ses seins, ses côtes, son ventre, ses cuisses, ses genoux et le bout de ses orteils. Vous avez quelque chose à dire ?

— Pas encore.

— C'est là, une preuve suffisante pour vous envoyer à la chaise électrique (ses yeux froids me fixaient comme si je n'étais qu'un bloc de pierre) ; et de plus ce n'est qu'une seule des trois preuves documentées que nous avons réunies.

— Je ne suis pas coupable. Je pense donc qu'il n'y a rien à redire aux faits que vous citez.

— Deuxièmement : l'os hyoïde était brisé. Ce qui prouve la strangulation, surtout lorsqu'elle est accompagnée, comme le montre l'autopsie, d'une abondante hémorragie.

— Il doit y avoir une autre raison.

— En avez-vous une à proposer, Rojack ?

— Vous êtes convaincu de ma culpabilité. Pourquoi continuer ?

— Je vais vous donner le choix : *a)* vous me persuadez de vous laisser sortir d'ici comme vous y étiez entré ; *b)* vous avouez ; *c)* vous ne dites rien, je vous boucle dans une des cellules que vous avez vues et demain vous êtes inculpé.

J'avais vécu cette journée sur l'espoir de pouvoir retrouver Cherry. Si Roberts, à cet instant, m'avait offert vingt-quatre heures de liberté, je crois que j'aurais signé mes aveux. Il fallait que je la revoie, c'était aussi simple que ça. Un reste de prudence me disait de ne plus rien dire sans avocat, mais je ne pouvais pas m'arrêter là.

— Roberts, reconnaissez que si j'étais coupable, j'appellerais immédiatement le meilleur avocat de la ville.

— Je vous conseille de le faire.

— Vous voulez que je discute avec vous sans vouloir admettre que je perdrais un avantage en vous dévoilant mes défenses possibles.

— Qu'est-ce que vous avez à montrer ? Vous croyez que nous sommes incapables d'y penser nous-mêmes ? (Son poing s'abattit sur la table.) Vous voulez parler parce que vous êtes le genre de dégénéré qui court après la chance la plus infime. Vous voulez cavaler dans le quartier Est pour y retrouver votre nouvelle fille. Ne vous foutez pas de ma gueule. Asseyez-vous, dictez vos aveux et je vous accorde une nuit avec elle dans un hôtel en ville, gardé par la police.

Et les gardes auraient l'oreille au trou de la serrure.

Il avait vraiment très envie de cette confession. Quelque chose ne tournait pas rond. Il en avait trop envie. Je savais que je devais me taire, mais je savais aussi que je n'aurais jamais la force de rester tranquillement dans une cellule. La force que je possédais, je ne la garderais qu'en lui parlant. Seul quelque chose en moi s'effilocherait et je tomberais en morceaux, oui, en morceaux.

— J'attends, dit-il.

— Roberts, on peut toujours trouver un expert pour en contredire un autre. Deborah a sauté par la fenêtre, c'est tout ce que je sais. Votre expert dit qu'elle était morte avant de tomber. Je pourrais en trouver un qui expliquerait la lividité relative par le fait qu'elle est tombée d'une hauteur de trente mètres, qu'elle a été heurtée par une voiture qui a brisé l'os hyoïde et provoqué une hémorragie massive.

— La lividité relative n'apparaît pas lorsque le corps est tourné et retourné, mais lorsqu'il reste à la même place. A quel moment le corps s'est-il trouvé sur le ventre ?

— Quand on l'a placé sur la civière.

— Quoi ?

— Oui, je me souviens d'avoir trouvé cela inhabituel avant d'en comprendre la raison. L'arrière de son crâne était enfoncé, et vous savez... Vous vous souvenez que ce n'était pas joli... Ils ne voulaient pas lui poser la tête contre la civière.

— Eh bien, dit Roberts en souriant, vous avez manqué une belle carrière d'avocat. (Il se renversa sur sa chaise.) Je dois reconnaître que votre version peut rendre compte de quelques détails. Ce n'est pas impensable. Une chance sur dix. Je n'insisterai pas sur les détails techniques, mais il est possible que vous puissiez opposer un expert marron à chaque dizaine de professionnels que nous alignerions. Mais passons. Si je comprends bien, vous êtes prêt à signer une déclaration selon laquelle votre femme était vivante lorsqu'elle est passée par la fenêtre ?

— Oui, je suis prêt à signer cela.

— Je pourrais faire venir un sténo pour taper votre déclaration, mais cela nous prendrait une demi-heure. Je n'en ai pas besoin, je n'ai pas besoin de ce moyen de pression, car le point important, Rojack, c'est que vous ne connaissez pas la troisième preuve.

— La troisième ?

— Pourquoi vous donnerais-je un argument dont *nous*

pourrons nous servir au procès ? C'est-à-dire, si vous ne me donnez rien en échange ?

— Pour la même raison qui me fait parler ouvertement devant vous.

— Arrêtez vos acrobaties. Vous avouez et je vous laisse y mettre tout ce que vous voudrez qui vous aide à plaider la démence passagère. Je vous donnerai même un détail ou deux qui pourront vous aider. Mais si vous ne passez pas la main, si vous essayez de vous en tirer ainsi, attention, Rojack, je vais en faire mon affaire personnelle, je vais vous coincer si bien que le gouverneur lui-même hésitera avant de vous épargner la chaise électrique.

Il avait le souffle court.

— C'est un vrai discours, lui dis-je.

— Taisez-vous. Ecoutez le numéro trois. Votre femme vivait quand elle est passée par la fenêtre. C'est ce que vous affirmez. Correct ?

— Correct.

— Vous oubliez son gros intestin.

— De quoi parlez-vous ?

— Vous le croirez ou non, mais ces détails me sont aussi désagréables qu'à n'importe qui. L'autopsie a montré qu'elle avait vidé entièrement ses intestins avant de sauter.

— Je ne vois pas ce que cela vient faire.

— La strangulation provoque le relâchement complet du sphincter anal. Vous saisissez ?

— Deborah est allée aux cabinets pendant que nous parlions.

Il me lança un regard dégoûté, comme si j'étais un athlète payé pour démolir la profession.

— Je ne pense pas, dit-il, qu'elle avait l'habitude, en ces occasions, de laisser des traces sur sa robe de chambre.

— Ces traces ont pu venir de la chute, ou avoir été faites après. Certains processus ne sont pas interrompus par la mort.

C'était comme si nous parlions d'une étrangère. J'eus un

moment de tristesse lointaine, comme s'il avait fallu payer
un prix exorbitant pour disposer ainsi des affaires intimes
de Deborah.

Roberts eut un large sourire.

— Nous avons examiné l'appartement dans le plus
grand détail. Surtout sa chambre. Le tapis portait suffisamment de traces pour que nous puissions établir un fait qui
ne laisse pas le moindre doute. Nous y avons trouvé exactement la même substance dont nous parlions à l'instant.
Quand vous m'aurez donné une explication satisfaisante,
vous pourrez sortir de cette pièce.

Je savais ce qu'il me fallait dire, mais je n'étais pas sûr
d'en être capable.

— Roberts, j'aimerais ne pas avoir à déballer certains
détails intimes de ma femme.

— Essayez de convaincre un jury avec ça.

— Deborah, sur la fin, avait perdu l'esprit.

— Faites-vous allusion à ce que je pense ?

— Je ne peux pas en parler.

Mais je le ferai, bien sûr. Quelque recoin de mon esprit
avait préparé cette histoire, j'étais prêt à la raconter en
détail, y compris les paroles de Deborah, imaginaires mais
si précises : « Maintenant que tu as vu cela, il ne reste
plus grand-chose à voir », et son corps vers la fenêtre,
si vite, trois pas et c'est fini, oui, un récit imaginaire qui
avait pris les couleurs de la réalité. Je savais que si jamais
je me réfugiais dans la folie, cette histoire me suivrait.
Roberts semblait attentif, à demi convaincu, une expression
qu'il avait eue quelque temps la nuit dernière dans la chambre de Deborah. Mais je ne pouvais pas aller plus loin.
Que cette histoire reste attachée à Deborah, et le passé me
resterait comme une maladie.

— Non, dis-je, vous feriez aussi bien de m'enfermer.

Son téléphone sonna une fois.

— Pourquoi ne pas signer vos aveux ?

— Non.

Il prit l'écouteur.

— Non... non. Il ne veut pas. Il faut trois jours... Quoi ? Fils de pute, non.

Il jura pendant les vingt secondes qui suivirent, les yeux injectés de sang, et je crus qu'il allait m'assommer avec le téléphone. Il porta ensuite la main à son menton et serra fortement sa mâchoire. Ce fut comme s'il avait appuyé sur quelque bouton de sa machinerie interne, et il reprit contrôle de lui-même.

— Attendez-moi là, dit-il, je reviens dans deux minutes.

Il n'était pas grand, mais je le vis sortir de la pièce comme un énorme chat au bout d'une chaîne.

Il avait laissé son dossier sur le bureau. J'y jetai un coup d'œil. Il n'avait pas le rapport d'autopsie, mais des notes sur l'autopsie. Je ne comprenais pas toute la terminologie, mais je pus voir qu'il ne m'avait pas dit la vérité : l'opinion du médecin était nuancée — pour ce que j'en comprenais, le suicide était mis en doute, mais aussi la possibilité que Deborah fût morte avant sa chute. Le point saillant restait les traces sur le tapis — quelqu'un l'avait souligné à l'encre rouge.

Il y avait aussi quelques pages arrachées d'une revue professionnelle, le texte d'une conférence que j'avais faite pendant ma première année à l'université, la première année de mon mariage. Les mots avaient pâli comme les fleurs qu'une vieille fille met à sécher entre les pages de sa Bible. A les lire dans cette pièce, au sifflement coléreux du radiateur derrière moi, avec sous les yeux les murs sales couverts d'un brun délavé, je découvris brusquement comment je pourrais garder la raison — il me fallait conserver dans l'esprit le maximum de combinaisons impossibles, les épingles rouges sur le plan de Roberts et un paragraphe de la conférence sur le prix Clark Reed Powell : *De l'approche primitive du mystère.*

« *Au contraire de l'homme civilisé, qui se croit au-*

dessus de l'animal, le primitif croit instinctivement qu'il dépend du pacte originel passé entre les animaux de la jungle et le mystère.

« Le sauvage voit la terreur comme le résultat naturel d'une invasion du surnaturel : si l'homme veut dérober le secret des dieux, il doit bien penser que les dieux se défendront et détruiront celui qui arrivera trop près. Selon cette logique, la civilisation est le vol imparfait, mais efficace d'un certain nombre de ces secrets. Le prix que nous payons est un sentiment encore plus pressant de désastre imminent, gigantesque quoique indéterminé. »

Un texte facile à lire, qu'un illustré avait réédité — revisé, augmenté, coupé en deux — pour, je suppose, le brillant factice de la sonorité et du style. Pendant cette seconde lecture, les mots résonnaient dans mes oreilles avec la force d'une pensée véritable, et j'eus peur, soudain, que Roberts ne revienne pas assez vite, comme si je pouvais perdre la force de lui résister en restant trop longtemps dans l'atmosphère lourde de la pièce. Je m'obligeai donc à me concentrer sur le dossier, m'apercevant que ce texte s'y trouvait presque par hasard, accompagné de plusieurs autres, ainsi que d'échos où se trouvait mon nom, de critiques de l'émission de télévision, un amas hétéroclite que Roberts avait dû regarder d'un œil distrait. J'entendis son pas dans le couloir et je repris ma place.

Il entra en sifflant, calme et contrôlé, comme l'homme qui a un furoncle sur la nuque.

— Eh bien, Rojack, dit-il en découvrant ses dents, vous êtes lavé de tout soupçon ! Sortons d'ici et allons boire un demi.

Ses yeux ne reflétaient rien.

— Je savais, dit-il, je savais depuis le début que quelque chose n'allait pas dans cette histoire.

— Que voulez-vous dire ?

— Le rapport officiel est arrivé. Suicide. C'est ça. (Il hocha la tête.) Vous avez un grand frère quelque part.

Je sentais qu'il me fallait poser des questions, ou je me trahirais.

— C'est pour cela que vous étiez si pressé d'obtenir des aveux ?

— J'aurais pu tout aussi bien attendre. C'est Leznicki qui avait l'idée de mettre la gomme.

Roberts retrouvait sa bonne humeur à chaque respiration. Comme si nous étions des lutteurs, qu'il ait commencé dans l'idée que c'était son tour de gagner, et que l'arbitre lui ait glissé dans l'oreille — à lui de perdre. Il avait donc fait le tour de l'arène et nous nous retrouvions au vestiaire, échangeant des excuses et des anecdotes.

— La nuit dernière, on vous a bien dit de me laisser aller ?

— Disons que nous avons eu comme un pressentiment. De toute manière je préférais vous relâcher — pensant qu'il serait intéressant de vous observer.

— Et vous vous attendiez à ce qu'on fasse pression sur vous aujourd'hui ?

— Je donnerais beaucoup, Rojack, pour savoir à quel point vous êtes au courant.

— Je ne sais pas grand-chose.

— Mec, tu me donnes envie de me soûler.

— Si j'avais avoué, pensiez-vous pouvoir résister à la pression ?

Il n'avait jamais tant ressemblé à un flic. La conscience professionnelle de son nez court et droit surmontait la corruption profondément gravée au coin de ses lèvres. Honnêteté, cynisme et cupidité, trois reflets dans ses yeux.

— En fait, nous n'en savions rien, dit-il. Peut-être aurions-nous pu résister, peut-être aurions-nous dû vous échanger contre autre chose. Mais il aurait été intéressant d'obtenir des aveux.

Il eut le sourire fripé d'un entraîneur de base-ball qui

vient de perdre un cadet qu'il aurait pu développer ou renvoyer aux minimes en échange d'un autre.

— Ne vous occupez pas de la politique de la maison. Nous pourrions en parler toute la nuit, vous ne seriez pas plus avancé.

— J'aimerais l'entendre.

— Que désirez-vous, un billet de loterie gagnant ? Prenez toujours cette bière.

Je souris.

— Je suis encore au régime sec pour une heure.

Je me levai.

— Ce fut un plaisir que de vous connaître, Roberts.

Il eut un autre sourire.

— Si vous n'étiez pas une si grosse légume, je vous dirais de faire attention où vous fourrez votre nez.

— Je ne suis pas une grosse légume.

Il semblait préoccupé, comme s'il risquait de faire une erreur en posant une autre question.

— Ecoutez, dit-il quand j'arrivai près de la porte, si vous répondez à une question, je pense pouvoir vous donner quelque chose en échange.

— Quelle est votre question ?

— Rojack, êtes-vous du C.I.A. ?

— Je ne peux pas vous dire une chose pareille.

— Très bien, je vous le donne pour rien. Peut-être le savez-vous déjà. Nous avions coincé Eddie Ganucci sur un point de droit. Nous n'étions pas sûrs de pouvoir le garder plus de deux heures, de toute manière. Mais une très curieuse influence nous a forcés à le relâcher. Et j'ai l'impression que ce fut la même pour vous.

— Etes-vous sûr ?

— Non. Une pression n'a jamais de nom.

— Vous n'êtes pas stupide, n'est-ce pas ?

— J'étais un bon enquêteur fédéral, dans le temps. (Il me donna une claque dans le dos.) Ne vous laissez pas avoir.

Dehors, il faisait froid. Je passai devant un bar, puis un autre. Je ne savais pas si je devais fêter l'événement ou courir me mettre à l'abri. Je m'arrêtai dans une cabine publique pour appeler mon numéro. Le service des abonnés absents avait pu joindre le secrétaire de Mr. Kelly et me transmit sa réponse : Mr. Kelly me recevrait à minuit.

— Rappelez-les, Gloria, et dites-leur que j'essaierai d'être là.

— Je ne sais pas si nous sommes censés en faire un service régulier, monsieur Rojack.

— Gloria, seulement pour aujourd'hui.

Dans le taxi qui me menait vers le quartier Est, tout vint s'abattre sur moi, vague après vague, une eau dangereuse et chargée de troncs d'arbres qui s'écrasaient sur la rive. Le vent s'était levé. Si je relevais la vitre, le chauffage rendait l'air irrespirable, chargé d'une odeur de moteur ; si je la baissais, j'entendais le vent, la longue déchirure vorace d'un vent marin qui soulève les vagues et s'attaque à la racine de l'herbe. Ce soir-là le ciel s'était brisé quelque part, une sirène hurlait, je sentais une présence attentive et l'odeur aigre du sang pourri dans les replis du vent. Enfoncé dans mon siège, le mystère qui m'entourait me mettait au bord de la nausée, un mystère dont j'ignorais s'il avait une solution précise, s'il était engendré par la rencontre de mystères plus grands, une chose impossible à fixer, comme la limite d'un nuage, ou si c'était encore pire, entre les deux, un *no man's land* sans espoir où je ne pouvais que m'épuiser sans retour. J'eus la haine soudaine du mystère, je désirai à ce moment être dans une cellule, ma vie réduite au schéma légal de ma défense. Je ne voulais pas voir Barney Oswald Kelly, je savais pourtant qu'il le fallait, cela faisait partie du contrat que j'avais signé le matin. On ne me permettrait pas de fuir le mystère. A ce moment je ne fus pas loin de prier, tout proche même, car la prière n'est autre chose qu'une supplication de mettre fin au mystère. « Dieu, aurais-je pu dire, laisse-moi aimer cette fille, devenir un père et

vivre dans le bien, laisse-moi accomplir quelque travail honnête. Oui, Dieu. » J'étais près de le supplier : « Ne me
renvoie pas en arrière, toujours plus loin vers la demeure
charnelle de la lune. » J'étais comme le soldat qui a six
heures de liberté avant de retrouver la caserne. Je n'avais pas
échappé à l'odeur des tranchées, j'entendais le rut de
Deborah, caoutchouc brûlé, ours en fureur, une voix portée
par le vent m'effleura presque — de quel sommet avait-elle
glissé ? — puis le taxi entra dans la rue où habitait Cherry,
mon cœur battait, je montai les marches sordides suintant la
défaite, je frappai à sa porte et je sus, en cet instant de
silence que ma peur cédait devant une autre, celle qu'elle
ne fût pas là. Je l'entendis remuer, la porte s'ouvrit, elle
était dans mes bras.

— Oh, chéri, dit-elle, il y a quelque chose qui ne va pas.

Je la repris dans mes bras, puis la conduisis vers le lit.
Nous nous assîmes l'un près de l'autre et joignîmes les
bouts de nos doigts. Je sentis un bien-être qui m'avait quitté
depuis que j'étais sorti de cette pièce, dans l'après-midi. Le
soulagement m'envahit comme le sommeil au soir de la
bataille.

— Tu veux un verre ? me demanda-t-elle.

— Pas tout de suite.

— Je t'aime.

— Oui. Je t'aime.

Elle semblait reposée. La fatigue avait disparu de son
visage. On aurait dit qu'elle avait dix-sept ans.

— As-tu jamais été chef d'équipe ?

— J'avais plutôt une drôle d'allure quand j'étais à
l'école.

— Même la dernière année ?

— Non, je commençais à me ressembler. Le capitaine de
l'équipe de football a essayé toute l'année de me prendre
mon nom.

— Tu as réussi à le garder ?

— Non.

Nous fûmes pris d'un rire soudain.

— Comment se fait-il que personne ne t'ait jamais bouffée toute crue ?

— Oh ! ils ont essayé, monsieur, ils ne s'en sont pas fait faute.

Et elle me donna un baiser comme celui du bar, la nuit d'avant, avec en moins le goût d'acier, un peu moins, et je sentis le même chèvrefeuille qu'une chaude nuit de juin, longtemps avant, sur la banquette arrière d'une voiture.

— Allons, dis-je, revenons à ce matin.

C'est ce que nous avons fait. Quelque part vers le centre, née de la fatigue, de la tension, du vide que chaque mensonge avait créés en moi, comme un présent immérité, une vie nouvelle se leva, douce, dangereuse, difficile à suivre, et je suivis son ascension, je bondis, m'envolai, plongeai dans le torrent jusqu'aux roses délavées par les larmes de la mer, ces roses qui coulaient de mon corps comme la vie nouvelle y pénétrait, et je rencontrai une coupe pleine de chair et de douleur, chagrin brûlant, les ailes étaient dans la pièce, claires et délicates comme une intention noble, une présence douce qui disait le sens que possède l'amour pour ceux qui l'ont trahi, et pourtant je comprenais et je dis ce qu'alors je savais : « Je crois que nous devons bien agir », exprimant ainsi que nous aurions besoin de courage.

— Je sais, dit-elle. Nous ne dîmes rien pendant quelque temps.

— Je sais, dit-elle encore.

— Tu es sûre ? (Je posai mon pied sur le sien.) Vraiment sûre ?

— Oui, je suis sûre.

— Ne sais-tu pas ce que dit Broadway ?

— Et que dit Broadway ?

— Merde, Señorita, voilà ce que dit Broadway.

— Oh ! Seigneur. Seigneur ! Mon délicieux salaud, dit-elle en se penchant pour embrasser mon orteil.

CHAPITRE VI

UNE VISION DANS LE DESERT

J'étais allongé, il me suffisait de toucher du bout du doigt le bout d'un sein, j'avais cette connaissance qui vous vient comme tombe la pluie, j'avais compris que l'amour n'est pas un don, mais un vœu. Seuls les courageux peuvent s'y tenir au-delà d'une courte période. Je pensai alors à Deborah, à toutes les nuits d'autrefois, lorsque j'étais étendu près d'elle avec un amour qui n'était pas celui-là, alors que j'en avais déjà soupçonné l'existence, avec elle ou avec d'autres, des filles avec qui j'avais passé la nuit sans jamais les revoir — car nos trains partaient chacun d'un côté — des femmes que j'avais connues pendant des mois mais où j'avais trouvé cet amour certaines nuits au fond d'un tonneau de whisky. C'était toujours le même, l'amour est toujours l'amour, on peut le trouver avec n'importe qui, n'importe où. Mais on ne peut jamais le garder. Sauf si vous êtes prêt à mourir pour lui, cher ami.

Je retournai à nos corps enlacés. Nous avions fini, et pourtant ce n'était pas fini, car nous nous rencontrâmes un instant comme deux oiseaux qui se posent au matin sur la mer, emportés par la marée, loin l'un dans l'autre comme une longue vague de souvenirs tard dans la nuit. Je ne pouvais m'empêcher de la serrer contre moi — la chair m'avait-elle jamais donné une telle promesse de pardon ? Je posai la main sur sa taille, une invite monta de son

sein et s'empara de ma main. Je m'assis, me penchai pour
lui toucher le pied, qui s'offrait maintenant à mes yeux,
ces orteils que je n'aimais pas, la cambrure large et courte,
la peau durcie, la plante du pied. Son pied annonçait qu'il
suivrait son propre chemin. Je l'embrassai, pourtant, je le
serrai comme pour dire : « Tu viens avec moi. » Le pied
pouvait comprendre cette pensée, il me répondit en me
réchauffant la main comme un jeune chien courageux. Je
levai les yeux, laissai courir mon regard sur les ombres de
son corps jusqu'aux légers reflets d'argent et de lavande
qui jouaient sur son visage. Je lui dis avec un sourire de
bonheur : « Penses-tu que nous ayons le droit de prendre
un verre ? »

Elle apporta la bouteille, et nous bûmes lentement.

Il y avait si longtemps que je n'avais savouré un verre
d'alcool que je n'aurais pu m'en souvenir. Il me suffisait
de verser un centimètre de whisky sur un cube de glace
et de regarder l'or liquide se mélanger à l'eau. Les objets
de la pièce — le vieux fauteuil de toile, le robinet en cui-
vre de l'évier, les glands effrangés de l'abat-jour — semblaient monter la garde autour de nous, sentinelles électro-
magnétiques qui nous préviendraient d'une arrivée. Je lui
parlai de mon émission — un sujet qui faisait désormais
partie de notre conversation lors de nos rencontres, et auquel
je me tenais parce qu'il était agréable de retarder le moment
où nous en arriverions à parler de nous-mêmes — d'où il
devenait presque agréable de parler télévision. Nous avions
commencé par monter un cirque d'avant-garde : des entretiens avec des barbus qui fumaient la marijuana depuis
vingt-cinq ans, les récits d'anciens détenus sur l'homosexua-
lité en prison, un exposé que j'avais fait sur « Picasso et
son Pistolet » (étude personnelle sur le Maître de cérémonies
de l'Europe moderne et cannibale — la conférence la plus
ardue dans l'histoire de la télévision), une conversation avec
une *call-girl*, avec le chef d'une bande de jeunes motards,
le chef d'un gang de Harlem, une ménagère qui avait perdu

quatre-vingts kilos en un an, un prêtre défroqué, un suicide
manqué (une fille, trois entailles sur le poignet). J'étais parti
d'une idée, affirmai-je à Cherry, je voulais tailler un chemin
à travers la psychanalyse et le progrès social.

— Tu es trop fort, c'est tout, dit-elle en arrachant de
mon oreille une parcelle de peau si petite et si nette qu'on
l'eût dite enlevée par un cure-dents.

— Souviens-toi (elle déposa sur la blessure une goutte
de salive) de l'article de Mac N. Ryan : « Voici un car-
naval de mauvais goût qui défie la dignité atteinte par la
télévision. » (Elle rit de ses propres paroles.) Tu sais, je
suis sortie une fois avec Mac N. Ryan.

— A-t-il défié ta dignité ?

— Oh ! il aurait été désespéré de me laisser sans amour,
mais étais-je malade ? Je lui ai répondu : « Eh bien, tu
sais, mon chou, la syphilis gagne de plus en plus. » Ça l'a
fait rentrer dans sa coquille. J'ai dû le mettre dans un taxi.

Je ris. La blessure n'était plus douloureuse. Pauvre
Mac N. Ryan. Les critiques avaient tous ignoré l'émission,
sauf lui, ce qui était à son honneur. Nous perdions sans
cesse nos commanditaires pour en trouver de pires, la
F.C.C. nous téléphonait tous les jours, le producteur (vous
l'avez rencontré) vivait de tranquillisants, et je n'arrivais pas
à être à la hauteur.

Nous invitâmes de plus en plus de gens de métier, professeurs, officiels, économistes, nous nous mîmes à parler
des livres et de l'actualité, et nous nous abaissâmes ainsi
jusqu'à la popularité.

Je lui parlai de tout cela en essayant de lui donner une
idée de mon passé (je voulais réellement qu'elle sache un peu
ce que j'avais fait). Je lui parlai de ma carrière universi-
taire, j'étais fier d'être allé reprendre mes études dans le
Midwest après avoir abandonné la politique, d'avoir passé
en cinq ans un doctorat, d'avoir obtenu le titre d'assistant,
de maître assistant, puis, deux ans plus tard à New York,

de maître de recherches (le texte Clark Reed Powell). Ce ne fut pas bien sûr un récit organisé, mais une histoire par-ci, une anecdote par-là, notre humeur se déplaçait paresseusement, comme les barques dans un port envahi par la marée se soulèvent sur la houle.

— Mangeons, dit-elle en sortant du lit pour nous préparer deux petits biftecks, quelques spaghettis et des œufs brouillés. Je me jetai sur la nourriture — je ne m'étais pas rendu compte à quel point j'avais faim. Quand nous eûmes fini, que vinrent le café et les cigarettes, il sembla que c'était son tour de parler. Nous étions de chaque côté de la table, elle s'était enveloppée dans son négligé couleur paille et m'avait offert une robe de chambre qui avait dû appartenir à Shago Martin. Je l'écoutais parler d'elle-même. Elle avait été élevée par son demi-frère et sa demi-sœur. Je m'en souvenais. Son demi-frère avait dix-huit ans quand ses parents se tuèrent dans un accident d'automobile, sa sœur aînée avait seize ans, elle en avait quatre et sa petite sœur avait un an. Les voisins admiraient son frère parce qu'il avait deux métiers et travaillait dur pour entretenir toute la famille.

— Il n'y avait qu'un détail ennuyeux, dit Cherry, le frère enfilait la sœur tous les soirs.

Elle secoua la tête.

— En revenant de l'école j'entendais mon père et ma mère me parler. « Dis au grand frère d'arrêter ses bêtises », me disaient-ils. Quand j'eus huit ou dix ans, je compris que toute la ville savait ce qui se passait. Mais cela ne semblait pas entamer notre petite respectabilité de fraîche date. J'allais jouer dans la cour des autres filles, elles venaient parfois jouer dans la mienne, et mon frère se taillait peu à peu sa place au soleil. Non pas qu'il nous aimait, ma petite sœur et moi, plutôt le contraire, mais il savait l'utilité, pour impressionner les six cents habitants d'une ville religieuse, d'accepter à dix-huit ans de porter son fardeau. Je veux dire que c'était comme ça qu'il pensait. Il avait une mâchoire carrée et un cigare entre les dents avant même ses dix-huit ans.

— Qu'est-ce qu'il est devenu ?

— Il est shérif. Aux dernières nouvelles il voulait entrer au Conseil général. J'ai eu envie de lui envoyer une photo de Shago et de moi.

Elle détourna un instant les yeux, comme s'il avait suffi de l'évoquer pour faire apparaître Shago.

— *De toute manière,* nous faisions comme si rien n'avait filtré de notre petit secret de famille, et nous étions aussi bien vus que n'importe qui — nous venions tous de bonnes familles du Sud, tous les habitants. Dans une ville de six cents personnes, il suffit pour cela d'avoir un grand-oncle riche qu'on n'a jamais vu et d'être soi-même assez riche pour faire installer les cabinets dans la maison, mais (elle but une gorgée de café), mon frère quitta la maison pour se marier en nous laissant ma sœur. Et elle est devenue timbrée. Elle s'est mise à sortir tous les soirs avec un type différent — pour de la menue monnaie — ce qui a démoli notre réputation, moi et ma petite sœur. Mon frère était toujours aussi respecté — je pense que toutes ces histoires d'inceste lui ont appris à nager dans la politique — mais mes sœurs et moi furent mises en quarantaine. J'allais à l'école toute seule, j'en revenais toute seule. Nous avons finalement dû quitter la ville.

Elles avaient vécu en Géorgie, puis dans le Nord de la Floride, la grande sœur s'était mariée, Cherry avait passé ses années de collège chez son beau-frère, que sa présence rendait de plus en plus nerveux. Il avait fallu qu'elle s'en aille et quitte sa sœur. Elle termina ses études dans une chambre meublée, en travaillant comme serveuse.

— Naturellement je traînais autour des jukeboxes et des boîtes de nuit miteuses parce que j'avais une petite voix dansante de fille de la campagne et que je voulais devenir chanteuse. C'était l'année où j'étais si gentille avec ce foot-balleur qui a finalement décidé d'aller à l'université. Je n'ai pas répondu à ses lettres. Je me sentais comme lorsqu'on rêve et qu'on va se réveiller. Je crois que l'inceste nous ramène les morts.

Elle disait cela avec un tel ton définitif, celui d'une vieille femme desséchée sûre de ses remèdes et de ses bocaux, que je ne pouvais savoir si c'était une idée personnelle ou une part du folklore que pouvait échanger l'idiot du village avec le directeur de banque.

— Et puis j'ai eu une courte période de bonheur juvénile — un pilote de l'U.S. Navy. Nous allions nous marier. Mais je me suis aperçu qu'il était déjà marié. Bang. Puis j'ai rencontré Daddy Warbucks.

Elle fit une pause.

— Tu es sûr que je dois continuer ?

— Oui.

Je voulais en savoir davantage.

— Alors j'ai vécu quelque temps avec un homme riche. Riche et vieux. C'est tout le sel de l'histoire. Il m'a ramassée dans une boîte — un homme d'affaires qui passait — et... enfin, il se passa quelque chose entre nous. Je l'ai suivi dans une autre ville.

— Oui.

— J'y suis restée plusieurs années. Il était beaucoup plus vieux que moi, mais...

— Mais quoi ?

— C'était plutôt charnel, mon amour.

Nous pouvions profiter d'un avantage : le bénéfice que nous avions tiré de l'heure précédente. Elle me dirait la vérité. S'il se révélait que je ne pouvais pas la supporter, me disait son expression, nous n'aurions pas mérité ce bénéfice.

— Oui, dis-je, charnel.

— L'ennui, dit Cherry, c'est que je le voyais à peine. Il m'installait dans un appartement agréable de telle ou telle ville et disparaissait pour une semaine. Quand il revenait j'avais l'impression qu'il avait traversé le pays trois fois de suite.

— Tu n'aimais pas rester seule ?

— Si. Je me trouvais le meilleur professeur de chant du coin. Je lisais beaucoup. J'attendais que Daddy Warbucks revienne. Parler avec lui était un plaisir. Tout alla bien tant que je pensais que c'était un homme riche et cultivé qui avait une famille quelque part. Mais un jour j'ai vu sa photo dans un illustré, et il ne m'avait même pas dit son vrai nom. Je fus sur le point de le quitter, mais il me convainquit de l'accompagner à Las Vegas. Il me disait que si je voulais bien vivre là-bas, nous pourrions sortir ensemble. Et c'est là que j'ai compris. A Las Vegas, j'ai naturellement rencontré quelques-uns de ses amis, et — click — c'étaient les huiles de la *maffia*.

— Il était de la Grande Maison ?

— Il était riche. Un homme très respectable. Il aimait jouer. Parfois je pensais que nous n'étions là que pour ça. Parfois j'en arrivais à la conclusion qu'il devait posséder une partie de la ville. Car, lorsqu'il me laissait seule une semaine ou même un mois, le téléphone ne sonnait jamais, sauf si c'était lui. Et ça ne collait pas, il n'était qu'un homme riche qui voyageait sans sa maîtresse. Il me fallait penser que je n'étais pas assez jolie pour attirer qui que ce soit, ou que Daddy était un gros bonnet d'un genre particulier. Très particulier. Il n'était visiblement pas du genre de la Grande Maison, pas directement. Tu veux d'autre café ?

— Je suis très bien.

— Moi aussi, je crois.

Son récit avait été ponctué de pauses irrégulières, par exemple lorsqu'elle me parlait de son frère, et là encore elle se tut quelques instants.

— On discute depuis toujours au sujet du « Patron ». Existe-t-il ou non ? Prends deux caïds de la belle époque, deux perles jumelles, identiques jusqu'au diamant de leur

épingle à cravate, l'un dira : « Le Patron n'existe pas,
n'y pense plus », et l'autre fera un signe de croix.

— Qu'as-tu décidé ?

— Je ne savais pas. Certains moments je pensais que
Daddy Warbucks était le Patron, rien de moins, d'autres fois
je trouvais cela tiré par les cheveux.

— Aujourd'hui, que dirais-tu ?

— Je pense qu'il n'appartenait pas à la *maffia*. Mais la
maffia travaillait pour lui. Des opérations très particulières,
très importantes et très compliquées, certaines à l'étranger.
J'ai eu cette impression.

Nouvelle pause.

— Et puis je n'étais pas sûre de vouloir en savoir trop.
Car il est arrivé un moment où j'ai voulu me libérer de lui,
et je ne savais pas comment faire. Ce n'était pas le genre
de type à me menacer ou quoi que ce soit, mais je savais
que j'y laisserais des plumes. La question était de savoir à
quel point.

Elle s'arrêta.

— Enfin, nous nous sommes séparés à l'amiable. Nous en
avons parlé calmement, et il m'a donnée à un de ses amis
— avec mon consentement. Dans mon esprit, c'était une
façon de payer ma dette. Je suis donc allée chez cet ami
— j'ai su deux jours après que c'était le roi de la drogue
de Los Angeles. Il avait des goûts spéciaux qui m'auraient
fait sauter jusqu'à la lune. Et il m'a menacé de me tuer
quand je lui ai dit que je ne marchais pas. Pour une fois
j'ai rassemblé tout mon courage. J'ai tenu tête à quelqu'un,
d'égal à égal. « Si tu le fais, lui ai-je dit, je te jure de
venir te hanter. » Ces *maffiosos* sont superstitieux comme
de vieilles femmes. J'avais dit ce qu'il fallait dire mais sans
le savoir. Je n'ai pas pu dormir pendant deux mois : j'attendais que ma porte s'ouvre. Mais j'eus en tout cas l'intelligence de ne pas changer d'adresse. Un des types les plus
intelligents que j'aie connus disait : « Sauve-toi d'un couteau, mais attaque un revolver », et ce roi de la drogue

était avant tout un revolver. Si j'avais voulu me sauver ailleurs, on m'aurait tiré dans le dos — une bien mauvaise
sortie, cela rend un fantôme beaucoup moins impressionnant.

— Tu es une vraie professionnelle.

— Tu aurais raison de le croire.

— Non, mais je suis impressionné.

— Je n'étais qu'une feuille morte qui attendait la chute.
Mais j'eus de la chance, et donc la possibilité de reprendre
mes forces. Je me mis à sortir avec des chanteurs de Las
Vegas — que j'avais dû écarter jusque-là — et je passai
deux années agréables. Je ne voyais un homme que si j'en
avais envie, et il y en avait quelques-uns avec qui je passais
pas mal de temps, deux Italiens qui avaient beaucoup de
classe et que j'étais tout juste arrivée à décrocher. Des
truands, mais je les aimais bien. Les Italiens sont tellement
fourbes que je me sentais vertueuse à côté d'eux. (Pause.)
Et puis j'ai su qu'il était temps de monter à New York.

— Pourquoi ?

— Je te le dirai un jour.

— Maintenant.

Elle plissa ses lèvres comme pour un calcul mental.

— A Las Vegas, j'avais acquis une puissance que je ne
méritais pas. Je ne savais pas quoi en faire. Dans la *maffia*,
personne ne sait très bien ce que savent les autres. En fait
on ne sait jamais très bien ce qu'on sait soi-même. Sachant
quels étaient les gens que je connaissais, des gens que je
connaissais à peine étaient prêts à me rendre service. Ils me
croyaient plus importante que je n'étais, ce qui me donnait
justement une certaine importance. Il n'est peut-être pas très
malin de s'en vanter, mais j'avais le pouvoir de faire tuer
des gens. Je me rendis compte également que je pourrais me
faire tuer, et cette fois sans savoir pourquoi ou par qui. Tout
cela ne tenait pas debout. J'étais peut-être avide — mais
je me sentais pauvre — tu vois ce que je veux dire ? J'ai
grandi dans une ville avare et mesquine. Quand j'ai eu tout

ça sous le nez, je me suis senti de nouveau comme une maigre petite fille du Sud.

Elle soupira. Elle avait démarré en croyant que son ange gardien ne la quitterait pas une seconde. Tous les orphelins le croient — une compensation de la nature. Et cet ange était toujours accompagné d'une putain, les deux vont ensemble.

— Je veux dire, expliqua Cherry, que l'ange disait à la putain, quand elle commençait à faire la folle : « Tout va bien, mon chou, tu as le droit de t'amuser un peu après toutes ces épreuves. »

A Las Vegas l'ange devint un atout de plus, et attirait de plus en plus de gens.

— J'ai toujours été indépendante, en tout cas j'ai toujours aimé le penser. Je crois qu'une part de moi-même ne veut rien devoir à personne, et c'est peut-être ce qu'aimaient ces truands, mais en même temps l'autre face de mon être se gonflait comme une grenouille — je devenais aussi méchante et mauvaise qu'une « Madame » de couleur. J'étais prête à faire cavaler l'ange un bon coup.

Une sorte de regret passa sur son visage quand elle dit ces mots.

— Il fallait aussi que je garde un œil sur mon tueur. La folie homicide que je portais en moi.

— Vraiment ?

— Un tueur patenté.

— Peut-être l'avais-tu emprunté à tes amis ? »

— Je ne le saurai jamais. L'horrible, si je cherchais bien, c'est que je suis probablement responsable de la mort d'un ou deux hommes. Ils étaient à l'autre bout d'une corde, mais je leur voulais suffisamment de mal pour avoir été celle qui a tiré sur la corde. J'ai commencé à penser aux haines de petite ville que j'avais toujours trouvées indignes de moi, l'envie, la rancune, et qui désormais faisaient partie de moi. J'en suis venue à la conclusion que si je restais à Las Vegas, trop longtemps, j'atteindrais le point de non-retour. J'ai donc décidé que c'était l'année de New York.

— Et l'ange t'a menée jusqu'à Shago Martin ?

— Non, dit-elle. Oui, dit-elle ensuite.

Nous pensions tous les deux à sa sœur.

— Eh bien, regarde comme tu es vertueuse, maintenant.

— Je suis devenue un pur esprit, dit-elle avec un sourire dur et sensuel qui évoquait la chair.

— J'aurais dû te prendre pour mon émission.

— J'aurais mis les choses au point. J'aurais appris à l'Amérique que certaines personnes ont une âme et d'autres sont des esprits.

— J'en suis sûr.

— Ceux qui ont une âme sont ceux qui font bouger le monde, dit-elle avec son accent qu'elle rendit aussi mince et précis que la voix d'une vieille dame baptiste du Sud, et lorsqu'ils échouent, mais en gardant l'honneur, alors Dieu prend leur âme et les change en esprits, par miséricorde, ou compromis. C'est un état bien triste, car on ne peut vivre avec les autres esprits — vraiment triste — et il faut chercher quelqu'un qui ait une âme, même si cette âme est laide et méchante.

— Comme Eddie Ganucci ?

— Il est horrible. C'est un vieillard malade qui n'a jamais eu de classe.

— Mais il fait peur à ceux qui en ont ?

— Oui. (Elle approuva plusieurs fois de la tête.) C'est peut-être aussi pour cette raison que je suis partie. Cela ne vaut rien de rester près d'hommes qui se tiennent droit la plupart du temps en sachant très bien qu'ils plieront devant une certaine chose. (Elle eut un sourire radieux.) J'étais sûre que tu reculerais devant Romeo, l'autre soir.

— J'étais dans un tel état qu'il aurait pu me rosser à mort, cela m'était égal.

— C'était mieux que ça.

— Un peu. Mais j'ai bien peur de ne rien valoir.

La conversation sur Shago était terminée. Elle s'étira, bâilla avec grâce. J'étais parfaitement détendu. J'avais cru que son histoire serait pire, et l'ambiance n'était pas brisée. Nous serions bientôt prêts à nous remettre au lit.

— Steve ?

— Oui ?

— As-tu tué ta femme ?

— Oui.

— Oui, dit-elle.

— Tu es une petite fille astucieuse.

— Non, baby, je le savais. Oh, Dieu !

— Comment le savais-tu ?

— Un jour, j'ai vu un homme qui venait de tuer. Tu lui ressemblais.

— Quel air avait-il ?

— L'air d'être enduit de magie. (Son visage s'effondra.) J'espérais me tromper, mais je savais que non. Oh ! j'espère qu'il n'est pas trop tard pour nous.

— Oui.

— J'ai peur.

— Moi aussi, un peu.

— Tu as quelque chose à faire cette nuit ?

J'approuvai de la tête.

— Qui dois-tu voir ?

— Le père de Deborah.

— Barney Oswald Kelly ?

— Tu connais son nom ?

— J'ai lu les journaux.

Mais je la sentais s'éloigner. Ce qu'elle disait sonnait le creux.

— Tu en as déjà entendu parler ?

Elle me regarda. Le silence dura comme il n'avait jamais duré, si longtemps que j'entendais l'air sonner à mes oreilles.

— Stephen, dit-elle, j'ai connu Kelly.

— Quand ?

— C'est l'homme qui m'a amenée à Vegas.

J'eus de nouveau la vision du lit de Ruta, de cette ville du désert dont les lumières brillent jusqu'à l'aube.

— Je ne veux plus en parler, dit-elle. Comme si cette révélation l'avait d'un seul coup dénudée, sa robe de chambre s'ouvrit lentement, avec un mouvement grave.

— Comment diable as-tu pu ? laissai-je échapper.

— Il est attirant.

— Il est odieux.

— Non, ce n'est pas vrai.

Elle avait raison. En fait, il n'était pas odieux. C'était autre chose. Je sentais que lui et moi avions le même sang dans les veines. Et cette sensation de ne plus m'appartenir, d'être au fond de moi l'esclave de Deborah — cette sensation qui m'avait envahi moins de cinq minutes avant de la tuer — m'emplit à nouveau. Je sentais le meurtre. J'étais terrifié. La possibilité que j'étais seul à éprouver ce qui se passait quand nous faisions l'amour, cette idée m'inspirait une rage meurtrière. Comment distinguer l'amour d'un diabolique artifice ?

Puis, comme un enfant, je me dis à moi-même : « Le démon n'a pas d'ailes. » Ces roses apportées par la mer, cet ange qui avait traversé la pièce...

— Penses-tu que nous ayons fait un enfant ce matin ?

— Oui.

L'air était immobile. Si elle mentait je n'y voyais pas plus qu'un mort, à moins qu'elle ne fût une invention du diable. Des moments passèrent. Une douceur revint sur moi.

— Est-ce un garçon ou une fille ?

— Je vais vous dire une chose, mon cher, c'est un garçon *ou* une fille.

Mais il fallait en passer par certaines opérations. J'étais efficace et sauvage, comme un amant.

— Allons jusqu'au bout, dis-je.

— Nous l'avons fait.

Je vis monter sa colère, un éclair de cet orgueil sensuel

et bronzé qui avait coloré sa chanson de l'autre nuit. Mais une sorte d'humilité prit le dessus.

— Très bien, dit-elle.

— Tu as déjà été enceinte ?

— Oui.

— Kelly ?

— Oui.

— Qu'est devenu l'enfant ?

— Je ne l'ai pas eu.

Silence.

— Shago Martin ?

— Oui.

— Peur de l'avoir ?

— Shago avait peur de l'avoir.

— Il y a combien de temps ?

— Trois mois. (Elle secoua la tête.) Il y a trois mois. Et j'ai rompu avec lui la semaine dernière.

Un jour, au milieu d'une averse, j'avais observé la création d'un ruisseau. L'eau qui tombait se rassemblait dans un creux par terre, de la taille d'une feuille d'arbre. Le creux se remplit, puis déborda, le ruisseau descendit la colline entre les tiges et les brins d'herbe, par à-coups, jusqu'à un surplomb, d'où il se déversa dans un petit torrent. Ce ruisseau ignorait qu'il n'était pas une rivière. C'est ainsi que les larmes coulaient sur le visage de Cherry. Elles prenaient naissance dans un nœud de souffrance, une amertume profonde, montaient vers ses yeux, coulaient sur ses joues, sur sa poitrine découverte, tombaient sur ses cuisses pour se rassembler dans le bosquet — une cuiller à thé remplie par dix années de chagrin.

— Tu comprends, me dit-elle en se mettant à sangloter, je croyais que je ne pourrais jamais avoir d'enfant. Le médecin à qui m'avait envoyé Kelly avait fait allusion à quelque chose qui n'allait pas, et je n'ai jamais essayé d'être sûre. Pendant tout ce temps je ne suis pas tombée enceinte une seule fois. Et ça m'est arrivé avec Shago. Il s'est

retourné contre moi. Il a dit que j'étais un démon blanc —
après le temps que nous avions vécu ensemble.

— Et tu n'as pas voulu l'avoir toute seule ?

— Je n'avais pas le courage. Tu comprends, je l'avais
trompé.

— Avec Tony ?

— Oui.

— Pourquoi ?

— L'habitude, je suppose.

— Au diable l'habitude. Pourquoi Tony ? Qu'est-ce que
tu lui trouves ?

Elle secoua la tête comme si elle avait mal.

— Tony possède une douceur en lui, je t'assure.

— Comment le croire ?

— J'avais tellement mal. Shago peut être un démon.

A ce moment elle posa la tête sur la table et s'abandonna à ses larmes. Je caressai ses cheveux. Ils avaient été
beaux, mais la teinture en avait usé la soie. J'entendais,
comme elle pleurait, l'écho des petits silences qu'elle avait laissés pendant son récit. « Seigneur ! Seigneur ! », dit-elle enfin
en relevant la tête, et en essayant de sourire. Elle semblait
détendue jusqu'à la nudité, un état que vous apporte le
sexe, la douleur et l'accomplissement d'un effort physique
extrême.

— Donne-moi une cigarette.

Je l'allumai pour elle.

— Et moi ? demandai-je (Mon désir d'une réponse me faisait presque retomber en enfance.) Suis-je parvenu à lécher
la blessure ? Est-ce là où réside mon charme ?

— Tu parles trop.

— Je veux savoir.

— Avec toi, il s'est passé quelque chose, dit-elle.

— Qu'est-ce qui s'est passé ?

Elle secoua de nouveau la tête.

— Pourquoi insister ? Ça porte malheur d'en parler. Mais
tu insistes. Alors écoute, Stephen, je vais te le dire. Avec

toi, c'est arrivé. J'ai eu un orgasme. Je n'y étais jamais
arrivée. Console-toi avec ça.

Mais sa remarque était teintée d'une certaine tristesse,
comme si c'était arrivé au mauvais moment, avec celui qu'il
ne fallait pas.

— Que veux-tu dire... jamais?

Une question, mais en fait je voulais qu'elle le répète.

— Jamais avant. De toutes les autres manières, oui. Mais
jamais quand un homme était en moi, quand j'avais un
homme au-dedans de moi.

— Pendant toutes ces années?

— Jamais.

— Dieu tout-puissant!

— Je te le jure.

— Puis-je te croire?

— Tu le peux. Car j'ai toujours eu le sentiment que je
mourrais peu de temps après cela. Je sais que c'est étrange
et sûrement une folie, mais cette crainte ne m'a jamais
quittée.

— Et maintenant, tu ne l'as plus?

— Je ne sais pas si je l'ai, si je l'ai perdue, ou quoi.
Je sais seulement que je suis heureuse. Maintenant, chut!
n'essaye pas de tout gâcher.

On frappa un coup sec sur la porte. Après tout, les sentinelles ne nous avaient pas avertis. Les coups reprirent sur
un petit rythme délicat, aussi complexe que les entrelacs
que fait un batteur sur le bord de son tambour. De l'autre
côté de la table, le visage de Cherry avait perdu toute
expression. Elle me regarda.

— C'est Shago, dit-elle.

Une clé fit tourner un des verrous, puis l'autre. La porte
s'ouvrit. Un Noir était debout derrière, bien habillé, la peau
noire comme la nuit. Il regarda la robe de chambre que je
portais.

— Très bien, me dit-il, habille-toi. Sors ton cul blanc
d'ici.

CHAPITRE VII

AVANT LE SACRIFICE

J'avais vu Shago Martin à la fin d'un film sur des musiciens de jazz, et sa photo sur des pochettes de disques — bel homme, le visage mince, arrogant, un masque. Un soir j'étais même allé avec la bande de Deborah au *Copocabana* ou au *Latin Quarter*, aventure exceptionnelle pour Madame qui ne supportait pas les boîtes aussi spacieuses. Mais Martin y chantait, et elle était venue avec ses amis pour le voir.

— C'est l'homme le plus séduisant des Etats-Unis, me dit Deborah pendant qu'il chantait.

— Que veux-tu dire, le « plus séduisant » ?

Je faisais de mon mieux, cette nuit-là, pour être un jeune banquier bostonien sorti de Harvard et venu passer la nuit à New York.

— Shago vient d'un gang de Harlem, un des pires. Tu peux le voir à sa démarche. Il a quelque chose de libre, et de très subtil.

— Il fait pourtant assez de bruit.

— Peut-être fait-il parfois beaucoup de bruit, mais il y a des gens qui comprennent ce qu'ils disent.

La musique était un des rares sujets dont Deborah ne connaissait rien — elle était incapable de distinguer le talent de la banalité. J'avais décidé depuis longtemps que Shago était le meilleur chanteur des Etats-Unis, Deborah et ses amis avaient donc fini par y venir. Ils l'avaient toujours

respecté, trop d'experts en disaient du bien, mais jamais à
ce point. La roulette de la mode avait sorti le double-zéro :
Shago était élu. Ils étaient enchantés que le chanteur soit
insensible à la célébrité, ou en tout cas à ce retournement de
la mode qui le rendait célèbre pour une saison à New York.
Il chantait uniquement au *Copa* ou au *Latin Quarter*, ce
qui aurait dû le couler à jamais, mais comme il semblait
impossible de l'inviter ou de l'attirer aux soirées qui réglaient
la vie de chaque semaine, le désir que tous avaient d'un tel
invité prenait les proportions d'une petite guerre. Nous étions
là parce que Deborah lui avait arraché (par téléphone)
la promesse d'un entretien après son tour de chant de
onze heures. Elle voulait lui faire signer un contrat pour un
bal de charité qui devait avoir lieu dans un mois et trois
jours. Mais Shago n'était pas dans sa loge après son numéro.
Il avait laissé un mot à son habilleur : « Désolé, *Lady*,
impossible d'aller à votre foutue merdasse de charité. » ―
« Oh ! mon Dieu, dit Deborah, le pauvre homme, il fait des
fautes d'orthographe. » Elle était livide. Les choses étaient
plus claires. Pour le punir d'avoir attaqué ses bons sentiments, Deborah le démolit complètement. Je ne sais pas
combien de coups de téléphone il a fallu, combien de regards méprisants sur des dalles de marbre. « Vous lui trouvez vraiment quelque chose ? » Mais un mois et trois jours
plus tard, le jour du bal, aucune *lady* de ma connaissance
n'aurait voulu de Shago. C'était ainsi. La rancune de Deborah sentait le vert-de-gris.

Je continuais à garder ses disques, que j'écoutais de
temps à autre, avec un plaisir qui n'était pas sans mélange.
Son talent avait quelque chose d'extrême. Il évoquait rarement l'odeur de fumée dans la brume, l'aura qui entoure
une jeune fille qui entre dans une pièce, il ne vous faisait
pas croire que la plus belle aventure de l'année était pour
demain, il ne me donnait pas, au contraire d'autres chanteurs,
des visions de paysages jamaïcains, de mangues, de rayons
chargés de miel, d'un sein au clair de lune, d'un amour

tropical aux rumeurs de la nuit ; non, il donnait cela,
oui, cela aussi, mais son jardin tropical était peuplé
de serpents, un porc sauvage courait dans la brousse, le
flanc déchiré par les crocs d'un puma, son univers
était rempli de cris étranges, sauvages, et tout cela était
contenu par un style complexe, une ironie, un contrôle
permanent, comme s'il savait de quelle manière toutes choses
en fin de compte rentrent dans la norme. Un rythme cruel,
parfait, qui passait directement de votre oreille à votre corps,
un rythme qui aurait fait danser un paralytique. Dans des
endroits comme le *Copa,* on l'annonçait toujours comme
Mr. Rythme, et pour une fois la publicité avait raison, sa
voix rebondissait comme une balle sur la pierre, l'écouter
valait une partie de *squash* — la balle venait vers vous par
la trajectoire la plus courte, prenant de la vitesse, toujours
plus haut, le rythme était toujours plus fort, plus rapide
ou plus hésitant que l'attente de votre oreille, et à la fin
vous étiez en joie, votre oreille était contente, vous aviez
été vaincu par un champion.

Le seul ennui était qu'il changeait sans cesse de manière.
Deborah se mit à danser de bonheur en écoutant ses derniers disques.

— Tu sais, me disait-elle, je méprise cet homme, mais
il fait des progrès.

Elle avait raison. Sa voix en était arrivée à un point
où il était parfois difficile de la distinguer d'une trompette,
ou même, au sommet de la virtuosité, d'un saxophone.
Une fois parti, le chant arrivait à marquer des temps entre
chaque note que les doigts élégants du pianiste faisaient danser sur le clavier. Il était naturellement devenu si particulier que le public habituel des boîtes ne pouvait pas le
suivre. Trop dur. Certaines de ses compositions expérimen-
tales faisaient d'abord penser à une crise d'hystérie. On ne
découvrait qu'après le pouvoir de sa voix — on aurait cru
un cerveau à la poursuite de deux formes de folie, une
voiture zigzaguant au milieu de collisions multiples. Dif-

ficile à supporter. La dernière fois que j'avais entendu
parler de lui, il en était arrivé à chanter dans le genre de
boîtes qui ferment certains jeudis soir parce qu'il n'y a plus
dans la caisse de quoi payer la protection des flics. Deborah était ravie. C'est cela qui lui plaisait dans ses chansons :
il n'y avait plus de danger qu'il devienne un personnage
national.

A cet instant, debout devant la porte de Cherry, il portait un petit feutre noir à bord mince, un costume de flanelle avec un pantalon collant, des bottines d'une forme
extraordinaire (en daim lie-de-vin avec des boutons en nacre),
et un gilet de velours rouge assorti. Une chemise de soie
rose reflétait la veste comme un verre de cristal semble
répondre à la couleur du vin, et sa cravate noire, étroite,
était tenue par une petite épingle. Il avait un parapluie
fermé dans la main gauche, comme une épée au fourreau,
qui faisait un certain angle avec son corps et complétait
l'image parfaite — comme il était grand et mince — d'un
prince de Harlem à son coin de rue.

Voilà beaucoup de détails pour quelques secondes, le
temps qu'il lui fallut pour ouvrir la porte, entrer, regarder
Cherry, me regarder, remarquer la robe de chambre que je
portais et me dire de sortir, mais je vis tout cela, mon
sens de la durée — comme le moment d'hésitation avant
la chute du rouleau compresseur — était aussi étiré que
la première bouffée de marijuana, celle qui provoque un
long soupir intérieur quand elle pénètre les poumons et
que le temps retourne à ses origines, oui, je vis tout cela,
je revis Shago en train de chanter, Deborah qui lisait son
message, j'eus en vérité une seconde très chargée lorsqu'il
me regarda. Un souffle monta de lui, une bouffée veni-
meuse qui me pénétra comme de la marijuana, et le temps se
ralentit.

Puis un curieux bonheur me vint de savoir que Shago
était capable de tuer, comme si mourir en cet instant précis me renverrait au moment que j'avais connu à l'inté-

rieur de Cherry, lorsqu'une certaine chose s'était élancée, puis précipitée dans la cataracte. Et je lui souris, sans plus, en lui tendant un paquet de cigarettes.

— Sors d'ici, dit-il.

Nos yeux se rencontrèrent et ne se lâchèrent plus. Son regard nu brûlait mes yeux comme du sel. Mais je me sentais bêtement abstrait, ma réaction aurait pu être enfermée loin de là, comme des instruments dans une mallette. Je ne bougeai pas et Shago se tourna vers Cherry.

— Il ne va pas se sauver ?

— Non.

— Je veux bien être pendu, tu t'es trouvé un type qui peut tenir le coup.

— Oui.

— Pas comme **Tony** ?

— Non.

— Alors, lève-toi, petit enculé ! me dit Shago.

Il ouvrit la main pendant que je me levais. Il y avait dedans un couteau à cran d'arrêt qui s'ouvrit dans sa paume comme la langue d'un serpent. Le déclic ne fit pas plus de bruit qu'une herbe arrachée du sol.

— Je te le répète, habille-toi. Je n'aimerais pas me faire trouer en portant les vêtements d'un autre.

— Range ton couteau, dis-je.

Ma voix était parfaitement calme.

— Je le rangerai quand j'aurai taillé mes initiales sur ton ventre. S. M. Je chie sur ta mère.

Il tourna la tête vers Cherry, ses yeux d'un jaune doré comme des trous dans sa peau noire, presque aussi grands que ceux de la jeune femme, et se mit à rire.

— Oh ! Jésus, dit-il, me-erde, me-erde, puis il releva sa main et referma le couteau d'un geste de magicien.

— Elle est mon amour, me dit-il, ma femme.

— Etait, dit Cherry, jusqu'à ce que tu deviennes le **diable**.

— Très bien, dit Shago, va chier sur la lune.

— Ouais, dit-elle, va chier sur la lune.

Ils semblaient face à face sur une corde tendue.

— Le mal, cria-t-il, le mal, écoute, Sambo (il s'adressait à moi), pour moi tu es un conard de négrasse noirasse parce que tu as fricoté avec la blonde, là, ma femme, tu vois, saisi ? saisarie ? Le mal ! Le mal ? C'est la fillasse blanche qui est le diable.

Il y avait un peu d'écume aux coins de ses lèvres immaculées, un peu de rouge dans le blanc de ses yeux.

— Qu'est-ce que tu fous avec lui ? demanda-t-il. Il est gras.

— Ce n'est pas vrai, cria Cherry, il ne l'est pas.

— Perds pas ton temps, c'est un sac de tripes.

— Continue seulement de parler, lui dis-je.

— Tu m'as parlé ?

— Oui, j'ai dit cela.

Ma voix n'avait pas la même perfection que la première fois.

— Ne m'interromps pas, mon gars, dit-il en faisant jaillir la lame.

— Tu te fais honte, dit Cherry.

— Un nègre est toujours une honte. Regarde Sambo. Il fait honte à la race blanche. Qu'est-ce que tu fous avec lui ? Mais c'est un professeur, un professeur. Il a si bien embrassé sa femme qu'elle en est tombée morte. Ha, ha ! Ho, ho ! Puis il l'a poussée dehors.

— Referme ton couteau, dit Cherry.

— Me-erde.

— Un oiseau sur tes lèvres.

— Pas de sang du tout.

Il rejeta son parapluie par derrière, le jeta contre la porte où il fit le bruit sourd d'une femme qu'on écarte de son chemin.

— Son ventre est plein de sang, me dit-il. Elle a eu un môme, et elle a eu peur de l'avoir. Peur d'avoir un môme au cul tout noir. Qu'est-ce que t'en penses, papa, tu vas

lui faire un môme au cul tout blanc, un vieux cul mer-
deux tout blanc ? Lèche-moi le cul.

— Ta gueule, lui dis-je.

— Gaffe au couteau, face de merde.

Je fis un pas vers lui. Je ne savais pas ce que j'allais
faire, mais je sentais que j'avais raison. Peut-être avais-je
pensé prendre la bouteille de whisky et la briser contre la
table. La joie remonta en moi de la même manière que la
musique d'une chanson peut rappeler à un homme au bord
de la folie qu'il sera bientôt fou de nouveau, et qu'il y
a là un monde plus intéressant que le sien.

Shago recula d'un pas, le couteau dans la main, le poignet tremblant au rythme de son corps. Regarder cette lame
était comme se tenir au bord d'une haute falaise, l'estomac retourné, et regarder à ses pieds. Je me souvins un
instant de l'Allemand à la baïonnette, et les jambes me
manquèrent, disparurent complètement. J'entendis une voix
intérieure me dire d'attraper la bouteille et d'en briser le gou-
lot, d'en profiter pendant que j'étais hors de portée du
couteau, de ne surtout pas faire un pas de plus, mais cette
voix n'était qu'un faible écho de mes nerfs. Je continuai
d'avancer et dépassai ainsi la bouteille dont je savais qu'elle
ne pourrait servir à rien contre un couteau. Mes réflexes
n'égaleraient jamais ceux de Shago, mais je sentais dans
son humeur un vide, un vide où je pouvais entrer.

Shago fit encore un pas en arrière et referma le couteau.

— Eh bien, Cherry, dit-il d'une voix calme, ce type a
de la *valor*, prononçant le mot à l'espagnole. Puis il rempo-
cha son arme et nous fit à tous deux un agréable sourire.

— Chérie, dit-il à Cherry, ris donc ! Je n'avais jamais
aussi bien joué de ma vie.

— Oh ! Dieu, Shago, tu es horrible, répondit-elle.
Mais elle secoua la tête, prise d'une involontaire admira-
tion.

— Je suis doué, chérie, j'ai du talent, c'est tout.

Il me sourit de nouveau.

— Serrons-nous la main, Rojack, vous êtes très beau, dit-il, et il prit ma main.

Mais je n'aimais pas le contact de sa paume. Il y avait là quelque chose de mou, comme un morceau de cuir.

— Je vous ai bien fait marcher, non ?

— On ne fait pas mieux.

— Oh, merveilleux, dit-il. Une douzaine de merveilles. Quel *éclat*.

J'étais proche de la nausée.

— Voilà comment Shago peut vous rendre malade, dit Cherry.

— Je suis un démon bien malade, aucun doute à cela, dit-il d'un air charmeur.

Sa voix devenait changeante, des accents apparaissaient, disparaissaient comme un vol de chauves-souris.

— Haut les culs ! L'homme noir est en route, me dit-il brusquement, il ne s'arrêtera que lorsque ses besoins élémentaires seront satisfaits. Ralph Bunche, exact ? « Enlevez votre main de ma braguette », dit la duchesse à l'évêque, car c'était un duc en goguette. Petit, petit, petit, petit.

Il me regardait avec des yeux soudain sauvages, comme si le manque de sommeil les faisait courir tels des cancrelats surpris par le soleil.

— Shago, qu'est-ce que tu as pris ? demanda Cherry.

— *Ouais.*

— Oh ! non.

— C'est comme ça, mon sucre. Viens pleurer sur mon épaule.

— Ce n'est pas possible. Tu n'as pas recommencé.

— Ecoute, chérie, tu ne savais pas ? Quand je suis entré et que j'ai fait le coup du seigneur de Harlem ? Tous à Central Park ! *Sambo !* Je veux dire ce n'est pas mon genre, chérie. Tu le sais. Je suis trop joli pour faire la grande gueule, c'est un fait. Rojack, dit-il en se tournant vers moi, je vous aime tellement que vous me donnez le frisson. Mettez un peu de beurre sur le pain.

Il partit d'un rire saccadé.

— Voilà, voilà, bénédiction, ma Cherry, si je dois perdre, je dois perdre pour un cave courageux, je veux dire tout courage et rien de matériel, juste un con de l'*Ivy League*. Harvard, je présume, docteur Rojack ?

— Tu ne marches pas à l'héroïne ? dit Cherry.

— Fous le camp de mon crâne, *baby*.

— Mais tu n'es pas à l'héroïne ?

— C'est l'heure de la piqûre. Mes pas m'ont conduit jusqu'ici. (Ses pieds esquissèrent une figure compliquée.) Oui, je suis venu te voir. Tu peux m'aider à m'en passer.

Elle secoua la tête, sans un mot.

— Ma douce, dit-il, tu as pour moi la même tendresse ?

— Non. Va-t'en, Shago, va-t'en.

Elle détournait son visage de mon regard comme du sien.

— Ce n'est jamais fini, dit Shago. Un jour je t'ai dit : « Chérie, si nous nous revoyons dans dix ans, rien n'aura changé. » Vous entendez ? me dit-il, rien n'est jamais fini entre elle et moi. Vous n'avez que le whisky et les cendres. Des cendres pleines de pisse.

— Vous n'en savez rien, dis-je.

Mais il y avait peut-être du vrai dans ce qu'il disait, pensai-je soudain.

— Mon vieux, me dit-il, soyons calmes, ne nous faisons pas de bile. Je peux vivre sans ma Cherry. J'ai eu des stars de cinéma. Je les ai collées dans mon album. C'est comme ça qu'il faut faire. Intelligence. Restons comme ça. Demande à Cherry si ce n'est pas vrai.

— Qu'est-ce que tu as pris ? répéta-t-elle.

— Merde et pianola. Ecoute, *baby* ; oublie tout ça. Je suis bien, maintenant, je suis redevenu parfait.

— Tu viens de sortir un couteau.

— Non, je suis de retour parmi les vivants. Je le jure. Pour vous amuser. Je veux dire que je connaissais la tirade par cœur. Toi et moi, mari et femme sauf pour l'alliance — mais nous nous *connaissons*, nous n'y sommes pas arrivés,

Mais je te souhaite quand même ce qu'il y a de mieux. De mieux, Rojack, de mieux, Cherry.

— Fais-le sortir, dit brusquement Cherry, s'il te plaît, fais-le sortir.

— Non, non, non, dit Shago.

Il avait ressorti son couteau et le tenait la pointe en l'air, le regard fixé dessus comme un prêtre portant un cierge.

— Laissez-vous aller, dit-il, laissez-vous aller.

Elle se leva de la chaise dont elle n'avait pas bougé depuis qu'il était entré et marcha sur lui en maintenant son négligé avec ses deux bras serrés contre son corps.

— Range ce truc.

— Non. Dis-lui le coup de la marche pour la Liberté.

Mais, comme si la proximité de Cherry et du couteau lui donnait le vertige, il replia la lame, remit l'arme dans sa poche et s'éloigna de nous deux. Il se mit à parler comme on a des convulsions.

— Méditez, me dit-il, j'ai fait le coup du marcheur de la Liberté. Comme si j'avais voulu devenir président des U.S.A. négrasses. C'est le rôle de Dick Gregory, pas le mien, mais je l'ai fait. Je l'ai fait. Et je veux dire que je n'ai rien à vendre que de l'élégance, et le rythme. Et le rythme vient de Là-Haut, pas de moi, je suis un diable blanc comme neige dans un cul de nègre. Je suis le futur, amoureux de lui-même, c'est ça le futur. J'ai vingt visages, je parle les langues, je suis un démon, qu'est ce que ferait un démon dans une marche pour la Liberté ? Ecoute (il prenait des forces à mesure qu'il parlait), quelque chose me sépare de mes propres mots, j'essaye de parler du fond du cœur et ça m'est *volé* au passage. C'est la marche pour la Liberté. Mais, dit-il sans se rendre compte du moindre changement de direction, vous avez vu mon numéro, je me souviens, vous m'avez amené votre femme, ce cuirassé avec un collier de perles, vous croyez que j'ai oublié, je suis élégant, mon vieux, et l'élégance n'est rien d'autre que la mémoire. Je veux dire que je suis élégant quand je fais mon numéro.

— Oui, dis-je.

— Et j'ai craché à la figure de votre femme.

— Métaphoriquement.

— Métaphoriquement. Oui, je l'ai fait. Et je me suis dit : « Mon vieux, tu craches à la figure du diable. »

— Je ne croyais pas que vous y ayez pensé plus d'un instant.

— Bons baisers. Croyais pas que j'y avais pensé. Je savais bien que votre femme était une pute de la haute. Une vraie pute ! Je savais ce qu'elle offrait, le tra-la-la de la Maison Blanche, va tailler la pelouse, con de nègre, tu es tellement *sexy* — vous croyez que je voulais laisser tomber ? Mais votre femme vient me demander de chanter à son bal de charité pour rien, pour ses beaux yeux. Je me suis dit : mais ma chère, tu ne donnerais pas cinquante cents à la pauvre négresse qui nettoie les ordures que tu laisses aux chiottes. Vingt-cinq cents, c'est ça qu'elle laissait, non ?

— Je ne sais pas.

— Tirez quand vous serez prêt, Gridley, nous voyons le blanc de leurs yeux.

Je me mis à rire. Malgré moi. Shago finit par m'imiter.

— Eh ! oui, c'est *trop* drôle. Mais j'étais à la croisée des chemins. L'élu. Ils étaient prêts à me ramasser, à m'introduire dans la haute société, j'avais eu la merde du Village, la merde de la *maffia*, celle des huiles : « Quel beau costume vous portez ce soir, Mr. Ganucci. » Non, je voulais la merde de la haute parce que j'étais fait pour ça, et puis j'ai regardé votre femme et j'ai laissé tomber. J'avais fait tout ce qu'il fallait, évité leurs soirées. « Non, disait mon valet, Mr. Martin ne chante jamais dans une soirée. » J'étais vierge et pur, ils venaient me lécher les fesses, j'étais Bouddha assis sur les marches, mais c'était trop, votre femme — elle venait me *roucouler* : « Mr. Mar-

tin, vous savez bien que je peux vous faire changer d'avis »,
ouais, sûr qu'elle pouvait, jusqu'à ce que je l'aie regardée
une bonne fois, assise à côté de vous au premier rang, elle
me bouffait des yeux, mon vieux, je sentais la moelle
qui me coulait des os, une *cannibale*. Alors je lui ai dit
ce qu'elle pouvait faire. Du pus et des pellicules pour vous,
Pierre le Grand — Shago Martin ne donnera pas le sein
pour vos bonnes œuvres merdifiantes. (Il secoua la tête.)

« Fin de la merde haute société, ouais, mais j'étais ce
qu'il leur fallait, la liqueur qu'ils avaient préparée. Ils le
savaient. Parce que je connais les langues, toutes ces raclu-
res cosmopolites, un peu de Français, un peu de Texan, un
soupçon d'Oxford. Je vous promets — glissa-t-il avec un
irréprochable accent britannique — que nous allons nous
amuser comme des fous et que vous serez comme un poisson dans l'eau, mais oui (il fit claquer ses doigts), je peux
faire l'Allemand, le Chinois, le Russe (*Tovaritch*, j'encule
ta mère), un petit peu de chaque, du nègre, *évolué* de Saint
Nicholas Avenue, du Jamaïcain, du Japonais, du Javanais, le
métis à peau claire et grande gueule — je ressors mes adé-
noïdes, mes amygdales, mes grosses lèvres, *waaaah*, je peux
faire la *grande dame*, n'importe quoi, un ballon dirigeable
ou Tallulah Bankhead. « Hors d'ici, pédéraste ! » Tout ça
c'est de la merde, vieux, sauf la manière dont je m'en sers,
dont je laisse chaque accent choisir le ton, chaque syllabe,
la note juste, quand je chante c'est toute une foule qui
chante, c'est ça l'esprit derrière ma musique, c'est pour
ça qu'il me faut une multitude ou rien du tout, je ne suis
pas intime, moi, je suis élisabéthain, un chœur à moi
tout seul, compris ?

— Tu n'es qu'une vieille dynamo sur la lune, dit Cherry.
La tendresse était revenue dans sa voix, comme un acide
qui me pénétrait.

— Quand je commence à parler, j'entends des moteurs.
Je suis un démon, c'est ça. Je regardais votre émission. Tu
es un con de blanc. On s'asseyait tous les deux sur ce divan

et on regardait ton émission. « Regarde ce gentil con de blanc », je lui disais, et on riait.

— Maintenant c'est *vous* qui êtes à la télévision.

— Ouais. Juste à l'heure où vous passiez. Chaîne Quarante et un. Ils sont si pauvres qu'ils ne payent pas la caméra. Un peu de haschisch ?

Il sortit une cigarette aussi serrée qu'un cure-dent, l'alluma et me la tendit. Je refusai. Je sentais une pression inhabituelle au bas du cou, quelque chose d'inconnu qui s'était accumulé au cours de la demi-heure précédente et qui me pressait de refuser. Je pris une gorgée de whisky.

— Pour toi, ma fille. Il la tendit à Cherry.

— Uh-Uh. Elle secoua la tête. Uh-Uh.

— Encore enceinte ? demanda-t-il.

Devant l'expression de Cherry, il siffla, lança un grand rire et nous joua une petite comédie.

— Me-erde, cria-t-il, tu ne peux rien dire, tu vas trop vite. Vous faites toutes la même erreur. Tu ne sais rien, ma fille.

Mais le coup avait porté. Je voyais dans ses yeux que remplissait la marijuana qu'il ne s'était pas préparé à cela. On aurait dit un grand poisson venant de recevoir le harpon — les yeux grands ouverts étaient remplis d'horreur, une part de son passé était détruite à jamais. Ce n'était pas la possibilité qu'elle soit enceinte qui le faisait souffrir, mais qu'elle ait eu avec moi une expérience qui le lui ait fait croire. Il savait ce que cela voulait dire.

— Ecoute, *baby*, ne me quitte pas, dit-il, ou je t'ouvre le cœur. Tu n'as plus que du nègre à l'intérieur, et je reste avec la merde du Sud. Je suis désormais prisonnier de la merde blanche, dit-il en me regardant, les yeux vides comme un mur de prison. Je suis baigné de chair, espèce de con, je la garde pour moi, toute cette saloperie blanche, toute, mais elle-même n'est pas blanche, pas du tout, pas, ma fille, elle a pris ma couleur à l'intérieur. Oui m'sieuuuur, merci pour la piécette. Ecoute-moi, je lui ai fait descendre

le môme parce que c'était un nègre, tu comprends, comme
moi, et maintenant je suis blanc.

— La peau de tes fesses, oui, dit Cherry, tu n'es pas
blanc, tu perds seulement ton noir. Voilà pourquoi tu es
toujours nègre au fond de toi-même, et que j'ai toujours
ma couleur en moi. Parce que je ne regarde pas en arrière.
Quand une chose est faite, elle est faite. C'est *fini*.

Une bouffée de marijuana devait avoir pénétré ses narines, car elle parlait d'une voix forte, masculine, la voix
d'un patron ou d'un politicien d'une petite ville du Sud —
celle de son frère, compris-je alors.

— Crois-tu, cria-t-elle, que nous ayons construit cette
merde de race blanche et de progrès en disant : « Par-
donnez-nous une fois de plus » ? Eh bien, non, petit con,
ce n'est pas ça. C'est fini, Shago. Sors d'ici.

— Mon gars, lui dit-il, sors tes démons et envoie-les
vers nous. Nous sommes le miroir de ton cul.

— Allons, *baby*, lui dit-elle, ne perds pas toute ta tête.

Cherry était rouge, ses yeux brillaient, on lui aurait
donné dix-huit ans, une yéyé coriace, très belle, dix-huit ans.
Ils se fixaient tous les deux comme des coqs en colère.

— Du calme ! *Baby,* j'ai eu ton professeur *comme ça* et
il te faudrait vingt ans pour comprendre. Ecoute, toi, me
dit-il, j'aurais dû amener mon armée. On t'aurait enfoncé
des cure-dents sous les ongles. Je suis un *prince* sur mon
domaine, compris ? Mais je suis venu seul. Je connais cette
garce, cette garce de la *maffia*, elle a été avec des tueurs,
des nègres, des types de la haute, maintenant toi, un professeur, elle veut s'en sortir, elle veut quelque chose de chaud
et douillet pour y mettre ses orteils. Tu les as déjà léchés,
conard ?

Il avança vers moi, plaça ses doigts sur ma poitrine et
poussa dédaigneusement.

« Tire ton cul, petit enculé », et se retourna en laissant sur moi l'odeur de la marijuana. La pression sur ma
nuque disparut, ma tête se remplit de sang, la lumière était

rouge, tout était rouge. Je le saisis par derrière, mes bras autour de sa taille, je le soulevai et le cognai contre le sol si fort que les jambes lui manquèrent, qu'il se retrouva assis, moi derrière lui, sur mes genoux, lui écrasant la poitrine de mes bras. Je le soulevai, le frappai contre le sol, le soulevai encore pour le cogner, sans m'arrêter.

« Lâche-moi, enculé, je vais te tuer », criait-il, et j'aurais pu le faire, à un certain moment, je pouvais le lâcher, le laisser se relever pour que nous nous battions, mais sa voix m'avait fait peur — j'y avais entendu ce cri du bout du monde qu'on entend dans le cri d'un bébé. Ma rage prit le dessus. Je ne sais pas combien de fois je l'ai soulevé pour le rabattre sur le plancher, dix, quinze fois, peut-être vingt, je ne me contrôlais plus, toute sa violence semblait le fuir pour pénétrer mon corps à chaque heurt de sa colonne vertébrale contre le sol, un choc qui remontait jusqu'à sa tête, je ne me serais jamais cru si fort et cette joie de sentir ma force revenait la nourrir, puis ses muscles se détendirent et je le lâchai, fis un pas en arrière, il tomba sur le dos, son crâne heurta le plancher avec le bruit sourd d'une pomme tombée de l'arbre.

Shago me regarda sans se relever. « Dans le cul » dit-il.

Je lui donnai presque un coup de pied au visage. C'était juste. Au lieu de quoi je le relevai, ouvris la porte et le traînai dans le couloir. Il se mit à résister et je perçus dans son odeur une bouffée de défaite, en même temps qu'une intimité aussi grande que si nous avions passé une heure dans le même lit — trop grande, en tout cas. Je le jetai en bas des marches. Le dur noyau de terreur que j'avais toujours éprouvé en face des nègres était présent dans ce geste, dans le bruit qu'il fit en rebondissant sur les marches suivi par ma peur, équivalent prolongé du moment qui prend place juste avant l'accident d'auto, pour un des passagers, puis pendant le choc lui-même. La balustrade trembla quand il atteignit le palier. Il leva la tête vers moi, son visage saignait à plusieurs endroits, on voyait la marque des coups, sa tête semblait aussi déformée que celle du nègre que j'avais vu au commissariat.

« Cul-merdeux », dit-il en montant les marches sur les mains et les genoux, ce qui déclencha une autre rage en moi, comme s'il était deux fois plus intolérable que sa volonté ne se brise pas — je savais que c'est ainsi que les enfants en viennent à tuer des petits chats — je l'atteignis sur la quatrième marche, reçus son faible coup de poing sur la mâchoire avec une légère douleur (plus tard je vis que sa bague m'avait fait saigner), je le traînai sur le palier, descendis un autre étage, un autre palier, un autre étage, les yeux des Porto-ricains fixés sur nous par chaque porte entrebâillée, je le tenais à deux mains par les revers de son costume gris distingué, comme un sac de patates que j'aurais traîné derrière moi, et quand il essaya de me mordre, au dernier étage, je le jetai à nouveau en bas des marches, où il resta immobile. J'attendis.

— Tu as ton compte ? lui demandai-je du palier comme un prophète de malheur imbibé de whisky.

— Je chie sur ta mère, dit-il en se mettant sur ses genoux.

— Shago, je vais te tuer.

— Non, mec, tu tues les femmes, dit-il.

Tout un discours, qu'il prononça si lentement que j'eus le temps de respirer cinq, six, huit, dix fois.

— Et merde, dit-il encore, tu viens de tuer la petite femme en moi.

Puis il essaya de monter les marches, mais les jambes lui manquèrent, il dut s'asseoir par terre et vomit de douleur. Je ne bougeai pas de ma place, attendant qu'il ait fini.

— Très bien, dit-il enfin, je m'en vais.

— Shago, est-ce que je peux t'appeler un taxi ?

Il eut un rire cruel.

— Tu sais, mon vieux, j'ai peur que ce soit ton problème.

— Très bien, dis-je.

— Dingue !

— Bonne nuit, Shago.

— Dis, pop, je préférerais me faire bouffer tout cru, plutôt que tu appelles un taxi.

— Okay.

Il eut un sourire.

— Rojack ?

— Oui.

— Te dis une chose, mec. Je ne hais pas. C'est comme ça.

— C'est comme ça.

— Dis à Cherry, elle et toi, je vous souhaite bonne chance.

— Vraiment ?

— Je jure. Oui, je jure. Bonne chance, mec.

— Merci, Shago.

— Sayonara.

Il se mit sur ses pieds et combina une série de mouvements qui devaient le mener jusqu'à la porte de la rue. Il avançait comme une mouche dont on a arraché trois pattes et les ailes.

J'entendais pleurer une petite fille. Sa mère me fusillait du regard par la fente de sa porte. Mais, comme je remontais les marches, une rumeur appréciative courut parmi les Porto-ricains. Je m'aperçus soudain que je n'avais qu'une robe de chambre sur le dos. Oui, j'aurais offert un spectacle spendide en allant chercher un taxi. Un instant je chancelai, une bouffée de détresse. La même panique que dans un rêve où on écrase des cancrelats. Ils m'entouraient, littéralement, et j'en vis plusieurs courir en zigzag vers leurs mystérieuses occupations — cette ligne brisée de l'angoisse, trace que laisse une voiture sur un lac de glace. Mais qui conduisait le cancrelat ? Et la terreur que j'avais évitée depuis que j'étais sorti du commissariat et que Cherry s'était trouvée là pour ouvrir la porte, cette terreur revenait silencieusement, comme sur les ailes d'une chauve-souris, et mon corps était comme la caverne où sont enfermés les morts. L'œil unique et vert de Deborah me regardait en face. Tout allait mal de nouveau. Je sentais la fêlure du ciel. Si j'avais pu retourner en arrière, je serais revenu au moment où je commençai à cogner Shago sur le sol, quand il me défiait de le lâcher.

Cherry semblait n'avoir pas bougé du lit. Elle était sur son dos et n'eut pas un mouvement quand j'entrai dans la pièce. Son visage était d'une pâleur extrême, elle n'avait pas pleuré mais ses paupières étaient rouges et ses yeux semblaient délavés. Je me penchai pour lui toucher la main — une erreur, je ne sentis aucun signe de vie en réponse.

Je m'assis pour boire un verre, que je finis en trois gorgées. Il se passa peut-être une minute et demie avant que je ne remplisse à nouveau le verre. Le second dura un peu plus, mais j'étais reparti sur le whisky. Une fois encore l'alcool me tenait lieu de sang.

— Un verre ? lui demandai-je.

Elle ne répondit pas. J'avalai une gorgée en pensant qu'il me fallait partir. Il serait bientôt minuit, j'étais attendu chez Kelly, et rester assis là ne m'aiderait pas à m'y préparer.

Elle leva les yeux. « Je ne me sens pas bien. »

— Tu n'as pas l'air très bien.

— Toi tu ressembles à ce que tu étais quand je t'ai rencontré, dans la rue.

— Merci.

Elle ressemblait à une chanteuse de boîte de nuit fatiguée, ni plus ni moins. Je me levai et m'habillai, ce qui me prit cinq minutes.

— Je crois que tu résistes bien aux nuits blanches.

— Quelquefois.

— Tu te sens bien, n'est-ce pas ?

— Une part de moi se sent bien. Jai gagné un combat. Je n'y peux rien. Je me sens toujours bien dans ces cas-là.

Et je faillis rire de l'aisance avec laquelle j'avais dit cela. L'angoisse commençait à fondre avec le whisky, mais elle reviendrait, elle reviendrait sûrement.

— N'oublie pas, ajoutai-je, qu'il avait un couteau, pas moi.

— C'est vrai.

— J'ai pensé à le lâcher, mais il y avait le couteau.

— Dans un vrai combat, Shago ne s'en serait pas servi.

— Vraiment ?

— Il y a quelque chose de propre chez lui.

— Tu es sûre ?

Elle se mit à pleurer silencieusement. Je savais pourquoi. J'avais enfermé le passé dans une grotte — mais si jamais j'ouvrais la porte... Le souvenir de la grossesse de Deborah vint flotter en surface. Je ne pouvais pas pleurer sur Deborah. Je ne pouvais pas me mettre à penser à elle, j'en perdrais l'esprit. Il n'est rien au monde de plus fragile que cette dernière prise sur soi-même.

— Je suis désolé que toi et Shago n'y soyez pas arrivés, dis-je.

Elle ne dit rien. Après un long silence, je finis mon verre et m'en versai un troisième.

— Je pourrais te dire une chose, commença-t-elle. Mais c'est inutile.

Je sentis la pensée qui se levait en elle et flottait jusqu'à moi. Ils avaient formé un si beau couple debout l'un près de l'autre — elle n'avait pas besoin de m'expliquer.

— Oui, je sais, dis-je. Il est rare d'aimer, mais croire qu'on ne saurait trouver d'autre but dans la vie, c'est encore plus rare. Oui, je sais, vous pensiez que le destin du pays dépendait de vous deux.

— C'était une folie, mais je croyais que quelque chose irait mieux si Shago et moi y arrivions.

Elle avait de nouveau l'air malheureux.

— Je ne sais pas, Steve, cela ne vaut rien de trop penser — en tout cas de la manière dont je m'y prends. Je

finis toujours par revenir à l'idée que Dieu perd de sa force
quand je ne réussis pas à faire le bien.

— Tu ne crois pas qu'on sait dès le début ce qui va se
passer ?

— Oh ! non. Il n'y aurait pas d'explication décente pour
le mal. Je crois que Dieu fait simplement de son mieux
pour apprendre en regardant quelques-uns d'entre nous. Je
pense quelquefois qu'Il en sait moins que le Diable parce
que nous ne sommes pas assez bons pour L'atteindre. Et le
Diable reçoit donc les meilleurs messages que nous croyons
Lui envoyer.

— Depuis quand penses-tu à des choses de ce genre ?

— Oh ! ça m'est venu dans des endroits comme Houston
et Las Vegas, en lisant des livres pendant que j'attendais
le retour de Barney Kelly. Pourquoi ?

— Je pense quelquefois la même chose.

Nouveau silence.

— Stephen, dit-elle enfin, nous ne pouvons pas en rester
là. Je ne suis plus amoureuse de Shago.

— Non ?

— Il a tué la plus belle idée que j'aie jamais eue de moi-
même. Oui, Shago a tué cela. Parfois j'avais l'impression
de vivre avec une créature, non avec un homme. Le Diable
communiquait directement avec cette créature, ramassait
toute la haine du pays et la déversait en lui. Tu te souviens
de ce qu'il disait sur la marche pour la Paix ?

— Oui.

— Il est allé dans le Sud pour une organisation quelconque. Il a subi ce qu'ont subi les autres, il a eu sa photo
dans le journal et il a passé deux jours en prison. Un détail
— toute cette non-violence les avait rendus violents. Ils
ont fait une petite fête en rentrant à New York, l'un d'eux
s'est mis à dérailler et a dit à Shago qu'il recherchait la
publicité sans croire à la cause, pour la raison qu'il
vivait avec moi. On les empêcha de se battre avant qu'ils
ne soient sortis, mais Shago avait peur, et ses amis l'avaient

vu. Il se mit à dénigrer le monde entier. Le monde ne valait rien, je ne valais rien, et puis... en fait il a perdu toute dignité. Je lui étais fidèle depuis deux ans, mais il est devenu si infect que j'ai décidé de sortir avec Tony et j'ai bien peur de lui avoir offert une première nuit extra-ordinaire.

Je voyais une fois de plus pourquoi les femmes ne disent jamais la vérité sur le sexe. Elle est trop abominable.

— Il t'est nécessaire de me raconter cela ?

— Oui, c'est nécessaire. C'est ça ou retourner dans mon refus.

Je pensai à Ruta.

— Très bien, je t'écoute.

— Eh bien, j'ai cru que j'étais amoureuse de Tony. J'avais *besoin* de le croire. Et Shago nous est tombé dessus comme cette nuit.

— Ici ?

— Non. Tu es le seul homme, avec Shago, que j'aie amené ici. (Elle alluma une cigarette.) Non, il nous a surpris dans mon autre appartement. Shago était en contact avec des types de Harlem, ce qui faisait peur à Tony, car Oncle Ganucci devait conclure des accords avec les mêmes types. Alors Tony a filé. Une vraie merde. C'est une lamentable histoire. Et je me sentais comme de la merde. Shago avait repris du poil de la bête en voyant que Tony avait peur de lui, mais d'une manière plus que malsaine. Il m'a traînée si bas, ces deux derniers mois, que lorsque vous étiez tous les deux dans le couloir, j'ai pensé : balance ce sale nègre dans l'escalier.

— Oui.

— Balance ce sale nègre dans l'escalier ! Shago est le seul homme que j'aie connu qui me tordait le ventre en entrant dans une pièce. Je ne sais pas si je retrouverai cela. Je crois qu'on ne le trouve qu'avec un seul homme.

— Oui.

Serais-je capable d'accepter jusqu'au bout la vérité qu'elle m'offrait ?

— Oui, dis-je, je sais ce que tu veux dire. J'ai connu cela avec Deborah. Néanmoins, dis-je d'une voix unie, nous avons autre chose.

— Oui. Oui, c'est vrai... Oh ! chéri, nous voilà.

— Trop tard pour sauver l'Amérique.

— Stephen, je veux devenir une dame.

— Allons, tu veux une tasse de thé ?

— Non, une vraie dame. Pas une de celles qui forment des comités ou vont dans les boutiques. Une vraie dame.

— Les dames aiment la méchanceté et le gaspillage.

— Non, une *dame*. Tu comprendras un jour ce que je veux dire. Et tu fais naître cette dame en moi. Je ne me suis jamais sentie si bonne. Quand tu étais au commissariat, j'avais l'impression que quelque chose te rendrait à moi, parce que nous pouvons faire le bien de tellement de manières. Puis je t'ai vu te battre avec Shago. Tu devais le faire, je le sais — mais — j'étais malade. Seigneur, ai-je pensé, c'est de nouveau la *maffia*.

— C'était vrai. (Je pensai à Tony.)

— Steve, je ne sais pas si nous valons quelque chose ou si nous sommes foutus, morts, deux merdes. Si nous en sommes là, je préfère crever.

Elle retrouva soudain l'expression d'un enfant effleuré par un ange.

— Je veux que tout aille bien.

Mais le souvenir de ce combat restait entre nous. Les mots nous avaient fait avancer, reculer — écho d'un temps imaginaire où nous serions mariés et parlerions trop sur trop peu de choses pendant que continuerait à pourrir la blessure secrète sous la surface du mariage, cadavre décomposé d'un souvenir enterré vivant.

— Oh ! *baby*, ce combat a fait un vide en moi.

Oui, l'amour est une montagne qu'on escalade avec du cœur et du souffle, avec le courage et la vérité. L'ascension n'avait pas commencé que j'étais prêt à trahir. Nous avions déjà taché le peu que nous avions, et cela, comme tout amour souillé, nous rapprochait un peu plus l'un de l'autre. Car alors Cherry vint m'embrasser, son baiser renfermait la douceur d'une grappe choisie et quelque chose de plus, un soupçon de fièvre, une garce rusée, une garce encore éloignée dans le temps, mais que je voyais se rapprocher, ainsi qu'une autre chose venue de son passé — moins de loyauté entre nous désormais, remplacée par le souffle brûlant du désir.

Je terminai mon verre. Dans une minute, il fallait que je sois parti.

— Tout ira bien ? lui demandai-je.

— Oui.

— Shago reviendra ?

— Je ne crois pas.

— Il m'a dit en bas qu'il te souhaitait bonne chance.

— Il a dit cela ? (Elle sembla pensive.) En tout cas, s'il doit revenir, il reviendra.

— Tu le laisseras entrer ?

— S'il vient, il le faudra bien. Je ne vais pas me sauver devant lui.

— Alors je ne suis pas sûr d'aller voir Kelly.

— Tu dois le faire, dit-elle, ou nous ne saurons pas ce qu'il a dans le crâne. Et je n'ai pas envie d'avoir à y penser.

— Oui.

En fait j'avais envie de partir, à moitié envie. Il valait peut-être mieux m'éloigner un certain temps. Nous commencions de nouveau à nous sentir bien, mais cela ne durerait pas si nous ne mettions rien en jeu.

— Mon sucre, dit-elle.

— Oui.

— Attention à l'alcool quand tu seras avec Kelly.

— « Enlevez votre main de ma braguette », dit la duchesse à l'évêque.

Nous rîmes ensemble. Nous avions regagné un peu de terrain.

— Mon ange, lui dis-je, as-tu un peu d'argent ?

— Près de quatre mille.

— Achetons une voiture et foutons le camp.

— J'aimerais cela, dit-elle.

— Nous pourrions aller à Las Vegas.

— Pourquoi ?

— Parce que, si tu veux devenir une dame et si je dois devenir un gentleman, il faut que je gagne ton amour de toutes les manières.

Elle me jeta un rapide coup d'œil. Elle vit que c'était moins une plaisanterie qu'autre chose et sourit.

— Divin ! dit-elle en levant un doigt. Nous ferons fortune à Las Vegas. Je gagne toujours au jeu.

— Vraiment ?

— Pas quand c'est moi qui donne, dit-elle. Dans ces cas-là il faut me retenir, parce que je perds. Mais quand les hommes jettent les dés, je deviens quasiment une Puissance. Je sais toujours qui va gagner et qui va perdre.

— Comme j'ai seize mille dollars de dettes, tu ferais mieux de gagner.

— Tes dettes sont anéanties, dit-elle.

Elle m'accompagna jusqu'à la porte, me donna le baiser d'adieu, un baiser doux et charnu, elle mordilla ma lèvre et sa langue me fit des promesses. Elle me vit regarder le parapluie de Shago et me le tendit. « Maintenant, tu as une arme. »

Je descendis les étages sans entendre le moindre écho de mon précédent passage avec Shago, mais je tombai sur la mare qu'il avait laissée en bas des dernières marches. Je voulais passer, l'ignorer, au lieu de quoi je posai le parapluie et fouillai dans la poubelle derrière les marches jusqu'à ce que j'eus trouvé quelques morceaux de carton mouillé, malodorant, avec lesquels je fis de mon mieux pour nettoyer cette soupe. Je fis plusieurs voyages en suf-

foquant. Son estomac n'avait pas meilleure odeur que le
mien, il sentait la pauvreté, les gargotes pour nègres, le
graillon et les andouillettes au goût avancé. Je me servais
du bout de mes doigts, sans me presser. Je n'avais pas
envie de rencontrer Barney Oswald Kelly sans être au
mieux de ma forme. Mais, de toutes façons, ce travail
n'avait rien de délicat. Sans le vouloir, je pensais aux mani-
festations d'étudiants, aux nègres abattus dans le dos, la
nuit, et toute tentation de moraliser sur la victime fut refou-
lée par une bouffée de vomi. J'achevai donc ma tâche
avec patience et lenteur, maniant mes bouts de carton
mouillé, expiant une armée de — je ne savais plus quoi.
Des pensées primitives, embryonnaires, m'effleuraient l'esprit,
la croyance archaïque que des fantômes sortaient de notre
vomissure. Il fut un temps où je croyais pouvoir atteindre
une chose exceptionnelle — autrement dit, il aurait fallu
du génie pour rendre compte clairement de ce qui s'approchait parfois de mon esprit — mais à ce moment mes pensées les plus téméraires ne faisaient que me déprimer, car
elles étaient rongées de folie.

Un cas de manuel — une note comique si vous pré-
férez : je terminai ma tâche sur une impression sinistre,
me retrouvai dans la rue et appelai un taxi. Je lui dis
impulsivement de me conduire à Central Park et de m'y
promener quelque temps. Car il n'y avait aucun démon
dans la vomissure, seulement la souffrance et la peur, et
je faillis retourner sur mes pas — si Shago portait le diable
en lui, il y était toujours, me disait mon instinct —, et était-
il normal de laisser Cherry seule ? Mais ma terreur de Kelly
me donna un coup de fouet, je choisis la mauvaise route.

J'avais dû m'endormir. Quand je relevai la tête, nous
étions de retour dans Harlem et une fois de plus je pus
croire que j'étais mort. Le chauffeur était silencieux, les
rues humides et la voiture un corbillard. Le manche du
parapluie semblait vivre entre mes doigts. J'eus une idée.
Cette idée me disait de rester dans Harlem et de boire

jusqu'à l'heure de la fermeture. C'était cela qu'il fallait
faire, le seul moyen de payer. Je l'avais déjà fait en certaines occasions, quand j'avais passé une très mauvaise
nuit avec Deborah. Oui, j'étais sorti, j'avais fait le tour
des bars, des petites rues obscures, et rien n'était jamais
arrivé. Les garçons s'étaient montrés polis, les buveurs aussi,
les rues étaient tranquilles, les putains elles-mêmes ne
m'avaient jeté qu'un œil indifférent. J'avais passé dans Harlem les nuits les plus tranquilles de ma vie, et pourtant ce
jour-là — non, je croyais à l'Afrique et aux démons. Si
j'entrais dans un bar la chute de Shago résonnerait à nouveau dans ma tête et je n'échapperais pas à un mauvais
coup.

   « Veux-tu sanctifier ton amour ? me dit une voix. Reste
à Harlem. »

   Quelque chose allait mal, très mal. Tout avait semblé
tourner rond pendant un certain temps, l'heure passée là-
bas avec Cherry avait été presque parfaite, je me sentais
en sûreté, mais le mal était revenu — une impression
d'ouragan suspendu sur ma tête. J'eus de nouveau le désir
de me précipiter chez elle — elle qui me préservait de la
folie, tout simplement — puis je me souvins du vœu que
j'avais fait dans son lit. Non, si on voulait aimer, on ne
devait pas s'abriter l'un l'autre de la folie. C'était la loi de
fer de l'amour : il fallait s'engager au courage.

   Je devais donc me rendre à Harlem. Kelly serait pour
plus tard. Ou était-ce encore une excuse ? Avais-je surtout
peur de Kelly, perdrais-je les premières heures de la matinée à traîner d'un bar à l'autre, mon argent ($ 75) en sûreté,
ma personne en sûreté, sans qu'on se moque de moi, qu'on
m'accoste ni même qu'on reconnaisse en moi le dernier
homme blanc s'étant lavé du péché ? Comprendrais-je à
quatre heures du matin, quand tous les bars seraient fermés, que je m'étais dupé moi-même pour éviter de rencontrer ma véritable peur ? « Va voir Kelly ! », me dit une
voix intérieure que je pus à peine distinguer de l'autre.

Laquelle disait la vérité ? Quand les voix se mettent à parler, comment les reconnaître ? « Tu dois faire ce que tu redoutes le plus, entendis-je. Fais confiance aux messages de tes sens. » Mais j'avais mis trop longtemps à me décider : je n'avais plus de sens. Il ne restait que la peur. « Que soit maudite la logique des saints », pensai-je, et le taxi passa la porte de Central Park qui menait vers la 110ᵉ Rue et la Septième Avenue, porte noyée de pluie qui nous ramenait vers le centre de la ville. Trop tard pour Harlem. Qu'éprouvai-je à ce moment ? Douleur, soulagement, quelque nausée organique ? Dans ma paume, le manche du parapluie était d'un poids morose.

Je baissai la vitre, reçus une bouffée de pluie fine et respirai profondément l'air dont le brouillard avait presque disparu. Le whisky se consumait dans mon estomac comme au fond d'une lampe à alcool. Ma destination avait-elle une importance quelconque ? Si quelque chose dans le ciel s'était brisé, je n'y échapperais pas : j'allais faire une rencontre cette nuit — c'est ainsi que se présentaient les choses. Et la voix : « Il aurait quand même mieux valu choisir. »

Je m'étais déjà trouvé sur une pente analogue. J'aurais pu fonder une religion si j'avais eu l'astuce d'un Mahomet ou d'un Bouddha. Sûr. Il est vrai que je n'aurais eu qu'un nombre restreint de disciples. Ma religion n'apportait pas la consolation, c'était au contraire l'angoisse la plus pure, car je croyais que Dieu était courage, et non amour. L'amour n'est qu'une récompense. D'innombrables considérations métaphysiques étaient enfouies dans les vingt volumes que je n'avais pas écrits. Et, en cet instant, j'étais plongé dans la peur, je ne croyais même plus pouvoir abriter mes propres pensées. Non, si les hommes ont peur de tuer, ce n'est pas tant qu'ils redoutent la justice mais qu'ils savent qu'un assassin attire l'attention des dieux, que son esprit ne lui appartient plus. L'angoisse, alors, ne vient plus de la névrose, elle est réelle. Les présages deviennent

tangibles, comme le pain que vous mangez. Une architecture
éternelle entoure nos rêves, et au moment du meurtre, un
cri s'élève sur la place du marché de ce monde nocturne.
L'Eternité est privée d'une chambre. Quelque part, la rage
divine s'est heurtée à une fureur. Je frissonnai devant la
vitre ouverte. Qu'avait dit Shago ? « Mon vieux, tu craches
à la figure du Diable. » Il se trompait. Ce n'était que
sa fille. Et je revis l'image de Barney Oswald Kelly. Nous
approchions du Waldorf et je sentais sa présence dans
une pièce près du sommet d'une des tours.

CHAPITRE VIII

A L'ENSEIGNE DU LION ET DU SERPENT

Le taxi fit demi-tour sur Park Avenue, vint se ranger sous la marquise, le portier me dit bonsoir en souriant. Je lui avais donné cinq dollars jadis, une nuit qu'il nous avait trouvé un taxi, à Deborah et moi. Il y avait longtemps, mais il s'en souvenait, et moi-même, me souvenant de cette soirée, j'eus l'envie subite et incompréhensible de ne pas entrer par la grande porte, pas à cette heure tardive et déserte. Il pleuvait plus fort, une pluie froide qui avait un arrière-goût de glace. J'ouvris le parapluie de Shago. Les tringles coulissèrent sur le manche avec un appel d'air, et le tissu se remplit brusquement avec le souffle grinçant d'un asthmatique. Une voix me vint du manche par la paume de ma main, me sembla-t-il. « Va à Harlem. » Mais j'étais déjà en route. Il y avait une petite porte sur la Cinquantième Rue à trente mètres du coin, je pourrais y prendre l'ascenseur, évitant ainsi le hall d'entrée.

Je trouvai devant cette porte trois grosses voitures garées en double file et une équipe de policiers à moto. J'eus un moment de panique — ils étaient là pour moi, c'était sûrement moi qu'ils attendaient — et il me fallut allumer une cigarette avant de pouvoir les dépasser pour atteindre la porte. J'en trouvai huit autres dans le foyer, ayant tous près d'un mètre quatre-vingt-dix, splendides, comme des taureaux de grand prix grandis en éprouvette. Leur vacher (je faillis me cogner contre lui) était un petit inspecteur grassouillet du bureau du préfet, bien habillé, le teint frais, qui semblait facilement irrité. Il attendait l'ascenseur. Quand je m'approchai, il réussit le tour de force de ne pas me regarder tout en étudiant mes vêtements. Il y avait en moi quelque chose qui n'allait pas, c'était évident — le souvenir ténu de ma photo dans le journal. Il abandonna et se tourna vers la fille qui manœuvrait l'ascenseur. « Elle va descendre dans trois minutes. Je vous accompagne à son étage dans une minute. »

Je compris alors que la police était là pour escorter la présidente jusqu'à sa voiture ou pour conduire une princesse en visite dans une boîte de nuit, de toute manière une femme d'une extrême importance officielle allait descendre et je n'avais pas envie d'attendre. Il régnait dans cet endroit la même tension virile et figée que dans la cage du caissier dans une banque. Je ressortis, ouvris mon parapluie, revint sur mes pas jusqu'à l'entrée principale, montai les degrés de marbre en souriant au portier, pénétrai dans le hall du Waldorf avec la fatigue d'un alpiniste qui arrive au sommet. Une douleur me prit entre l'épaule et la poitrine, une douleur si violente qu'elle allait sûrement arracher les nerfs — et rien ne pouvait me sauver que la douleur elle-même. A son point culminant, elle desserra son gantelet d'acier, s'affaiblit, disparut, et me laissa devant le bureau de la réception. Mais j'étais mort, déjà dans l'antichambre de l'enfer. Il y a longtemps que j'avais une vision de l'enfer — non de ses détails, mais des premiers moments. Un gigantesque chandelier de cristal au-dessus de ma tête, les murs couverts de peluche rouge, par terre un tapis rouge, des colonnes de granit (comme je pénétrai plus avant), un haut plafond peut-être couvert de feuilles d'or, puis un sol noir et blanc, une pièce verte et bleue avec au centre une horloge du XIX° siècle, deux mètres cinquante de haut et un bas-relief de visages célèbres : Franklin, Jackson, Lincoln, Cleveland, Washington, Grant, Harrison, et Victoria.

An 1888. Des tulipes disposées autour de l'horloge me parurent en matière plastique, à tel point que je me penchai, pour découvrir qu'elles étaient vraies.

J'avais besoin de boire un verre, mais le salon du Paon était fermé. J'abandonnai l'horloge. Je revins dans l'entrée et le Waldorf ressemblait à une de ces pièces désertes du casino de Monte-Carlo, un espace vide et mort qui se rassemble autour de l'homme qui vient de perdre un million en une heure. J'avais pensé monter à pied jusqu'à l'appartement de Kelly, les trente et quelques étages, une idée qui m'avait traversé et ne voulait plus me lâcher. Je sentais confusément qu'il me fallait le faire, que ce serait l'équivalent d'une nuit à Harlem. Mais je ne pouvais m'y résoudre. Monter ces marches me semblait un héroïsme inutile, il faudrait passer des serrures, des embuscades, des fleuves de malédictions déversés par le sommeil des riches et des détectives en service de nuit. Je voyais ma photo dans les journaux, *Un professeur pris pour un rat d'hôtel*. Non ! Mais j'étais sûr qu'il valait mieux monter ces marches environné par la fièvre et la terreur et même risquer la défaillance d'un cœur épuisé que d'être emporté par l'ascenseur à travers les sphères d'énergie psychique qui gardaient l'accès de la tour.

A l'entresol, juste au-dessus de la réception, d'autres policiers étaient installés dans une alcôve. J'attendis l'ascenseur face à la porte, étudiant la frise de nymphes aux cheveux d'acier inoxydable et aux petits seins métalliques. L'ascenseur s'arrêta avec une certaine désapprobation, comme si les visiteurs n'eussent pas dû se présenter à une heure aussi tardive. Je donnai le nom de Barney Kelly à la femme qui manœuvrait l'appareil — une femme trapue, solide, comme un gros navet. Elle m'étudia comme l'aurait fait une auxiliaire de la police.

— Mr. Kelly vous attend ?
— Certainement.
Pendant la montée, je sentis l'air s'échapper en brûlant de

la cage d'ascenseur, et un souffle sortit de ma poitrine, un
souffle aussi lourd que si je m'étais endormi dans un fauteuil près du feu pour plonger dans un rêve sensuel et prolongé, puis réveillé pour découvrir que le feu avait épuisé
tout l'oxygène de la pièce et que mon paradis de satyre
n'était fait que de suffocation. Nous montions comme une
fusée à travers les étages du Waldorf, le manche du parapluie frémissait telle une baguette de sourcier comme si là,
à gauche, nous venions de passer près du mal absolu, puis,
sur la droite, près d'un concentré inconnu, sombres caver-
nes de la claustrophobie, précipices d'espace sans limite,
plus loin l'essence de la mélancolie — que d'angoisse autour
des riches ! — et mon sens de l'orientation fut complètement déréglé. J'avais la sensation d'avancer dans un tunnel plutôt que de monter, je sentis une fois de plus que
quelque chose disparaissait à jamais dans l'ombre de mon
esprit, comme si désormais les couleurs qui orneraient les
spectacles de mes rêves devaient être plus modestes, oui,
une part vitale allait m'échapper comme autrefois, moins de
trente heures auparavant, une part de moi-même s'était
enfuie vers la lune, avait sauté à l'instant même où j'avais
eu peur de sauter, une chose qui m'avait quitté pour toujours, cette faculté qu'avait mon âme de mourir sur place,
d'accepter l'échec, de tomber sans perdre l'honneur. Autre
chose maintenant s'apprêtait à partir, quelque certitude de
l'amour, l'assurance que c'était la récompense qu'il fallait
attendre de la vie — et la voix que je ne pouvais plus
refuser me parla de nouveau par le manche du parapluie.

« Va à Harlem, dit la voix, si tu aimes Cherry, retourne
à Harlem, tu as le temps. » Je sus alors à quel point j'avais
peur d'y retourner, et discutai avec la voix : « Laisse-moi
l'aimer d'une manière qui ne soit pas tordue, condamnée.
Aller à Harlem n'a pas de sens. Laisse-moi l'aimer et rester
conscient. »

« Ceux qui sont conscients ne sont jamais libres. »

« Libère-moi de toi. »

« Tant que tu voudras », dit la voix, et quelque chose se sépara de moi, une image gravée du visage de Cherry se changea en brouillard. Le manche du parapluie me cuisait à tel point que je faillis chanceler. L'ascenseur ralentit brusquement, je sentis une coulée de plomb dans ma poitrine, nous étions arrivés.

J'enfilai le long couloir tapissé d'un brun civilisé, mélangé de beaucoup de lait, les murs vert pâle comme les feuilles nouvelles. Je reconnus la porte de Kelly, elle portait un médaillon sous le heurtoir, les armoiries des Mangaravidi et des Caughlin, une miniature du blason écartelé, un et quatre champ de gueules, deux et trois, sable, serpent, argent, azur couronné, dévorant un enfant au naturel — c'est Deborah qui avait composé le blason. Et la devise : *Victoria in cœlo terraque.* Sur le moment je tremblai comme si j'avais la fièvre. Pas à cause de la devise (cela aussi, pourtant) mais parce que je me souvenais de la demi-douzaine de fois que j'étais venu jusqu'à cette porte. Puis je soulevai le heurtoir.

Ruta vint m'ouvrir. Elle portait une luxueuse robe de soie noire ornée d'un rang de perles. Son visage me fit face, piquant, maquillé, indiscret, avide. Mon sang retrouva un peu d'énergie, il n'était plus sur le point de couler jusqu'à la lune, non, il promettait encore quelques folies orgiaques. Je restai devant la porte, la regardant bien en face, pendant qu'une lucidité provisoire se reformait.

— Vous avez l'air d'aller bien, lui dis-je.

Elle sourit. Il s'était écoulé un jour entier plus deux ou trois heures depuis qu'elle avait quitté le commissariat, elle avait trouvé le temps d'aller dans un institut de beauté, et sans doute le meilleur de New York. Le rouge de ses cheveux avait la perfection d'un bois luxueux caressé par le reflet d'une flamme, ce rouge-là et celui d'une argile riche pour servir d'assise au bois et à la flamme.

— Bonsoir, monsieur Rojack, dit-elle.

La dernière fois que je m'étais trouvé aussi près d'elle,

ses cheveux lui tombaient sur le cou, j'en voyais les racines,
elle avait perdu presque tout son rouge à lèvres, ses vêtements étaient retroussés, écartés, rejetés de tous les côtés,
j'avais son cul dans les mains et nous dégoulinions tous les
deux d'ozone dans notre hâte de faire l'amour en restant
debout. Une armée en rut vint sur une bouffée de ma propre odeur et de nouveau l'allusion fut entre nous. Son nez
pointu, sensible comme les antennes d'un chat, frémit vers
moi et regarda l'espace découvert entre mon oreille et ma
joue.

— En tout cas, merci d'avoir si bien tenu le coup avec
les flics, dis-je.

— Oh! dit-elle, vous êtes trop gentil.

Nous pensions tous les deux qu'elle n'avait pas été si
bien que ça, après tout, avec les flics.

— Mais j'ai essayé de ne pas vous faire de tort. Après
tout, je ne vous déteste pas.

— Je suis bien sûr que vous ne l'avez pas fait.

Cet échange de politesses la fit changer de position.

— Bien sûr que non, dit-elle, bien sûr. Mais quelle
femme prendrait plaisir à l'amitié d'un homme ? Ce n'est
que de la foutaise.

Elle sourit doucement, comme si elle évoquait des secrets.

— Entre nous, votre beau-père a fait quelque chose pour
vous tirer d'affaire.

— Je me demande pourquoi ?

— Il faudra lui demander vous-même.

Il sembla un instant qu'elle allait continuer, mais son visage
changea.

— Ecoutez, dit Ruta, ç'a été une soirée agitée. Il est
venu des gens toute la nuit. Il n'en reste que deux. Je vais
vous confier une chose : ils sont horribles.

— Allons-y tout de même.

— Vous ne voulez pas voir d'abord Deirdre ?

— Elle est venue de son école ?

— Naturellement. Elle a attendu votre arrivée jusqu'à minuit, et puis son grand-père l'a envoyée au lit. Mais elle n'est pas couchée.

J'eus un instant de pure terreur, comme un avion qui va s'écraser au sol. Il y avait trop de détours. Je m'étais préparé de force pour Kelly, et tout allait être perdu. Des souvenirs remonteraient. Je n'en voulais pas. Il est vrai que j'avais rencontré Deirdre en même temps que Kelly, dans ce même appartement, neuf ans plus tôt, et ce n'était pas un souvenir agréable. Deborah aussi avait eu peur de son père. Ses lèvres tremblaient quand il s'adressait à elle. Je ne devais jamais la revoir désarmée à ce point, et je compris un peu la honte qu'elle avait à m'épouser.

Deirdre, elle seule, avait pu sauver en partie cette rencontre. Elle n'avait pas vu sa mère depuis plus d'un mois, il y avait six semaines qu'on l'avait fait venir de Paris pour rendre visite à Kelly, mais c'est vers mon visage qu'elle courut depuis l'autre bout de la pièce, sous les yeux de sa mère et de son grand-père.

« *Moi, je suis un gros garçon* », me dit-elle. Elle était toute petite pour ses trois ans.

« *Tu es très chic, mais tu n'a pas bien l'air d'un garçon.* »

« *Alors, c'est grand-papa qui est gros garçon ?* »

Nous rîmes tous les deux. Ce fut le seul rire de la soirée.

Ruta me rappela au présent en posant sa main sur mon bras.

— Je ne sais pas si je pourrais supporter de la voir.

— Payez comptant, dit Ruta.

Elle me conduisit jusqu'à une chambre. « Ecoutez, me dit-elle, je vais essayez de vous attendre. Il y a une chose dont je veux vous parler. » Elle sourit à nouveau, tendit le bras pour ouvrir la porte et dit : « Deirdre, votre beau-père est là. »

Quelque chose s'envola du lit. Un corps mince, fantôme muni de bras, me serra étroitement.

— Allume la lampe, dis-je. Je voudrais voir à quoi tu ressembles.

En fait j'avais peur de rester dans le noir avec elle, les images de mon esprit auraient été trop fortes. Si la lumière brillait, la nuit précédente n'enverrait pas de message. Je fus soudain très heureux de voir Deirdre, et je me sentis moi-même pour la première fois depuis que j'étais entré dans cet hôtel.

— Regardons-nous un peu, dis-je.

Elle avait grandi depuis que je l'avais vue, à Noël. Elle serait grande, plus tard, et très mince. Je ne pouvais déjà plus embrasser le haut de son crâne. Ses cheveux avaient la douceur de la plume et suggéraient la forêt où vont nicher les oiseaux. Elle n'était pas jolie, on ne voyait que ses yeux — son visage mince était triangulaire, le menton trop pointu, une bouche aussi grande que celle de Deborah et un nez dont les narines étaient trop marquées pour un enfant — mais quels yeux ! Enormes, et qui vous fixaient d'un regard clair, lumineux, comme un animal terrifié, une créature aux yeux gigantesques.

— J'avais peur de ne pas te voir, dit-elle.

— Mais voyons, je n'allais pas disparaître.

— Je n'arrive pas à y croire.

Elle parlait toujours comme une adulte, avec l'accent charmant des enfants qui ont grandi dans un couvent — une qualité incorporelle de sa voix évoquait les intonations précises et retenues des nonnes.

— Je n'ai pas l'impression que maman soit morte.

— C'est vrai.

Les larmes lui vinrent aux yeux comme une marée qui monte dans deux creux du sable.

— Personne ne la regrette. C'est horrible. Même grand-père est dans un état...

— Comment ?

— Ravi. (Elle se mit à pleurer.) Oh ! Steve, je me sens seule.

Elle dit ces mots avec la voix d'une veuve, puis m'embrassa de tout son chagrin.

— Le choc a dû être pire pour ton grand-père que pour n'importe qui.

— Ce n'est pas le choc. Je ne sais pas ce que c'est.

— Il est effondré ?

— Non.

La douleur passa sur elle comme une brise. Elle pensait de nouveau. Je compris soudain que ses nerfs avaient craqué : la peau la maintenait entière, mais chacun de ses nerfs parlait en ordre dispersé. Un morceau pleurait, l'autre pensait, un troisième était engourdi.

— Je suis venu ici avec maman, un jour, et grand-père était de très bonne humeur. Il a dit : « Vous savez, mes enfants, nous allons faire une fête. J'ai gagné vingt millions aujourd'hui. » « Cela dut être bien ennuyeux », dit maman. « Non, cette fois ce n'est pas ennuyeux, parce que j'ai dû prendre un risque. » Eh bien, il est dans cette humeur-là.

Elle frissonna une fois de plus.

— J'ai horreur de cet endroit. J'écrivais un poème quand ils sont venus me dire, ce matin. Puis plus rien, sauf la voiture de grand-père pour m'emmener.

Ses poèmes étaient exquis.

— Te souviens-tu de ton poème ?

— Seulement du dernier vers. « Et je partage les fous entre mon pain. » C'est le dernier vers.

Un regard timide m'ouvrit les bras.

— Je n'ai pas l'impression que maman soit morte, dit-elle encore.

— Nous en avons déjà parlé, n'est-ce pas ?

— Steve, je haïssais maman.

— Il arrive que des filles haïssent leurs mères.

— Certainement pas ! (Elle se sentait personnellement offensée.) J'en suis venue à la haïr parce qu'elle te traitait abominablement.

— Nous étions abominables l'un avec l'autre.

— Maman m'a dit un jour que tu étais une âme jeune et qu'elle était une âme vieille. C'était pour ça.

— Sais-tu ce qu'elle voulait dire ?

— Je crois qu'elle voulait dire qu'elle avait eu d'autres vies. Elle était peut-être là pendant la Révolution française et la Renaissance, c'était peut-être même une matrone romaine qui regardait torturer les chrétiens. Mais tu es une âme jeune, disait-elle, tu n'as pas connu de vie antérieure. Tout cela était suffisant, mais il a fallu qu'elle ajoute que tu étais un lâche.

— Je pense que je le suis.

— Non. Ceux qui ont une âme neuve ont peur parce qu'ils ne savent pas qu'ils vivront à nouveau. (Elle frissonna.) J'ai peur de maman, maintenant. Quand elle était vivante, je l'aimais un petit peu — une fois de temps en temps, quand elle voulait être gentille, tellement gentille. Mais elle me terrifiait vraiment. Quand elle s'est séparée de toi, je lui ai dit ce que je pensais — nous avons eu une scène. Elle a ouvert son négligé et m'a montré l'endroit de son ventre où elle avait une cicatrice.

— Oui, je la connais.

— C'était horrible.

— Oui, c'était une vraie cicatrice.

— Elle a dit : « J'ai eu cette mignonne petite césarienne en te mettant au monde, chérie, alors ne te plains pas. Les césariens vous apportent toujours plus d'ennuis que les autres. Et toi, Deirdre, tu es devenue une chauve-souris. » Et je lui ai dit : « Tu as une croix sur ton ventre. » Et c'est vrai, Steve. Elle avait un pli horizontal au milieu du ventre et la cicatrice la traversait juste au milieu.

Quelque chose en elle s'étrangla, le désir vague d'être moins extraordinaire.

— Steve, ces quelques minutes furent un désastre. Il a fallu qu'elle le répète : « Je suis désolée, Deirdre, mais tu *es* une chauve-souris. » Et cela m'a profondément blessée —

parce que c'est vrai, c'est à cela que je ressemble. Tu connais maman. Quand elle a dit quelque chose à quelqu'un, il est épinglé comme un insecte. On ne s'en sort jamais. Je savais que je me verrais ainsi pour le restant de ma vie. Oh ! Steve ; je lui ai dit : « Si je suis une chauve-souris, tu es la femme de Dracula », ce qui était fantastique puisque je ne pensais pas du tout à toi mais à grand-père, et maman savait ce que je voulais dire. A ce moment-là, elle est devenue très silencieuse et s'est mise à pleurer. Je ne l'avais jamais vue pleurer. Elle a dit que notre sang était rempli de vampires et de saints. Et puis elle a dit qu'il ne lui restait que très peu de temps à vivre. Elle en était sûre. Elle a dit qu'elle t'aimait vraiment. Tu étais l'amour de sa vie, disait-elle. Nous avons pleuré toutes les deux. Nous étions plus proches que nous n'avions jamais été. Mais elle a naturellement tout gâché. Elle a dit : « En fait, après tout, c'est *virtuellement* l'amour de ma vie. »

— Elle a dit ça ?

— Je lui ai dit qu'elle était une bête fauve. Elle a dit : « Attention aux fauves. C'est une espèce qui vit encore trois jours après la mort. »

— Quoi ?

— Elle a dit ça, Steve.

— Oh ! non.

— Je n'ai pas l'impression qu'elle soit déjà morte.

Ce fut comme si une porte s'était fermée loin au-dessus de nous. Je regardai tout autour de moi.

— Je vais terminer la soirée en beauté, ma chère enfant, je te le jure.

— Il ne faut pas. Promets que tu ne boiras pas ce soir.

Demande irréalisable — je ne pouvais rester à la remorque de l'alcool que j'avais déjà bu. Pourtant je dis oui de la tête.

— C'est terrible de violer un serment, dit-elle sérieusement.

— Je ne me mouillerai même pas les pieds. Retourne dans ton lit.

Elle se recoucha comme une enfant. Elle était de nouveau une petite fille.

— Steve, demanda-t-elle, est-ce que je peux vivre avec toi ?

— Tu veux dire, tout de suite ?

— Oui.

Je restai silencieux quelques instants.

— Tu sais, Deirdre, cela peut prendre un moment.

— Tu es amoureux d'une femme ?

J'hésitai. Mais on pouvait tout dire à Deirdre.

— Oui.

— Comment est-elle ?

— Ce serait plutôt une blonde, et très belle. Elle a un drôle de sens de l'humour et elle chante dans des boîtes de nuit.

— Vraiment ? (Deirdre était enthousiasmée.) Oh ! Steve, une chanteuse de cabaret. C'est galaxique de trouver une fille comme ça. (Elle était profondément impressionnée.) Je voudrais la rencontrer. Je peux ?

— Peut-être dans quelques mois. Tu comprends, nous avons commencé la nuit dernière.

Elle hocha gravement la tête.

— Après une mort, les gens veulent faire l'amour.

— Chut, *gros garçon*.

— Je ne pourrai jamais vivre avec toi, Steve. Maintenant je le sais.

Un nuage de chagrin se concentra pour produire une larme, une seule et pure larme qui fit passer la douleur de sa poitrine étroite à la mienne. J'étais de nouveau amoureux de Cherry. « Sois bénie, mon chou », lui dis-je avant de me mettre à pleurer, à ma propre surprise. Je pleurai un peu sur Deborah, et Deirdre pleura avec moi.

— Il va falloir des années avant que cela semble le moins du monde réel, dit-elle en me donnant un baiser humide

d'adolescente. « Les forêts sont conçues dans le chagrin. »
C'est le premier vers de mon poème sur les fous et le pain.

— Bonne nuit, Deirdre *baby*.

— Téléphone-moi demain.

Brusquement la douleur la fit s'asseoir.

— Non, demain c'est l'enterrement. Tu seras là ?

— Je ne sais pas.

— Grand-père sera fou de rage.

— Mon ange, fais-moi confiance. Je ne pense pas que je
puisse aller à cet enterrement. Je ne boirai pas ce soir,
mais ne m'attends pas demain.

Elle se recoucha et rabattit sur ses yeux des paupières
frémissantes.

— Je ne crois pas que ta mère aimerait que je sois là.
Je crois qu'elle aimerait plutôt que je pense à elle tout
seul. C'est mieux comme ça, je pense.

— Très bien, Steve.

C'est ainsi que je la quittai.

Ruta attendait.

— Eh bien, dit-elle, était-ce si terrible ?

Je fis oui de la tête.

— Vous ne devriez pas tuer des mères dans tous les
coins.

Je ne répondis pas. J'étais comme un boxeur qui a trop
encaissé. Je souriais, mais j'accueillerais avec soulagement la
fin du round, et un verre en attendant le round suivant.

— Ecoute, me dit-elle à l'oreille, nous parlerons plus tard,
toi et moi. Il s'impatiente.

Nous traversâmes l'entrée jusqu'au salon. Kelly était là,
et une vieille femme que je reconnus. Elle avait la réputation d'être la plus mauvaise femme qui ait jamais vécu sur
la Riviera, ce qui n'est pas rien. Eddie Ganucci était là aussi.
Mais j'eus à peine le temps de les apercevoir que Kelly
était sur moi. Il étendit ses bras et m'étreignit, une étreinte
puissante et déconcertante, car il n'avait jamais fait plus que
me serrer la main depuis que j'avais épousé sa fille, mais

qui dégageait une sorte de profonde autorité. Deborah
m'avait parfois accueilli de cette manière, chaque fois
que j'arrivais en retard et seul à une soirée et qu'elle
était saoule. Elle me serrait gravement dans ses bras, son
corps immobile pendant de longues secondes comme si
l'après-midi l'avait vue commettre de répugnantes infidélités qu'elle expiait par une démonstration de dévouement.
Mais il y avait toujours eu un soupçon de moquerie dans
cette gravité, comme si elle promettait devant douze ou cent
personnes une allégeance que je ne trouverais pas en d'autres occasions. Les rares moments où les intonations de ruse
glacée que j'entendais pendant la plupart de nos fornications
s'usaient jusqu'au dégoût de l'épuisement final, un instant
venait, un instant où faire l'amour avec Deborah était
comme une procession à travers un palais, où chaque poussée
était un pas sur un chemin de pourpre. Et cette étreinte
était de ce genre, je sentais battre le cœur de Kelly,
comme une puissance énorme au fond d'une caverne, puis
— exactement la même sensation qu'avec Deborah — une
impression de traîtrise, comme si dans un rêve, une feuille
de papier était tombée d'une table, porte et fenêtres fermées. Sous le parfum formaliste et réservé d'une eau de
toilette (un mélange de cologne et de tilleul que Deborah
aimait lui emprunter) Kelly dégageait une odeur puissante,
celle d'un grand fauve, une puanteur de morceau de viande
à l'étal, mêlée d'une autre, iode et pourriture glacée d'un
animal marin échoué sur une plage. Tout cela était baigné
par l'odeur multiple des riches, une attitude qui vous pénétrait par le nez grâce à la poudre de riz, aux parfums qui
laissaient une trace de térébenthine, comme un sort jeté
par une sorcière, et le goût des pièces d'argent dans la
bouche, une bouffée de sépulcre. Deborah était là tout
entière

« Grâce au ciel ! » dit Kelly d'une voix étouffée, puis
il me libéra d'une légère poussée avec l'adresse du banquier
qui vous fait sortir devant lui. Il y avait des larmes dans ses

yeux, et il y en eut dans les miens quand je le regardai,
car il avait un peu le visage de Deborah, la grande bouche
sinueuse, les yeux verts troués d'une pointe de lumière —
et un peu de l'amour que je n'avais jamais pu donner à
ma femme se mit à monter en moi, si bien que j'eus envie
de le serrer à nouveau dans mes bras, réellement, comme
si son corps pouvait m'apporter le réconfort, comme si je
retrouvais vraiment Deborah dans une de ces rares occasions où, après nous être battus jusqu'à épuisement complet,
nous nous embrassions l'un l'autre avec une sorte de douleur, toute conscience de ma virilité disparue, toute conscience de sa féminité également disparue, tous deux réduits
à l'état de l'enfant qui pleure de désespoir, cœurs meurtris à
la recherche d'un baume, douleur qui rend un instant identiques la chair de l'homme et celle de la femme. Et l'étreinte
prit fin de cette manière. J'aurais pu la prolonger, car il
incarnait à mes yeux Deborah plutôt que lui-même, mais
je compris soudain que mes émotions ressemblaient à celles
de Deirdre. Toute continuité avait disparu, et la douleur que
je ressentais avait explosé comme une bombe miniature. Je
fus immédiatement raide et glacé, me méfiant de lui, il
effaça ses larmes d'un seul geste élégant de son mouchoir,
planta ses yeux dans les miens comme un trait de lumière,
et je vis qu'il savait — s'il avait eu le moindre doute,
c'était fini, il savait ce que j'avais fait à Deborah. « Enfin !
dit-il. Oh ! mon Dieu, enfin, quel terrible moment pour
nous tous. » Et je sentais le reflux de son émotion. J'avais
chargé comme un taureau dans les chauds replis de la cape
et je me retournai brutalement dans le vide.

— Pardonnez-moi, dit-il à ses invités.

— Oswald, mais rien du tout, voyons, dit la femme, personnellement, je m'apprêtais à partir. Vous voulez parler
avec votre beau-fils. C'est très naturel.

— Non, ne me parlez pas de vous en aller, dit Kelly.
Pas pour l'instant. Buvez quelque chose. Et il fit les pré-
sentations. Vous avez déjà rencontré monsieur Ganucci —

il me racontait comment vous vous êtes retrouvés au même endroit. Ce dut être très amusant. Et Bessie — vous la connaissez ?

Je saluai de la tête. Elle s'appelait Consuelo Carruthers von Zegraide Trelawne, était une lointaine cousine de la mère de Deborah, et avait été très belle — elle l'était encore. Un profil splendide, des yeux bleu-violet, des cheveux à mi-chemin du mercure et du bronze, une peau crémeuse et une touche de couleur fraise sur les joues. Mais sa voix était fêlée.

— Deborah et moi vous avons rendu visite un jour, lui dis-je.

— Certainement, je le disais tout à l'heure à Oswald. Oswald, si je dois boire, donnez-moi encore un peu de Louis-Treize.

Ruta se leva sans attendre et alla lui préparer un verre. Bess se tourna vers moi.

— Vous avez fait des progrès depuis que je ne vous ai vu.

— Mieux d'un côté, plus mal de l'autre, dis-je.

J'essayais de me souvenir de ce qu'elle avait fait : un épisode de sa légende était célèbre — peut-être l'histoire la plus infecte qu'on m'ait jamais racontée — mais ma mémoire refusait de s'ouvrir.

— Oh ! restez tranquille, n'essayez pas de parler, dit-elle.

— Attention au cognac, pour ton cœur, murmura Kelly.

— Je ne veux pas en entendre parler, répondit Bess. Je bois du scotch avec les raseurs, du coca-cola avec les arrière-petits-fils, et je réserve le cognac pour les moments les plus tristes.

— Arrête, Bess, je t'en prie, dit Kelly.

— Non. Pleurez, tous les deux. Hurlez tant que vous pourrez. La plus merveilleuse fille du monde nous a été enlevée. Je ne peux pas le garder pour moi.

— Elle était belle à croquer, dit Ganucci de sa voix rauque.

— Vous entendez, dit Bess, même ce vieux rital peut vous le dire.

Kelly posa un instant sa tête entre ses mains, puis se leva. Il était grand, le corps élancé, la peau très blanche, non pâle mais blanche, un blanc laiteux ombré de rose. On avait l'impression qu'il avait la taille un peu empâtée, mais la transition était si bien faite qu'il semblait avoir un corps parfaitement proportionné à sa tête, volumineuse, qui partait d'un menton pointu, montait jusqu'au nez court et de bonne compagnie, puis jusqu'au large front. Il était à moitié chauve, et son front semblait égaler la distance de ses yeux au bas du visage. On aurait parfois cru un de ces très beaux bébés de trois mois qui paraissent avoir cinquante-cinq ans. Il en avait en fait soixante-cinq, et sa présence était impressionnante, car il dégageait cette puissante bonne humeur des généraux, chefs d'industrie, politiciens, amiraux, directeurs de journaux, présidents et Premiers ministres. Il avait justement une ressemblance prononcée avec certain président et certain Premier ministre — Kelly avait surtout deux façons d'être, l'une britannique, l'autre américaine, qu'il fallait apprendre à distinguer. Le Britannique était cordial, enjoué, très jeune patron, et, s'il vous avait fait poignarder, vous auriez sûrement eu droit à un coup d'œil complice pour accompagner la sentence. L'Américain avait le regard dur — les yeux passaient du vert au gris, le visage se glaçait — un regard qui vous soupesait, vous achetait, vous vendait, vous mettait en faillite et passait son chemin, un regard qui vous jaugeait de face — de sales yeux irlandais — et mettait du sable sale dans votre tonneau de ciment.

Mais sa voix avait la richesse d'un instrument et résonnait de bonne humeur. Ce n'est qu'à la fin d'une phrase qu'il donnait le coup de barre qui vous remettait à votre place. Des gens m'ont dit que son charme lui permettait de capturer n'importe quel être vivant s'il en avait envie — il n'avait jamais eu envie de moi.

— Un peu de cognac, Stephen ? dit-il.

— J'ai passé le plus clair de mon temps à boire.

— Cela ne m'étonne pas. Je ne me suis guère retenu moi-même.

Dans le silence qui suivit il écarta Ruta d'un geste de la main, marcha vers le bar, versa un peu de *Remy Martin* dans un grand verre et me le tendit. Comme je prenais le verre, son ongle heurta le mien au passage et me laissa une sensation électrique de perte comme si une beauté m'avait frôlé la main, puis envoyé dans mon dos un message annonçant la découverte de merveilleux mystères. Je pris le verre, mais je m'en tins à la promesse faite à Deirdre et n'en bus pas une gorgée. Un second silence s'élargit lentement. J'étais assis, tenant mon verre, enveloppé dans le grand voile qui se lève dans une veillée mortuaire quand chacun se tait, et le bonheur un instant revenu pendant ma conversation avec Deirdre disparut à nouveau.

— Vous savez, monsieur Kelly, dit Ganucci dans un murmure qui avançait avec le bruit d'un poing frotté contre l'écorce, j'ai commencé par être pauvre.

— Par Dieu, moi aussi, dit Kelly sans sortir de sa rêverie.

— Et je me suis toujours senti pauvre.

— Je ne sache pas que ce soit mon cas, dit Kelly.

— J'ai encore l'impression d'être un homme pauvre, en ce sens que j'aime la classe. Votre fille avait la classe d'un ange. Elle pouvait vous traiter d'égal à égal, tout simplement. C'est pourquoi je suis venu ce soir vous présenter mes hommages.

— Votre présence m'honore, monsieur Ganucci, dit Kelly.

— Vous êtes très aimable. Je sais que toutes sortes de gens sont venus ici cet après-midi et ce soir, que vous devez être fatigué, mais je suis venu vous dire ceci : je suis un homme important aux yeux de certains, mais je ne me fais pas d'illusions, vous êtes plus important, infiniment plus. Je suis venu vous présenter mes respects. Je suis votre ami. Je ferai n'importe quoi pour vous.

— Chéri, lui dit Bess, tu as écrit ta lettre. Maintenant va l'envoyer.

— Chérie, dit Kelly, est-ce le moment d'être grossier avec monsieur Ganucci ?

— Je vais exploser, dit Bess.

Le téléphone sonna. Ruta se leva pour aller répondre.

— C'est Washington, dit-elle.

— Je prendrai la communication dans l'autre pièce.

Dès que Kelly fut parti, Ganucci dit :

— Je ne suis jamais impoli, même avec le petit Noir qui cire mes chaussures.

— Mais voyons, chéri, il représente le futur, dit Bess.

— C'est vrai, dit Ganucci, et vous et moi sommes morts.

— Quelques-uns sont plus morts que d'autres, mon chou. Le monde est couvert de roses et de mauvaises herbes.

— Non, vous et moi sommes morts.

— Roses et mauvaises herbes, répéta Bess.

— Vous savez ce que sont les morts, dit Ganucci. Du ciment. Vous ferez une jolie bosse sur la route n° 4 du New Jersey.

— C'est la route qui va vers le Park Tuxedo ? demanda Bess.

— Oui, c'est celle-là.

— Une route affreuse.

Ganucci se remit à tousser.

— Ecoutez, s'il vous plaît, ne m'appelez plus *rital*.

— C'est ce que vous êtes.

Kelly revint.

— C'était Jack, me dit-il. Il m'a dit de vous transmettre ses condoléances. Il a dit aussi que c'était pour lui un choc terrible, qu'il sait que vous devez être effondré. Je ne savais pas que vous le connaissiez.

— Nous nous sommes rencontrés au Congrès.

— Bien sûr, dit Kelly.

— A vrai dire, c'est à cause de lui que j'ai rencontré Deborah.

— Oui, oui, cela me revient maintenant. Je me souviens même qu'elle m'a dit quelque chose de vous à cette époque. Elle m'a dit : « Tu ferais bien de faire attention ; il y a un type à moitié juif dont je suis folle. » « Bonne chance », lui ai-je dit. Le croiriez-vous, j'étais contre Jack à cette époque. J'avais tort. Diablement tort. Et j'avais tort pour Deborah. Oh! Christ, cria-t-il soudain, comme un animal touché par une balle. Excusez-moi, dit-il, et il quitta la pièce une fois de plus.

— Bien, dit Bess, il vaudrait mieux que nous partions.

— Non, dit Ruta, il serait très ennuyé de ne pas vous retrouver ici.

— Vous le connaissez très bien, n'est-ce pas, ma chère ?

Ruta sourit.

— Personne ne connaît très bien monsieur Kelly, dit-elle.

— Absurde, dit Bess, je le connais comme ma poche.

— Réellement, madame Trelawne ? dit Ruta.

— Chérie, je fus sa première grande folie. Il n'avait que vingt-quatre ans, mais c'était un vrai trésor. J'ai appris à le connaître. Et combien ! Comme ma poche. Je te le dis, très chère, il ne t'épousera pas.

— Oh ! là là, madame Trelawne, dit Ruta.

— Sois un ange, mets-lui une compresse froide sur la nuque et dis-lui que je dois partir.

Dès que Ruta fut sortie, Bess se tourna vers moi.

— Fais attention, *baby*, Barney est bien parti pour te massacrer.

— Barney Kelly ne se lance pas dans des bagarres, dit Ganucci.

— Non, monsieur Ganucci. Vous non plus, j'en suis sûre. Vous faites seulement un peu d'argent grâce à la drogue, aux putes, et en poussant des ritals dans le bitume bouillant, dit Bess.

— *Passé*... dit Ganucci, et il toussa.

— Très peur de crever d'un coup, n'est-ce pas ? ajouta Bess.

— Les morts, dit Ganucci, sont du ciment. Ils sont mélangés au trottoir. C'est ainsi.

— Non, *tesoro*, on fera d'abord tes comptes. Ils t'amèneront devant ton saint patron, et le saint dira : « Eddie Ganucci est innommable. Pendez-le à un croc. »

Ganucci soupira. Son estomac fit un petit bruit triste qui ressemblait aux gargouillis d'une vieille machine à laver qu'on vide pour en changer l'eau.

— Je suis très malade, dit-il d'un ton lugubre.

Ce n'était que trop vrai. Il était assis, une peur sinistre lui dévorait le ventre, nous étions tous assis en silence, et il se dégageait de lui une pestilence, un remous provoqué par la larve enfermée vivante dans un ciment qu'elle avait elle-même sécrétée. Il était déjà envahi par la mort. De même qu'on entend dans le cri d'un oiseau saisi par un oiseau plus gros le cri d'agonie de la nature elle-même, de même Ganucci distillait l'essence de la maladie, une moisissure de l'arbre de la mort. Je savais que respirer cette odeur de près serait une épreuve effroyable — une odeur sans fin, gangrène du firmament. Je voulais boire, ma langue contre mes dents avait besoin d'alcool, comme si l'alcool seul pouvait entraîner les particules portées jusqu'à moi par l'haleine de Ganucci.

— Laissez-*moi* vous raconter une histoire, dit Ganucci. Un jour, des amis m'ont fait cadeau d'un perroquet. Ils lui avaient appris à parler. « *Eddie Ganucci*, disait l'oiseau, *tu en es plein, tu en es plein.* » Et je disais : « *Coco, ce genre de discours te conduira un jour dans la marmite.* » Et le perroquet disait : « *Ganooch, tu en es plein, tu en es plein.* » Et je disais : « *Coco, continue comme ça et tu en trouveras le chemin.* » Et il disait : « *Tu en es plein.* » Et il est tombé malade et il est mort. C'est une histoire triste.

Bess avait sorti son mouchoir.

— L'odeur est absolument intenable, dit-elle.

J'allai jusqu'à la porte-fenêtre, l'ouvris et m'avançai sur

la terrasse. Une terrasse honnête et respectable : environ dix mètres de long sur six mètres de large. Je marchai jusqu'au parapet et regardai par-dessus — un parapet de pierre qui avait peut-être un mètre de haut. Je m'offris le luxe d'un regard à la verticale, une chute verticale de plus de trente étages jusqu'à la rue, plongée, arrêt, chute, rebord, puis encore une éternité sans mesure jusqu'au trottoir mouillé, et un désir monta en moi, à peine sensible, comme un violon qu'on accorde dans une salle vide. La lune perçait les nuages en fuite qui balayaient son visage. Je savais que la tentation ne cesserait de grandir tant que je resterais devant ce parapet — l'air frais me montait à la tête comme un chant, je ne m'en lassais pas. Soudain je pensai : « Si tu aimais Cherry, tu sauterais », ce qui résumait l'idée qu'elle portait un enfant et que la mort, *ma* mort, ma mort violente, donnerait un meilleur départ à l'embryon à peine créé, qu'en vérité je pourrais être moi-même recréé, libéré de mon passé. Le désir de sauter était un désir propre, net, agréable, aussi délicat que toutes les délicatesses que j'avais pu faire, et pourtant je ne pouvais encore m'y résoudre. J'avais l'impression que j'abandonnerais le meilleur de moi-même si je rentrais dans la pièce. Je pensai un instant monter sur le parapet et m'y tenir debout, comme s'il était logique de défier le désir en s'en rapprochant. La terreur qui suivit cette pensée était en même temps un frisson de pure joie, comme ce moment de l'adolescence où on comprend qu'on va finalement l'obtenir, le sexe — mais quelle peur ! Je tremblais. Puis, comme si je pénétrais dans un grand calme, le calme que je trouvai quand je me lançai à l'assaut de cette colline en Italie, je montai sur une chaise et levai le pied vers le haut du parapet. Il y avait trente centimètres de largeur, assez pour s'y tenir debout, ce que je fis, les jambes réduites à une gelée, et je sentis s'ouvrir le ciel, l'entrée longue et froide d'une caverne, un calme immense qui semblait être conscient de mon existence. « Dieu existe », pensai-je, essayant de jeter un coup d'œil vers le bas, mais

je n'étais pas prêt, je n'avais pas atteint la sainteté, la rue
se précipita vers le haut, le trottoir fit une folle embardée
et je détournai les yeux, je regardai de nouveau la terrasse
de l'autre côté, à un mètre de moi. J'allais descendre, sachant
qu'il était encore trop tôt, que le désir de sauter n'en serait
que plus puissant. « Mais tu n'as pas à sauter, me dit la
voix, tu n'as qu'à marcher sur le parapet tout autour de
la terrasse. »

« Je ne peux même pas faire un pas », répondis-je.

« Fais le premier pas. »

Je poussai mon pied en avant, le faisant glisser centimètre
par centimètre. Ma volonté divisée tremblait sous l'effort.
Je regardai devant moi et me figeai sur place. Car j'étais
au milieu, à cinq mètres du coin, j'avais cinq mètres à marcher sur une bande de trente centimètres avec un trou
de trente étages sur ma droite, il me faudrait passer ce
coin, marcher à nouveau six mètres jusqu'à l'endroit où le
parapet rencontrait le mur de l'appartement. C'était au-delà
de mes forces. Pourtant je fis un autre pas, encore un
autre, peut-être y arriverai-je. Alors il y eut une brusque
rafale de vent — comme lorsqu'on est frôlé par un poids
lourd — et je faillis perdre l'équilibre : le précipice était
tranchant comme une lame, le couteau de Shago, et je sautai du parapet sur la terrasse, levai les yeux sur la porte-
fenêtre pour voir Kelly dans l'embrasure.

— Venez, dit-il, entrez.

Quand les lumières du salon me permirent de voir son
visage, rien dans son expression n'indiquait qu'il m'avait vu
sur le parapet, et peut-être ne m'avait-il pas vu, peut-être
n'était-il sorti qu'après que j'eus sauté, à moins que le
premier moment dans l'obscurité l'ait empêché de voir, mais
il avait un sourire, un sourire dur et joyeux comme l'homme
qui vient de résoudre une énigme. Comme il rentrait dans
la pièce une force émanait de lui, précise comme un ordre,
qui disait aux autres de s'en aller. Libre comme la paranoïa

déchaînée dans la tempête, sa pensée fit vaciller les lumières du salon, l'espace d'un instant.

— Oui, dit Ganucci, il est tard. Vous prenez l'ascenseur avec moi ? demanda-t-il à Bess.

Le visage de la femme n'était plus qu'un échafaudage de masques, un effondrement de plâtres et de poudres où ressortaient les os — le temps d'un éclair, le temps peut-être pour elle de voir sa propre image, mais la bataille semblait lui avoir été fatale.

— Oui, je viens, dit-elle à Ganucci.

Kelly attendait près de la porte pour les accompagner jusqu'à l'ascenseur.

Ruta et moi nous retrouvâmes seuls. Elle était nerveuse, ayant beaucoup à dire et peu de temps pour le dire. Je respirai de soulagement. Les trois pas sur le parapet m'avaient épuisé, mais cette faiblesse était agréable, j'avais l'impression de m'être éveillé d'un profond sommeil. Il y avait bien sûr le malaise muet de savoir que je n'avais pas terminé la chose, quelle qu'elle fût, que j'avais entreprise sur la terrasse. Mais au moins j'étais rentré dans le salon, Kelly n'était pas là pour une minute ou deux, un répit m'était donné. Situation où Ruta, en ce moment précis, était presque une vieille amie. Elle acheva de me réveiller avec un coup d'œil aussi tranchant qu'une giclée d'ammoniaque.

— Ruta, il semble que votre double vie ait pris fin.

— C'est dommage, répondit-elle, j'aimais bien cela.

— Cela ne vous gênait pas d'espionner Deborah ?

— Oh ! votre femme n'était pas très reluisante. Les femmes riches sont des truies. Mais je ne suis pas qu'une servante, vous savez.

— Oui, je devrais le savoir.

— Rien d'officiel, naturellement. Je m'applique à faire un certain travail, c'est tout. Barney voulait que je le fasse, et je l'ai fait. Je gardais l'œil sur ce qui se passait.

— C'est-à-dire ?

— Oh ! certaines activités de votre femme.

— Mais vous connaissez Barney depuis combien de temps ?

— Quelques années. Je l'ai rencontré à Berlin Ouest, dans une soirée. Peu importe.

— Et aujourd'hui vous êtes... J'allais dire « un très extraordinaire petit espion ».

— Rien du tout. J'aide monsieur Kelly.

— Mais Deborah se mêlait à des histoires d'espionnage, oui ou non ?

— En amateur, c'est tout.

— Pensez-vous que je vais vous croire ?

— Elle n'avait aucun statut réel, répéta Ruta avec orgueil.

— Néanmoins, insistai-je, elle a dû causer quelques remous.

— Des vagues sans fin, dit Ruta. Des bureaux officiels du monde entier ont dû rester éclairés toute la nuit dernière.

On aurait dit quelle parlait d'un mets de choix, et sa voix semblait savourer toute cette électricité.

— Oui, ils devaient vous relâcher. Comme personne ne peut être sûr de ce que vous savez, une véritable enquête aboutirait *Der Teufel* sait où. (Elle ne put empêcher un léger sourire de venir sur ses lèvres.) Mais c'est vous *Der Teufel*, ajouta-t-elle, vous prenez ce que vous voulez.

— Ruta, vous ne m'avez rien dit.

— Si je vous le disais, m'aideriez-vous à quelque chose ?

— J'essaierais de répondre à vos questions aussi bien que vous aurez répondu aux miennes.

— Oui, cela peut aller.

— Que faisait Deborah ?

— Personne ne sait.

— Qu'est-ce que cela veut dire ?

— Personne ne peut en être sûr. C'est toujours comme ça. Croyez-moi, monsieur Rojack, plus vous en savez, mieux vous comprenez qu'il n'y a jamais de réponse, mais toujours des questions.

— Je serais curieux de connaître un ou deux faits.

— Les faits. (Elle haussa les épaules.) Peut-être les connaissez-vous déjà.

— Elle avait trois amants — je sais cela.

— Vous ne savez pas qui ?

— Non.

— Très bien. Je vais vous le dire. Le premier est un Américain plus ou moins spécial.

— Du gouvernement ?

— Faites comme si je n'avais pas entendu, monsieur Rojack.

— Les autres ?

— Le second est un Russe qui est attaché à l'ambassade de Park Avenue. Le troisième est un Anglais qui représente ici une marque de scotch et a fait partie des services de renseignements anglais pendant la guerre.

— Il en est toujours, soyez-en sûre.

— Naturellement, dit Ruta.

— C'est tout ?

— Elle a peut-être eu quelque chose à faire avec un certain Tony qui est venu la voir une fois ou deux.

— Elle s'entendait bien avec lui ?

— A mon avis, pas tellement.

— Alors, que voulait faire Deborah ?

— Vous voulez non opinion ? demanda Ruta.

— Oui.

— Elle essayait de plonger son père dans les ennuis. Elle voulait qu'il vienne la voir, qu'il la supplie d'arrêter son espionnage d'amateur avant que les gens importants du monde entier ne décident que Barney Kelly fait l'imbécile ou ne peut plus contrôler sa fille.

— Mais qu'est-ce qui l'intéressait particulièrement ?

— Beaucoup de choses. Trop. Tout et rien, croyez-moi. Elle était au centre des potins et voulait se donner de

l'importance. Si vous tenez à connaître mon opinion personnelle, je pense qu'elle y trouvait une prodigieuse excitation
sexuelle. Il y a des femmes qui aiment les cavaliers, d'autres
les champions de ski, d'autres encore qui veulent uniquement des brutes venues de Pologne, et Deborah avait une
petite faiblesse pour les meilleures agents secrets. De toute
manière, c'était très mauvais pour son père. Cela le faisait beaucoup souffrir.

— Très bien, Ruta, merci.

Malgré trois crises de jalousie, une pour chacun des
amants, il y avait au centre de la douleur l'ivresse d'apprendre enfin quelque chose.

— Oui, dit Ruta, mais je ne vous ai pas encore demandé
ce que je voulais.

— Je vous en prie.

— Monsieur Rojack, pourquoi croyez-vous que je travaille
pour monsieur Kelly ? Qu'est-ce que je cherche, à votre avis ?

— A l'épouser.

— C'est évident à ce point ?

— Non. Mais je fais confiance à madame Trelawne.

— C'est donc cela qui apparaît — mon ambition ?

— Peut-être un peu. Mais vous êtes certainement très
forte.

— Visiblement, pas assez pour le cacher. C'est-à-dire, je
suis assez intelligente, mais je n'ai pas suffisamment de
moyens. Donc je cherche de l'aide.

— *Un* aide ?

— Un associé. Pour me conseiller.

— Bess a raison, ma chère. Il ne vous épousera pas.

— Vous dites des stupidités, monsieur Rojack, pourtant
vous n'êtes pas stupide. Je ne suis pas imbue de ma propre
personne au point d'oublier que monsieur Kelly peut acheter
et revendre dix mille filles de mon genre. Mais je sais
quelque chose.

Ses yeux devenaient légèrement proéminents, comme
poussés en avant par la force d'une idée.

— Vous savez vraiment quelque chose ?

— J'en sais beaucoup. Il y a une chance pour qu'il m'épouse si je sais abattre mes atouts.

— Comment pensez-vous payer votre assistant ?

— Vous m'avez dit que vous êtes sans pitié. Je vous crois. Je n'essaierai pas de vous jouer des tours. De plus vous pouvez me faire confiance.

Je prenais plaisir à la situation.

— L'astuce, dis-je, est de conserver un certain sens des proportions. Pourquoi vous ferais-je confiance ? En tout cas, je n'en ai pas eu l'occasion avec les bourriques.

— Bourriques ?

Le mot inconnu l'irritait comme si elle avait à chercher un outil disparu.

— La police.

— Oh ! dit-elle, la nuit dernière ! Vous m'avez presque promis de me faire un enfant. Peut-être n'en voulais-je pas, mais vous m'avez promis, et vous n'avez pas tenu. C'est très peu de chose, mais cela ne crée pas chez une femme une fidélité éternelle.

Cela fit surgir le souvenir de notre soirée ensemble.

— Il y eut une seconde fois, dis-je.

Sa bouche prit un pli railleur.

— Oui, la seconde fois, dit-elle. Cela brûlait.

— Je suis désolé.

— Ça brûle, d'habitude.

— Peut-être êtes-vous malade ?

— Ha ! ha ! C'est justement cela dont j'aurais besoin.

— Vous ne trouvez pas que Kelly prend son temps ? dis-je soudain, car j'avais brusquement ressenti son absence.

— Je suppose qu'il est allé voir Deirdre.

J'avais envie de demander s'il avait un moyen de nous écouter. Il n'y avait pas dans la pièce l'atmosphère tendue qu'apportent les magnétophones, mais...

— La pièce est-elle équipée ? demandai-je.

— Il l'a fait enlever.

— Vraiment ? Pourquoi ?

— Parce que j'ai eu un jour la rare bonne fortune de trouver ouvert son cabinet personnel, dans la salle de bain, et de pouvoir écouter une conversation qu'il avait dans la bibliothèque. Cela m'a fait si grande impression que j'ai mis en marche le magnétophone.

— Vous avez appris ce que vous savez, ce jour-là ?

— Oui, ce jour-là.

— Cela suffit pour qu'il vous épouse ?

— Peut-être oui, peut-être non.

— Cela suffit probablement pour avoir des ennuis.

— Oh ! dit-elle, j'ai mis en sûreté des copies de la bande.

— Vous êtes quelqu'un à ménager, dis-je.

— Merci. Mais tout cela ne me donne pas mon assistant.

— Dites-moi ce que vous savez. Qui sait ce que vous en obtiendrez ? (Elle rit.) Qui sait ? C'est tellement bon que vous devez me faire confiance. (Je ris à mon tour.) Peut-être n'ai-je pas besoin de vous faire confiance. Peut-être ai-je déjà une idée de vos informations.

— Peut-être.

Ce fut un choc. Je ne savais pas ce dont elle parlait, et pourtant, si !... L'impression qu'une fois encore un messager s'élançait des profondeurs. Mais je ne voulais plus parler. Autrement dit un ordre prit naissance dans ma tête, celui d'arrêter. Comme si j'avais passé toute ma vie dans une cave et qu'on venait y installer la lumière : je m'en étais passé pendant trop longtemps. Et j'éprouvais à nouveau le désir de sortir et de monter sur le parapet.

— Arrosons cette malédiction d'un peu de cognac, dis-je.

Il s'était sûrement passé quelque chose. J'avais tranquillement décidé, sans une pensée pour Deirdre, de me remettre à boire.

Nous buvions tous les deux en silence — attendant chacun que l'autre commence à parler — quand Kelly revint dans la pièce.

— Deirdre s'agite-t-elle toujours ? demanda Ruta.

— Oui, beaucoup trop.

— Je vais voir si je peux la faire dormir, proposa-t-elle.

Kelly et moi nous nous retrouvâmes seuls. Il rejeta son visage en arrière comme pour scruter le mien.

— On bavarde ?

— Très bien.

— Vous ne pouvez vous imaginer cette journée. (Il se frotta les yeux.)

Je suppose que vous avez dû en supporter pas mal, vous aussi. (Je ne répondis pas. Il hocha la tête.) Des charretées de gens, ici. Amis, ennemis, tout. Je viens de donner la consigne en bas — ne laisser monter personne. Mais il est probablement trop tard, de toute façon. Quelle heure avez-vous ?

— Deux heures passées.

— Je pensais que c'était bientôt le jour. Vous allez bien ?

— Je ne sais pas.

— Moi non plus, en fait. Je n'ai quasiment rien senti de la journée. Une fois éclaté en sanglots. Avec tous ces gens rassemblés, je m'attendais presque à voir surgir Deborah pour boire un verre, et *wham* ! dit-il avec douceur, cela m'a frappé — plus de Deborah. (Il secoua la tête à nouveau.) Vous êtes encore engourdi par le choc, non ?

— Les choses avaient mal tourné entre nous, je ne peux prétendre le contraire.

— L'admettre est tout à votre honneur, je suppose. J'ai toujours pensé que vous étiez fou d'elle.

— Je le fus pendant longtemps.

— Difficile de l'éviter.

— Oui.

— Tout le monde est sûr que vous l'avez tuée. J'ai passé la journée à leur dire le contraire.

— Eh bien, je ne l'ai pas fait.

— Je n'en étais pas sûr moi-même.

— Non, je ne l'ai pas tuée.

— C'est bien. C'est aussi bien.

— Oui, en effet, si je considère la faveur que vous m'avez fait.

— Buvons tranquillement notre verre, dit Kelly. Je suis engourdi, moi aussi.

Dans le silence qui suivit, je me versai un peu de cognac. J'avais traîné la sobriété comme un poids, et dès la première gorgée, j'atteignis le haut d'une côte. Toute ma psyché me poussait vers la pente. J'étais de nouveau ivre, brusquement, ivre tout entier — je voulais lui dire la vérité.

— En fait, dit-il, ce n'aurait guère d'importance si *vous* l'aviez tuée. Car je suis tout aussi coupable. (Il se frotta vigoureusement le nez.) Je me suis conduit avec elle comme une brute. Elle vous l'a fait expier. Finalement, cela revient au même, non ?

Je ne pouvais pas imaginer de réponse. Je n'avais pas la moindre idée où Kelly voulait en venir.

— Vous n'avez pas dit un mot de l'enterrement, dit-il.

— Non.

— Eh bien, laissez-moi vous dire une chose. Elle va être enterrée dans l'intimité, dans un endroit très bien que j'ai choisi — comme on n'a pas pu vous joindre de la matinée, il a fallu que je décide. Bien sûr, ce n'est pas en terre sainte, mais c'est un endroit paisible.

Nous nous regardâmes. Quand il vit que je garderais le silence, il ajouta :

— Vous y serez, naturellement.

— Non.

— C'est pour cela que Deirdre était bouleversée ?

— Je pense que oui.

— Mais je veux que vous y soyez. Je ne vois aucun moyen d'expliquer votre absence.

— Vous pouvez dire que je suis trop abattu pour me montrer.

— Je n'ai pas l'intention de leur dire quoi que ce soit. Je veux que vous cessiez de faire l'imbécile. Vous et moi

serons côte à côte pendant l'enterrement. Sinon, c'est sans
espoir. Tout le monde sera convaincu que vous êtes un
assassin.

— Ne comprenez-vous donc pas, dis-je, que je me moque
de ce que peuvent dire les gens. Je suis descendu un peu
trop bas pour ça. Ma main tremblait. Pour me calmer,
j'ajoutai : de plus, même si j'y vais, ils diront que je l'ai
fait.

— Ne vous occupez pas de ça, toute la différence est dans
la manière dont ce sera dit.

Il parlait avec le plus grand calme, mais une veine de
son front se gonfla et se mit à battre régulièrement.

— Jamais je n'aurais cru qu'il faudrait vous expliquer,
dit Kelly, que ce qu'on fait en privé n'a pas d'importance.
Ce qui compte c'est l'apparence extérieure — il ne doit
pas y avoir la moindre faille. Car l'apparence est
le langage qui nous sert pour dire à nos amis et à nos
ennemis qu'il nous reste suffisamment de prise sur les événements pour sauver la face. Et ce n'est pas si facile, en
considérant la folie universelle. Comprenez donc qu'il est
sans importance que les gens croient que vous ayez tué
Deborah, à condition qu'ils puissent voir que l'affaire a été
étouffée et que vous et moi, ensemble, gardons la situation
bien en main. Si vous ne vous montrez pas, les langues
iront si bon train que ni vous ni moi ne pourrons en venir
au vif du sujet.

— Qui est ?

— Que nous devenions amis.

— Kelly, je comprends que cette journée ait été une
épreuve...

— J'ai confiance. Nous sommes plus proches que vous
ne pensez.

Il regarda autour de lui.

— Venez, allons dans la bibliothèque.

C'était la plus grande pièce de l'appartement ; elle servait
indifféremment de chambre, de salon et de musée à Kelly.

— Venez, répéta-t-il, nous serons mieux pour parler — pour ce que j'ai à vous dire. Car je veux vous raconter une longue histoire. Une sacrée longue histoire. La bibliothèque est le meilleur endroit. Peut-être ne l'aimez-vous guère, mais moi si. C'est la seule chose qui m'appartienne encore à New York.

Il possédait bien un immeuble du côté de la Soixantième Rue, mais n'y mettait jamais les pieds. La maison était quasiment transformée en hôpital pour la mère de Deborah qui était clouée au lit, définitivement séparée de Kelly, et qui n'avait pas adressé la parole à sa fille depuis qu'elle m'avait épousé.

— Très bien, dis-je. Allons-y.

Mais je n'en avais aucune envie. La bibliothèque convenait mal à cette nuit.

Entrer dans la pièce vous changeait d'atmosphère aussi nettement que si vous étiez entré dans une chapelle royale, une salle obscure pleine de reliquaires et d'ostensoirs. Il y avait réellement un ostensoir recouvert d'argent et de pierreries, devant un paravent formé par une tapisserie, des femmes en costumes élisabéthains conversant avec un cerf, pendant qu'un écuyer affrontait une jeune femme nue qui poussait hors d'un tronc d'arbre. Fin du XVIᵉ siècle. (Kelly, un jour de plus ou moins bonne humeur, avait passé une soirée à m'énumérer son catalogue : « Qui sait, cela vous appartiendra peut-être un jour, avait-il dit. Il ne faudrait pas les vendre trop bon marché. ») Un clavecin luisait d'une patine de vieux serpent, une petite table décorée d'incrustations avait pour pieds des crocodiles dorés, le tapis recouvrait le sol d'un paysage pourpre, forêts et jardins baignés d'un feu de permanganate, un miroir était encadré d'une frise de chérubins dorés, coquilles Saint-Jacques, et guirlandes, un autre semblait un bassin rempli d'eau, sur ses côtés grimpaient des perles de chair qui se réunissaient au sommet pour former une crête. Le miroir avait deux mètres cinquante de haut. Une souris épiant les secrets d'une reine.

Ce n'est pas fini : un lit de Lucques avec un baldaquin
de velours rouge et or couvert d'incrustations, un trône
vénitien aux bras formés de sirènes dorées qui s'enroulaient
jusqu'en haut du dossier. Le travail en était délicat, mais
le trône semblait grandir à mesure qu'on le regardait, car
sirènes et cupidons rampaient l'un sur l'autre comme des
lézards sur les racines d'un arbre, et le profond silence de
la pièce était rempli par une rumeur de croissance végé-
tale. Kelly s'assit sur le trône, me laissant une chaise inconfortable mais particulièrement précieuse. Une petite table
chinoise, entre nous, était incrustée d'ivoire. La pièce n'était
éclairée que par la lueur venue de la cheminée et une lampe
minuscule. J'y voyais à peine, murs et plafond semblaient
pendre autour de nous comme l'intérieur d'une caverne.
Je me sentais misérable, deux fois misérable, épuisé par la
torture contradictoire de l'indifférence et de l'énervement.
Rien ne semblait plus réel, actuel, ni la mort de Deborah,
ni mon crime, ni la souffrance de Kelly — s'il en éprouvait
— ni la mienne : je n'avais plus conscience de mon existence, je me sentais coupé de moi-même. Chaque possibilité faisait monter la fièvre. Je ressentis une fois de plus
l'impression que j'avais eue en pénétrant dans l'hôtel,
celle de marcher dans quelque antichambre de l'enfer où
les objets se mettaient à vivre et à échanger des messages,
et chaque verre m'enfonçait toujours plus près de ces objets.
Il flottait dans la pièce comme l'ordre d'un pharaon mort.
Des nobles, des marchands d'esclaves, des fabricants et des
papes avaient désiré ces meubles jusqu'à ce que leurs prières
se convertissent en or. De même qu'un aimant tient en son
pouvoir chaque particule de limaille, un champ de force
m'entourait, un air gorgé de richesses et de longs murmures
dans des couloirs, l'écho d'une salle de banquet où coulaient à flots le bourgogne et l'ours sauvage. Le même
champ de force qui s'était abattu sur moi lorsque j'avais
abandonné le corps de Deborah pour descendre les marches
qui conduisaient à la chambre où Ruta m'attendait.

— Pourrais-je me verser à boire ?

— Servez-vous, je vous en prie.

Je sortis de la pièce, passai au bar et me remplis un grand verre avec plusieurs cubes de glace et une bonne quantité de gin. Je bus une longue gorgée, l'alcool me pénétra comme une flamme purificatrice. Quelque chose ne tournait pas rond, mais je ne savais pas quoi : je me sentais particulièrement désarmé. Puis je me souvins. Le parapluie de Shago. Il était dans un coin du premier placard où je regardai, et la poignée vint remplir ma paume. Je me sentais plus fort, comme le clochard à qui on aurait donné une cigarette, un verre et un couteau. Un peu remonté, je revins vers Kelly. Il aperçut le parapluie que je n'essayais pas de cacher, et que je posai sur mes genoux quand je fus assis.

— Confortable ? demanda-t-il.

J'approuvai de la tête.

Il entoura son verre de ses deux mains, comme pour éprouver la courbe d'un sein, puis son regard se perdit dans l'obscurité. Je me rendis compte qu'une bûche brûlait encore dans la cheminée. A son tour, Kelly se leva, rajouta du bois et tisonna les braises d'un geste familier, comme s'il éveillait un vieux chien récalcitrant.

— Bess vous a raconté sa liaison avec moi ? demanda-t-il.

— Elle en a un peu parlé.

— C'est à cause d'elle qu'on m'a retiré l'éducation de Deborah.

— Deborah ne me l'a jamais dit.

— Je n'en ai jamais parlé moi-même, dit Kelly, à personne. J'ai horreur de jeter des perles aux cochons. Mais j'aurais voulu vous parler. Vous savez, Deborah m'avait donné une idée de vos opinions. Je fus frappé par votre déclaration — l'avez-vous vraiment faite à la télévision — selon laquelle Dieu et le Diable sont engagés dans une guerre, et le Diable peut gagner.

Le poids qui m'écrasait frémit à nouveau. Une idée se

leva, fit ses adieux et s'en alla, tout simplement. Cette pièce
pesait sur ma volonté.

— Je ne suis pas d'humeur à discuter, dis-je.

C'était vrai. J'avais peur, ce soir là, d'offenser Dieu *ou* le
Diable.

— Bien sûr.

Mais je sentis le mépris, comme si le grand style voulait
qu'on puisse deviser au bord du gouffre.

— Enfin, soupira-t-il, je sais bien que tout cela est d'un
goût curieux, mais j'aime provoquer les jésuites avec votre
idée. Je les force à reconnaître que l'idée même de bataille
implique que le Diable a des chances égales, sinon la
combinaison s'effondre. Une telle hypothèse a pour consé-
quence, bien sûr, que l'Eglise est au service du Diable.

Il me regarda comme s'il attendait une question, et j'essayai d'être poli.

— Je ne vous suis pas très bien.

— Comme l'Eglise refuse d'admettre la possibilité d'une
victoire de Satan, les hommes croient en la toute-puissance
divine. Ils croient donc aussi que Dieu leur pardonnera toutes
leurs petites lâchetés. Ce qui n'est peut-être pas le cas.
Dieu est peut-être dans une très mauvaise passe, abandonné
de partout par ses troupes. Qui sait ? Peut-être à présent
l'enfer n'est-il pas pire que Las Vegas ou Versailles. (Il
rit.) Seigneur et toute la sauce, voilà qui fait tordre le nez
des jésuites. Je dois dire qu'ils ne peuvent pas se servir
à fond de leur contre-attaque légendaire, car mon argent les
tente. Mais l'un d'eux s'est enhardi jusqu'à me dire : « Si
l'Eglise est au service de Satan, Oswald, pourquoi diable
lui donnez-vous tant ? » Et je n'ai naturellement pas pu
m'empêcher de répondre : « Mais, pour ce que vous en
savez, je suis l'agent de change du Diable. »

— Et vous le pensez vraiment.

— J'ai parfois cette vanité.

Je gardai quelques instants le silence.

— Ne pensez-vous jamais que vous êtes un bon catholique ? demandai-je.

— Pourquoi donc ? Je suis un *grand* catholique. Beaucoup plus amusant. Mais je ne suis pas un exemple. Les Kelly viennent du Nord de l'Irlande. Oswald vient des presbytériens. Ce ne fut que lorsque je voulus épouser la mère de Deborah que je décidai que Paris valait bien une messe. C'était parfaitement vrai. Kelly s'est converti et a grimpé les marches. Maintenant, j'ai des histoires, dit-il. Quand on est arrivé jusque-là, il ne reste plus qu'à remuer la toile. Au pire, je suis une araignée. J'ai des fils partout, depuis les Black Muslims jusqu'au *New York Times*. Demandez, vous l'aurez.

— Le C.I.A. ?

Il porta un doigt à ses lèvres devant la brutalité de ma question.

— Un brin.

— Les amis de Mr. Ganucci ?

— Beaucoup de nœuds.

Un coup de vent fit jaillir la flamme, et il me regarda.

— Vous êtes-vous jamais rendu compte à quel point les vents deviennent carnivores, à cette hauteur ? On se croirait en montagne.

Je ne répondis pas. Je pensais au parapet. Il est concevable qu'il y pensait aussi.

— Rojack, je ne suis pas aussi puissant que vous croyez. Je barbote un peu partout. C'est celui qui est tout le jour derrière son bureau qui a le vrai pouvoir. Celui qui est dans la carrière.

Il parlait d'une voix candide et simple, prêt à se moquer de moi si je le croyais ou si je ne le croyais pas — impossible de choisir entre les deux.

— Etes-vous bien installé ? demanda-t-il.

Je changeai légèrement de position.

— Ma vie n'a pas grand-chose de présentable, dit-il, mais je vous ai prévenu. Comprenez-moi, insista-t-il, c'est un avertissement sérieux. Je fais pression sur vous. Je crois que

nous devons tous raconter notre petite histoire secrète un
jour ou l'autre. Il faut choisir quelqu'un, mais je n'ai
jamais su à qui la raconter. Ce soir, quand vous êtes entré,
j'ai su. Tout d'un coup. C'est à vous. (Il me fixa. Au fond
de sa sincérité jouait le reflet gris d'une rivière gelée.)
Avec votre permission.

J'inclinai la tête. De nouveau je sentais l'obscurité. Nous
étions assis, deux chasseurs dans la jungle, à minuit. La
voix de Kelly restait empreinte de bonne humeur.

— Vous savez que j'ai eu une enfance très ordinaire.
Né au Minnesota, dernier enfant d'une famille nombreuse,
travaillé dans les fermes, dans une épicerie après l'école,
ce genre de choses. Deborah vous l'avait raconté ?

— D'autres personnes.

— Ils ne pouvaient pas connaître les détails. Nous étions
pauvres comme des rats. Mais mon père avait des préten-
tions, des Kelly du *Nord* de l'Irlande, après tout. Nous
avions même un blason, hourra ! Champ de gueules, enfant
au naturel. Vous voyez un bouclier couvert seulement d'un
nouveau-né ? C'était nous. Quand j'ai décidé de réunir les
armes des deux familles, j'ai réussi à prendre le bébé et à
le fourrer dans la gueule du serpent Mangaravidi. Leonora
a failli avoir une attaque. Elle a tenté de s'y opposer jusqu'en Europe, au collège des Hérauts. Mais il y avait
bien sûr des années que nous nous faisions la guerre, Leonora et moi.

— Deborah ne m'a jamais parlé de tout cela.

— Bien. Je ne vais pas vous ennuyer trop longtemps. Je
vous dirai seulement que j'avais un capital de trois mille dollars après la première guerre mondiale — les économies
de toute ma famille. Mon père gardait ses billets dans une
vieille boîte à fromage qui se trouvait dans un tiroir fermé
à clef. J'ai pris la boîte et je suis allé à Philadelphie. J'ai
fait valser les surplus militaires dans tous les sens et mes
trois mille dollars se changèrent en cent mille au bout
d'un an, peu importe comment. J'en rendis cinq mille à ma

famille qui avait eu le bon goût de ne pas appeler la police. Puis je passai deux ans à la Bourse pour faire gonfler mes quatre-vingt-quinze mille dollars jusqu'à un million. Faites exploser une misère comme celle de mon père et il en sortira un fou de génie, comme moi. Mon talent ne s'explique pas, mes investissements n'avaient rien de brillant, voyez-vous, mais ils gagnaient à tous les coups. J'avais une trouille verte. Je n'étais qu'un cul-terreux presbytérien.

Kelly avait changé. Il adorait raconter une histoire, c'était évident. Sa voix faisait un sort aux plaisanteries, ses gestes se faisaient plus amples en même temps qu'impersonnels, comme s'il allait bientôt vous offrir un exceptionnel régal.

— Alors j'ai rencontré Leonora. J'avais monté une affaire à Kansas City. Prêts sur récoltes, intérêts dans un cinéma, un peu d'argent avec un type qui montait une affaire de transports inter-Etats, tout en continuant mes acrobaties en Bourse, glissant d'une marge fantôme à une autre. Me trouvai dans une affaire avec le père de Leonora. Voilà un gentleman ! Aristocrate sicilien, élevé à Paris, et maintenant coincé au Kansas. Le pauvre diable n'avait pas un rond, bien sûr, quand il avait épousé le gros sac. Et bien qu'il fût ce qu'il y avait de mieux dans le Gotha, les Caughlin l'avaient envoyé à Kansas City pour qu'il s'occupe de leurs boucheries, le fric britannique dans la viande du Midwest — mon histoire traîne peut-être en longueur, je sais, mais je ne peux pas plonger d'un coup au centre de ma petite histoire — c'est trop dur. » Il me lança un coup d'œil acéré.

« De toute façon, Signor et moi nous entendîmes très bien, merci, et il eut l'idée de me faire épouser Leonora, à ma grande surprise, car il était d'un snobisme féroce, mais je parierais qu'il se vengeait ainsi des Caughlin. Ils ne voulaient pour leur petite fille que le dessus du panier, et Mangaravidi aussi, j'en suis sûr, mais il réussit à se convaincre lui-même qu'Oswald Kelly venait d'une greffe sur

la race des Windsor, du sang de roi. Je n'ai pas essayé de
l'en dissuader.

« D'un autre côté, Leonora ne me plaisait guère. C'était
une dévote. Jolie fille, mais hantée. Elle mettait un parfum fait de graines de lin et d'huile de camphre, j'en jurerais. Un saint dans chaque poche. Une vraie bacchanale
pour un jeune homme ! Mais j'avais appris les premiers rudi-
ments de la finance.

« Certains dollars peuvent acheter des tonnes de marchan-
dises, d'autres ont de l'influence. J'avais les premiers, les
Caughlin avaient les seconds. J'ai donc fait un an de cour
à Leonora et l'ai conquise par ma conversion. Elle crut
qu'en m'épousant elle offrait une âme à l'Eglise. Son opinion du mariage ? Elle avait la vue basse. Nous l'avons fait.
Et je me suis retrouvé dans un cachot humide. Je ne connaissais rien au sexe, mais je compris tout de même qu'il
y avait quelque chose de foutrement tordu. Un an ne
s'était pas écoulé depuis notre mariage et notre aversion
réciproque était si grande qu'il suffisait pour qu'une pièce
soit gâchée que l'autre y fût passé cinq minutes plus tôt.
Pour couronner le tout, il semblait que Leonora fût incapable d'engendrer — j'avais des cauchemars d'annulation
en cour de Rome. Inutile de s'étendre sur les détails, vous
pouvez voir la tournure que prenaient les choses. J'avais
besoin d'elle le temps d'établir un cercle de relations suffisamment étendu. Sans elle, j'étais un parvenu. Avec elle —
j'adorais la vie qu'elle m'ouvrait, ses amis étaient exactement
ce qu'il me fallait. L'argent qui ne peut vous procurer
ce qui existe au monde de plus amusant n'est qu'une chou-
croute puante, je savais cela dès l'âge de vingt-trois ans. »
Il but une gorgée.

« Eh bien, se dit B. Oswald Kelly : " Napoléon, tes troupes doivent occuper la matrice ". Et nous l'avons fait. Mes
soldats marchèrent comme des bleus à l'entraînement. Une
certaine nuit, au milieu d'un pur eczéma charnel, me fouet-
tant avec l'idée que je baisais quelque pauvre raclure, je

lui ai injecté mon acide, j'ai plongé jusqu'au fond d'un seul mouvement de ma volonté en faisant un serment : " Satan, s'il te faut planter ta fourche dans mon ventre, que je fasse un enfant à cette chienne ! " Et il se passa quelque chose, non, ni soufre ni feux de bengale, mais Leonora et moi nous retrouvèrent au fond de quelque dépotoir, dans un lieu effroyable, et je sentis une chose s'accrocher en elle. " Que *diable* as-tu fait ? " me cria-t-elle, et c'est la seule fois de sa vie qu'elle ait juré. Voilà. Deborah était conçue. »

Je ne pouvais rien lui répondre. Je savais qu'il disait vrai. Le parapluie était sur mes genoux comme un serment assoupi.

« J'ai lu certaines choses sur la vie des saints, dit Kelly, cela vous étonnerait. Quand un saint obtient une vision, les démons viennent aussitôt le harceler. Le plus grand plaisir du Diable est de ramasser un saint — c'est en tout cas ce que je ferais. En retour j'imagine que le Seigneur s'intéresse avant tout aux petits démons que nous sommes. Je dirai simplement que je n'ai jamais tant apprécié Leonora que pendant sa grossesse. Et je priais avant de m'endormir : " O Dieu, aie pitié de l'enfant dans son ventre, car je l'ai damné avant même sa naissance. " Je passais parfois la main sur le ventre de Leonora, et je sentais le meilleur de moi-même aller de mes doigts à la créature endormie dans les eaux maternelles. Que croyez-vous qu'il en sortit ? Une enfant absolument merveilleuse. Presque mort-née. Il a quasiment fallu couper Leonora en deux pour sortir le bébé, mais les yeux de Deborah vous faisaient faire une promenade au Walhalla ! — il rit encore — à travers vallons et bosquets, et un corps de ballet d'esprits et de lutins qui mordillaient votre vision au passage. Cet enfant riait comme un buveur de bière de cinquante ans, cette petite chose musclée riait comme un démon quand vous tentiez de voir en elle. Jamais je n'ai rien adoré comme cet enfant, excusez-moi, dit-il, de rompre notre pacte. »

Et il se mit à pleurer. Je faillis me pencher pour lui
toucher le bras, mais il se leva, comme pour l'éviter, et
se tourna vers la cheminée. Une minute passa.

« Enfin, dit-il par-dessus son épaule, quand vous faites
un marché avec le Diable, il vient prendre son dû. C'est
là qu'on trouve Mephisto. L'art d'encaisser les factures.
Faites-moi confiance : Leonora avait été durement touchée
par l'accouchement, étripée et tout, mais je n'en avais cure,
j'avais l'enfant — c'était mon talisman. Nous avons pensé
aller sur la Riviera pour qu'elle se rétablisse. Il y avait
suffisamment de gens sur cette côte glorieuse dont je voulais
me faire des amis. J'ai donc mis mes affaires de Kansas
City en ordre, reculé au second plan de l'entreprise de trans-
port — incidemment, j'y suis toujours ; c'est devenu une
boîte gigantesque, grâce à la brute — vendu par-ci par-là,
un peu à perte, un peu avec profit, et nous sommes partis.
J'en savais assez pour savoir où chercher. Et je m'en servis, oh oui, la première fois que je faisais des affaires avec
la mer et l'odeur du soleil dans le nez. Les envies vous
sautent à la figure, sur la Méditerranée. Chacun est à la
recherche de son petit plaisir très particulier, et je n'étais pas
prêt à me contenter de cet enfant, je voulais plus, tout à
fait sûr d'y avoir droit. Et Bess est arrivée, un petit présent
du Diable. Elle venait de New York passer la saison dans
sa villa — la maison la plus extraordinaire que j'avais
jamais vue, à l'époque — elle possédait un Raphaël, ce
genre d'absurdités.

« C'était en fait un étalage discordant, du marbre à tous
les étages, des Burne-Jones éclairés aux chandelles, des sta-
tues homosexuelles — des petits chérubins grassouillets avec
un sexe pointu et un derrière de *chorus-girl* — une chambre à coucher toute en froufrous, un bassin couvert de
nénuphars, d'obscènes arbres à caoutchouc. Même un scorpion dans une cage de verre. Bess n'avait aucun goût. Mais
elle était impressionnante, plus impressionnante que tout ce
que j'avais pu voir, et elle me pétrifiait d'admira-

tion. Elle avait bien quarante ans, mais ne les paraissait pas, et j'en avais vingt-cinq. Elle avait aussi une réputation effroyable, quatre mariages, trois enfants, des amants dans tous les coins, tous ce que vous voulez, un Egyptien avec une chambre de tortures ou un coureur automobile américain. Il courait sur elle des histoires incroyables et qui ne me touchaient pas, car Bess était petite et aussi gracieuse qu'une orchidée. Insaisissable, bien sûr, elle pouvait disparaître le temps de vous remplir un verre, mais son allure était délicieuse, et son humour plein de subtilité. Je ne pouvais digérer toutes les histoires qui l'entouraient, mais il fallait bien en avaler quelques-unes, car Bess possédait quelque chose. Elle ne vous apportait pas l'amour, mais un certain échange, une réciprocité. Des messages couraient de l'un à l'autre — je me rendais compte pour la première fois que l'organisme lui-même peut être mystifié. Il y avait en elle un corps astral ou Dieu sait quoi qui cherchait à dérober des morceaux de moi-même. Je ne pouvais rien y faire. Elle volait mes pigeons, pour ainsi dire. Elle les renvoyait plus tard — payait ses dettes — mais avec quelque chose en plus, un corps étranger. Je me sentais à mon tour en contact avec des forces que je n'avais pas envie d'approcher. Mangaravidi avait un peu ce genre-là — je l'ai toujours pris pour un hussard de l'au-delà, mais Bess était la reine des spectres. Jamais rencontré quelqu'un d'aussi télépathique. Si Marconi n'avait pas existé, elle aurait inventé la radio, en rêve. Je me souviens d'un jour que nous étions dans son jardin. Elle m'a demandé une pièce de cinq francs. Dès que je la lui eus donnée, elle ouvrit son sac, en sortit des ciseaux à ongles et me coupa deux ou trois cheveux. Puis elle s'accroupit, souleva une pierre au pied d'un caoutchouc, plaça la pièce par-dessus les cheveux et remit la pierre en place. « Si tu couines, dit-elle, je pourrai t'entendre. » J'ai bien essayé d'en rire, mais ce n'était pas si drôle, — l'arbre avait l'air d'une statue. Et Bess se mit à me raconter toutes les conversations que j'avais avec Leonora, ou pire : elle me disait certaines petites pensées que j'avais eues. Cet arbre maudit me mettait en son pouvoir.

« Je me croyais capable de soutenir toutes les comparaisons, pensez donc — il fallait que je sois presque aussi sensationnel avec le sexe qu'avec le *dinero*, et nous avons passé ensemble des moments extraordinaires. L'orgueil du mâle grimpait jusqu'aux nuages, les applaudissements de Bess valaient une étreinte de Cléopâtre, puis pfuit ! disparue. Elle partait un jour ou une semaine. « Il le fallait, chéri, disait-elle à son retour, il était irrésistible. » Et elle me chatouillait à nouveau en avouant que j'étais encore plus irrésistible, puisqu'elle était revenue. A moins qu'elle ne me réduise en bouillie en disant : « Il est parti, mais il est inoubliable. » J'étais comme un chien qui bondit sur un bifteck qu'on lui arrache à la dernière seconde. Elle m'avait mis dans un tel état que je pouvais m'arrêter au milieu de mon travail en pensant : « Bess est partie avec un homme. » Mon cerveau s'envolait de mon crâne comme des fourmis d'une charogne qu'on a remuée. J'étais la charogne. Elle m'avait en son maudit pouvoir. Intolérable. Elle me faisait peur, comme jamais personne ne m'avait fait peur. Chaque fois que nous nous retrouvions, je me sentais comme une tirelire qui devait accepter tout ce qu'elle déposait en moi, et chaque pièce était un nouveau pouvoir. Mon flair pour le marché devint infaillible. Je pouvais me coucher et sentir les possibilités de certaines actions comme si je connaissais les pensées des mille actionnaires principeaux. J'entendais presque le bruit de l'usine mère. C'était comme se laisser pénétrer par un paysage, et il me restait une impression finale : « Demain, avance des Artichauts, recul de Beethoven. » N'importe quoi ! Je bénéficiais naturellement des meilleurs experts, un vrai centre de renseignements, mais il y avait quelque chose de plus, je peux vous l'assurer. Et la sorcellerie ne s'arrêtait pas là. Un jour un petit « pédé » a voulu me donner du fil à retordre, un petit promoteur gonflé comme une outre. Comme il s'en allait, je lui dis intérieurement : « Crève, pédé », et il eut une crise d'épilepsie juste devant ma porte. Un pouvoir prodigieux.

« Alors, *poco a poco*, je me mis à accompagner Bess dans ses tournées spéciales. *Fantastique !* Il m'a fallu deux ou trois fois négocier pour se tirer d'un mauvais pas — Bess était incorrigible. Une seule chose pouvait la faire hésiter. Elle avait une nièce — la fille de sa sœur — dix-neuf ans, pucelle, adorable. Bess l'adorait. Le seul être dont elle se souciait vraiment. La nièce est venue la voir et en un rien de temps elles étaient collées l'une à l'autre. Inséparables. Collées, cimentées, soudées. Vous voyez les problèmes que Bess pouvait avoir. Un partage des eaux dans sa libido surchargée. Et, comme Moïse, j'avançais pas à pas dans la mer Rouge. J'allais droit au cœur du problème, comme si la manière de prendre l'avantage sur Bess était de rendre la fille amoureuse de moi. Je ne sais même pas si Bess m'y poussait ou s'y opposait, mais il est sûr que nous nous rapprochions tous du trésor. Alors, une nuit, une nuit plus ou moins lourde de sous-entendus, dans le boudoir de Bess, nous étions en train de bavarder depuis des heures. Bess buvait un peu, moi beaucoup, et la fille sirotait du champagne. Plus nous voulions nous cantonner aux bagatelles, plus nous avions envie de déclencher un tremblement de terre. Au bout d'un certain temps, nous ne disions plus rien. Il y avait dans l'air une odeur de poudre, avec des relents de vampire. Comme si nos souffles faisaient se balancer un suaire. De ma vie, je n'avais eu un tel désir de faire le premier pas, pourtant mes os étaient comme liquéfiés. — Attendez. (Kelly leva la main, la paume en l'air), que je vous dise la vérité : ce n'était pas la nièce mais la fille de Bess, la fille qu'un divorce lui avait enlevée trois ans plus tôt. Je sentais que le premier mot déclencherait l'incendie, et que de quitter la partie à un tel moment m'enlèverait toutes mes forces. Peur d'avancer, peur de partir, nous étions dans une fournaise. Et Bess fut la première à fondre. Son œil me fit signe. J'étais debout, c'était trop, elle l'avait fait cinq minutes trop tôt. Je m'enfuis. Je descendis en courant, bus un verre dans le salon. Je me jurai de lâcher Bess. Je voulus m'en aller. Mais je pensai au caoutchouc en traversant le jardin, et je savais que je ne pourrais pas partir tant que Bess aurait sa petite oreille sous la pierre. Alors je me mis à la déterrer. « N'essaye pas », entendis-je clairement bien que Bess ne m'ait pas suivi.

« Au diable », lui criai-je. Je soulevai la pierre, mis la pièce de cinq francs dans ma poche, donnai un coup de pied dans le trou pour éparpiller les cheveux, et m'en allai. Avant d'avoir fait cinq pas je compris que je n'y arriverais pas, que je m'évanouirais avant. Kelly est donc revenu sur ses pas, il a plongé dans la première salle de bains qu'il a vue et s'est mis à vomir comme un gosse qui a bu sa première bouteille de whisky. Et à ce moment là, agenouillé, la pièce serrée entre mes doigts comme si c'était toute ma fortune, esclave des tuyauteries, j'entendis crier Deborah à travers toute la ville. Quels hurlements ! Je vis aussi clairement qu'au cinéma des flammes sur le mur de la salle de bains, des flammes qui léchaient le berceau de Deborah. Ma maison brûlait, j'en étais sûr. J'ai jailli hors de cette maison, j'ai traversé la ville aussi vite que j'ai pu, je ne crois pas être jamais allé aussi vite en voiture, et que croyez-vous ? Ma maison n'avait rien du tout. Mais celle d'à côté brûlait. De partout, absolument. Personne ne savait d'où c'était parti. Et Deborah hurlait dans son berceau.

« C'était un avertissement suffisant. J'avouai tout à Leonora. Et — j'aurais dû le prévoir — elle a eu une crise d'hystérie. Le lendemain, un désastre. La fille de Bess s'était écroulée dans la nuit : un avortement. Les domestiques en avaient eu vent. Résultat : Antibes savait tout. On nous *évitait*. C'est un monde où vous pouvez faire toutes les éclaboussures que vous voulez, à condition de ne pas remuer la boue. Leonora est partie sans moi. Avec Deborah. Pas question de divorce, pas question du moindre droit sur Deborah. Je n'eus le droit de la revoir que quand elle eut huit ans, pour une heure. En fait, je ne l'ai pas revue avant ses quinze ans. » Il reprit son souffle en regardant le feu.

« J'avais de quoi penser. Jamais je n'avais eu de tentation aussi forte que cette nuit-là. Je ne cessais de me dire que, si j'avais saisi cette chance, j'aurais pu devenir président, ou roi. » Il prit une longue gorgée de cognac.

« J'en conclus que la seule explication possible est celle-là : Dieu et le Diable font très attention à ceux qui sont près du sommet. Je ne crois pas qu'ils se mêlent beaucoup des petites affaires de l'homme moyen. Je suppose que les esprits n'auraient pas grand-chose à se mettre sous la dent dans une ferme. Mais pensez-vous que Dieu ou le Diable aient pu laisser tranquille Lénine ou Hitler ou Churchill ? Non. Ils réclament des faveurs et se vengent. Voilà pourquoi les hommes au pouvoir agissent parfois si bêtement. Le Kaiser Wilhelm, par exemple. Au sommet, tout est magie. C'est le petit secret que nous sommes quelques-uns à garder, et c'est aussi pour cela, mon ami, qu'il est très difficile d'accéder au sommet. Il faut être prêt à négocier avec l'Un ou l'Autre, et la plupart des hommes ne peuvent s'y résoudre. Ils se résignent tôt ou tard à la médiocrité, et restent à mi-chemin. Je sais que j'étais prêt. L'inceste vous donne accès au pire des pouvoirs, et j'en fus tôt rassasié. » Kelly soupira. « Cette expérience m'a détourné du sexe pour des années. »

— Ce n'est pas votre réputation.

— J'ai une réputation tardive, dit Kelly. Mais je suis resté vertueux pendant une bonne période. Blanc comme neige. Puis j'obtins la tutelle. Savez pourquoi ?

— Et pourquoi ?

— Leonora était fauchée. *Figure-toi.* Toute sa foutue religion. Elle ne pouvait pas respirer sans avoir bordé ses saints dans leur lit. Elle a quand même perdu près de la moitié de son patrimoine, l'imbécile ! Et elle a dû entamer son capital. Elle n'avait jamais voulu que je lui donne un cent, mais tout d'un coup elle en avait besoin. On s'est aperçu que Leonora préférait la saucisse à la morale. J'ai obtenu la garde de Deborah contre un bon paquet de fric. D'ailleurs mère et fille ne pouvaient pas se sentir. Leonora l'avait flanquée au couvent. Avec moi elle a trouvé une maison.

— Alors ? demandai-je.

— Des jours heureux, dit-il en regardant au loin. Il vaut mieux ne pas en parler. Pas ce soir. Mais je fus heureux jusqu'à ce que Deborah épouse Pamphli. Ne vous y trompez pas, j'aimais bien Pamphli, il était un peu du genre Mangaravidi. Mais il était beaucoup trop vieux pour elle, et malade. Enfin, laissons de côté les mauvais souvenirs.

— Deborah m'avait dit que Pamphli était un bon chasseur.

Je lui faisais la conversation — j'étais mal à l'aise, je ne savais pas s'il avait terminé son histoire ou s'il la commençait.

— Pamphli avait été un bon chasseur. Et il l'a bien emmenée jusqu'en Afrique pour leur lune de miel, mais c'est Deborah qui allait dans la brousse avec le guide. Ils ne sont pas restés longtemps. Pamphli était trop malade. Et Deborah passait un mauvais moment avec Deirdre.

— Elle était donc enceinte quand elle s'est mariée ?

— J'en ai peur. (Il eut un mouvement d'irritation.) Que diable voulez-vous savoir de plus ? demanda-t-il. Son accent britannique allait bientôt disparaître.

— Qui serait le père de Deirdre ?

— Vous ne croyez pas que Deborah criait sur les toits le moindre de ses flirts, non ?

Mais la mort de Deborah s'ouvrit à nouveau entre nous quand il eut dit ces mots.

— Très bien, dit-il, l'histoire n'est pas tout à fait finie. On ne peut rien vous cacher, n'est-ce pas.

Il me lança un regard presque insultant.

— Vous comprenez, à l'époque où Deborah est venue sous mon toit, je m'étais endurci. On ne vit pas seul pendant des années entre la religion et les affaires sans devenir riche. Je ne fumais pas, je ne buvais pas. Sachez bien, mon garçon, qu'il est difficile dans ce cas-là de ne pas ramasser le fric en pagaille. D'un côté, vous avez l'esprit clair, d'un autre, vous feriez beaucoup de mal aux gens si vous ne tombiez pas tous les six mois sur un trésor — ils vous supplient de le prendre, de prendre leur argent, leurs inventions, leurs licences d'exportation, leur femme ou leur grand-mère, avec une impatience sordide. On finit par s'ennuyer. Et un homme riche ne peut pas se le permettre — son ennui a des dimensions trop vastes, infinies. J'ai donc cherché des diversions. Pris des parts dans un illustré. Je crois que vous avez rencontré le type qui est censé le diriger. Ce n'est pas lui. Mais quelques-uns d'entre *nous*. Nous lui laissons les prières. Un vrai rat. Ce n'est qu'un missionnaire du capitalisme motorisé.

Le seul signe d'ivresse que donnait Kelly : il sourit légèrement de sa propre remarque.

— Oui. Enfin, l'illustré m'a intéressé à ce que nous appelons le « problème des gouvernements », et les gouvernements se sont intéressés à moi. Londres est la seule ville d'où on puisse diriger une chose pareille — quel endroit pourri ! On y est à cheval sur toute l'Europe et toute l'Amérique. J'étais parmi les cent personnes les plus importantes, à l'époque. C'est plus que je ne pourrais dire aujourd'hui. *Tout le monde* est important, aujourd'hui. Alors, boum, Deborah est tombée au milieu de tout ça. Quinze ans, pleine de force, intacte, une créature sauvage et douce, pulpeuse, le feu vert de l'Irlande dans ses yeux, toute la grâce des Mangaravidi. Elle n'était pas là depuis deux jours qu'elle me ramenait trois jeunes bolcheviks — des étudiants d'Oxford, communistes. Ils ont eu des palpitations en me voyant, j'étais le traître, et je n'ai jamais été aussi séduisant de ma vie. « Tu as été merveilleux avec eux, Papa », me dit Deborah.

— Kelly, il devient de plus en plus difficile de vous écouter.

— Alors ne me faites pas attendre. Vous ne pouvez guère aimer entendre ce qu'elle était à quinze ans. Je n'ai pas envie de continuer. Je veux seulement vous entendre dire que vous irez à l'enterrement.

Je sentais la force de ses mobiles sans pouvoir les nommer. Pour meubler le silence, je me versai encore un doigt de gin. Je sentis mon haleine. C'était le métro en plein été. Une certitude perça les fumées de l'ivresse : je ne devais pas quitter l'appartement de Kelly sans aller sur le balcon et faire le tour du parapet, les trois côtés. Tous les trois. Je me mis à trembler doucement sous la force de ce désir.

— Vous irez à l'enterrement, n'est-ce pas ? répéta-t-il.

J'avais l'impression que nous allions sortir pour nous battre au fond d'une ruelle.

— Vous ne m'avez toujours pas dit pourquoi, après avoir attendu si longtemps Deborah...

— Oui ?

— ... vous l'avez renvoyée au couvent.

— C'est ce que j'ai fait.

— Vous avez mis quinze ans pour l'obtenir, et vous l'avez abandonnée ?

— Pas tout de suite. Elle est restée un an à Londres avec moi.

— Et elle est retournée au couvent ?

— La guerre venait de commencer, je voyageais pas mal, je pensais qu'elle y serait en sécurité.

— Je vois.

— Ecoutez, Stephen.

— Oui.

— Si vous avez une arrière-pensée...

— Cela me semble bizarre, dis-je.

— Bon, dit-il avec un profond soupir, comme soulagé de ce que je l'eus forcé à continuer, vous avez deviné. Il y eut quelque chose de bizarre. Ecoutez : je ne pouvais même pas supporter que Deborah passe la nuit avec une de ses jeunes amies. Il fallait que je téléphone aux parents à une heure du matin pour savoir si elle allait bien. Si la pauvre enfant allait au concert avec un jeune homme, j'étais plongé dans l'angoisse. Je me disais qu'elle sortait du couvent, que je craignais pour son innocence, Bon Dieu ! J'étais plus jaloux d'elle que je n'avais été de Bess. Mais une nuit tous les morceaux du puzzle se sont mis en place, jusqu'au dernier. Deborah est rentrée d'un bal avec vingt minutes de retard. J'étais furieux au point de renvoyer le chauffeur. Je l'ai fait monter, je l'ai réprimandée, elle a voulu discuter, je l'ai giflée. Là-dessus elle a fondu en larmes. Alors je l'ai attrapée, je l'ai embrassée, j'ai mis ma langue sur la sienne — la langue de Kelly dépassait légèrement du coin de sa bouche — et puis je l'ai repoussée. Je pensais que j'allais avoir une attaque — elle est revenue sur moi pour m'embrasser. Ça vous va comme horreur ?

Mais il n'y avait pas exactement d'horreur entre nous. Plutôt la tension provoquée par une plaisanterie qui peut faire surgir la vérité de celui qui la dit ou de l'autre, sans qu'on en soit encore certain. Kelly poursuivit, ses yeux dans les miens.

— Je m'éloignai. J'allai m'enfermer dans ma chambre. Je pensai à toutes sortes de choses. Suicide. Meurtre. Oui, j'ai pensé à la tuer. La première fois depuis quinze ans que je me sentais désaxé. Puis j'ai eu un désir effroyable de retourner dans sa chambre : je grinçais littéralement des dents, mon ventre n'était plus qu'un nœud de serpents. Comme si le Diable était entré dans ma chambre et s'était abattu sur moi. Je sentais son odeur, c'était un bouc, c'était abominable. « *Délivrez-moi de tout cela, Seigneur* », criai-je

en moi-même. Alors quelque chose me poussa à sauter par
la fenêtre, ce fut presque irrésistible. Voilà la réponse
que je reçus. (Kelly fit une pause.) J'étais au deuxième
étage, et le rez-de-chaussée avait des proportions convena-
bles, cela faisait donc une chute de six mètres, ou un peu
plus. Rien d'extraordinaire. Au pire, je pense que je me
serais cassé la jambe. Mais même si j'avais été sûr que le
Paradis m'attendait en bas, je n'aurais pas eu le courage
de sauter.

« Comprenez-moi, dit-il, je me suis trouvé à la table
de gens qui n'auraient pas hésité à me trancher la gorge,
cela ne me faisait rien, toute ma vie j'ai su rester calme
quand il fallait, mais là — connaissez-vous la phrase de
Kierkegaard, oui, bien sûr — j'avais peur et je tremblais.
Je suis resté une heure devant cette fenêtre. De me voir
incapable de faire ce simple geste me faisait presque pleurer. Et le bouc était toujours là. " *Elle est au bout du couloir*, disait-il, *elle est sur son lit, elle t'attend, Oswald.* "
Et je répondais, " *Seigneur, sauve-moi.* " Enfin j'entendis
une voix me dire distinctement : " *Saute ! Cela refroidira
ton désir, mon gars. Saute !* " Comme vous voyez, le Seigneur était plutôt de mauvaise humeur après moi.

« *Seigneur*, dis-je enfin, *je préfère renoncer à Deborah.*
Je pensai simplement, *Laissez-moi la renvoyer au couvent.*
Dès que j'eus prononcé ces mots, je savais qu'elle ne reste-
rait plus chez moi. Et le désir de sauter disparut.

— Et Deborah est retournée dans son couvent ?

— Oui.

— Vous avez renoncé à votre fille ?

— Je l'ai fait. Ne voyez-vous pas maintenant pourquoi
vous devez venir à cet enterrement ? J'en ai besoin, pour
qu'elle me pardonne, j'en suis sûr. Seigneur, Stephen, ne
voyez-vous pas que je souffre ?

Je n'en avais pas l'impression. Il avait les yeux brillants,
le visage empourpré, et n'avait jamais tant ressemblé à un

grand prédateur. L'air autour de lui semblait vibrer d'une fièvre avide.

— Ecoutez, dit-il en voyant que je ne répondais pas, savez-vous pourquoi Ganucci est venu ce soir ? Parce qu'avec moi il avait le dessous. Les Italiens sont malins. Ils savent qu'une amnistie est possible quand il y a un mort dans la famille.

Voilà qui était clair.

— Mais, vous accorderai-je cette amnistie ? dis-je.

J'avais enfin réussi à provoquer sa colère. Ses yeux annonçaient une tempête meurtrière.

— Extraordinaire, dit-il, on n'a jamais fini de connaître les Italiens. Il m'a fallu une éternité pour comprendre que lorsqu'un Italien dit qu'un homme est fou, cela signifie que cet homme est insensible à la peur et qu'il faudra le tuer. Si j'étais Italien, je dirais que vous êtes fou.

— Je suis trop plein de peur.

— Vous faites des choses étranges pour un homme qui a peur. Quelle était cette absurdité sur le balcon ?

— Une expédition privée.

— Se pourrait-elle qu'elle eût un rapport avec mon histoire ?

— C'est possible.

— Oui. Deborah m'a expliqué un jour que vous aimeriez démolir le pauvre vieux Freud en démontrant que les névroses prennent naissance dans la peur et non dans le bon vieil Œdipe. J'ai toujours dit qu'il fallait un Juif pour en rouler un autre. Mère de Dieu, faisiez-vous là des expériences ? Les résultats sont-ils concluants, Stephen ? Etes-vous prêt à faire une *promenade* sur ce parapet ?

Je reconnus dans sa voix les intonations de Deborah et répondis trop vite :

— Oui, je pourrais le faire.

J'étais allé trop loin.

— Vraiment ?

— Pas immédiatement.

— Pourquoi pas ?

— J'ai beaucoup bu.

— Vous ne le feriez pas ?

— Pas si je n'aurais rien à y gagner.

— Et s'il y avait quelque chose en jeu ? dit-il.

— C'est impossible.

— Je vais reprendre un peu de cognac, dit-il.

Mais, comme j'approchai mon verre de mes lèvres, je fis un faux mouvement et le liquide jaillit sur ma joue. Ç'aurait pu être du sang, la traînée de sang laissée par le visage de Deborah lorsque je l'avais serrée dans mes bras, en bas, dans la rue, et cette sensation liquide sur ma joue me fit perdre de vue la raison. Marcher sur le parapet me faisait horreur — je n'étais pas sûr d'en être capable, loin de là — mais je n'osais pas briser l'atmosphère qui régnait dans la pièce de peur d'y laisser un morceau de ma chair. Si je faisais crouler la force qui nous enveloppait tous les deux en me levant et en partant, j'aurais à payer le prix d'une nouvelle nausée, j'en tomberais malade. Et je ne savais pas où s'arrêtait le pouvoir de Kelly. Peut-être lui suffisait-il d'un coup de téléphone pour qu'une voiture m'arrête au coin de la rue. Tout était possible. Je savais seulement que j'étais dans une situation presque inextricable où Kelly pouvait me faire avancer, m'enfoncer toujours plus avant, comme un champion d'échecs savourant sa victoire, jusqu'à ce que j'admette l'inévitable nécessité de cette promenade sur le balcon. Et c'est ce que je pouvais faire.

— Très bien, dit-il, parlons sérieusement, Rojack. Posons nos armes sur la table. Vous avez une raison pour ne pas aller à l'enterrement, non ?

— Oui.

— Parce que vous avez tué Deborah ?

— Oui.

Le silence fit disparaître jusqu'à l'air de la pièce. Et le message me parvint. Tout me vint d'un seul coup.

— Oui, je l'ai tuée, mais je ne l'ai pas séduite quand

elle avait quinze ans, pour ensuite la laisser seule, je ne l'ai pas abandonnée », dis-je en me penchant comme pour l'attaquer, comme s'il m'appartenait enfin, comme si j'étais libéré de la misère, de la honte, des viscères de la terre, et je vis sur son visage que c'est exactement cela qu'il voulait me faire découvrir, qu'il avait passé la nuit à expliquer, si bien que je ne pouvais pas m'y tromper, et un sourire apparut, son sourire le plus aimable, un sourire qui le faisait étinceler comme une balise marine : viens donc, chantaient les sirènes, tu as pris notre reine, nous avons pris ton roi, échec et mat, mon cher garçon, et je plongeai hors de toute raison dans un gouffre de sirènes électroniques, airs d'opéra composés aux rayons X, car un caillot de la puanteur attachée au culte du bouc monta de son corps et s'abattit sur moi. Désormais, je ne savais plus ce que je faisais, pourquoi je le faisais, j'étais en eau profonde sans autre recours que de nager, nager sans jamais m'arrêter.

Un moment de repos signifiait le désastre. Je vis la pièce frémir. Grâce peut-être à l'alcool dont j'étais rempli, je sentis qu'une part de moi traversait un long couloir, et sur mon visage un souffle chargé d'iode comme si j'avais passé en trébuchant une dernière barrière. Kelly n'était pas loin de la violence qui se déclenchait parfois en Deborah, tempête dans un marécage, promesse de carnage, repas de chair humaine, entrailles de la mort qui vinrent me bâillonner. Une minute et je serais mort, il canalisait à présent toute la fureur de Deborah, il en était le bras et je sentis autour de moi résonner la tempête et la mort comme le choc de l'acier dans l'espace, éclairs rouges et verts. J'attendais qu'il charge, c'était imminent, je n'avais qu'à fermer les yeux et il irait chercher le tisonnier près du feu — et cette violence figée faisait de la pièce une fournaise, qui nous enveloppait d'une épaisse fumée. Puis autre chose, le bâillon se desserra. Je sentais battre le silence, battre le cœur de Kelly comme le sang de mes artères, comme le souffle électronique d'un micro, je flottais sur un lac d'alcool vers une puissance offerte, une froide majesté de l'intelligence, nuage enflammé de désir. Son corps rayonnait comme un brasier, la même chaleur entre nous qu'entre Deborah et lui, Ruta et moi dans l'entrée, bête à deux dos chauffée à blanc, et je sentis ce qu'il m'offrait : faire venir Ruta, maintenant, se jeter tous les trois, s'accroupir, saisir, arracher, se vautrer, ramper sur le grand lit, se baiser et jouir jusqu'à s'arracher les yeux, enterrer Deborah en se gorgeant de son corps, car c'était ce lit, oui, ce grand lit de Lucques qui l'avait vu s'envoler avec elle dans les puits bitumeux de la lune. Il avait besoin, maintenant, d'enfouir son corps ensanglanté. Je le voyais trembler du désir de tuer l'assassin de sa bête familière, et je sentais en réponse s'élever en moi un désir inhabituel, celui de partager avec Ruta ce festin macabre. « Allons, murmura Kelly assis sur son trône, livrons-nous à la cochonnerie. » Il continua d'une voix si basse qu'elle semblait charrier sa langue, ses dents, ses lèvres tandis que j'étais suspendu dans ce vide où attend le silence et où l'odeur du meurtre n'est pas encore née.

Puis le parapluie glissa de mes genoux. L'écho à peine sensible de sa chute sur le tapis frôla mon oreille comme un bruit d'ailes, une mort passa entre nous comme un battement d'ailes et je fus soudain assailli par la vision de Shago frappant à la porte de Cherry, de Cherry venant lui ouvrir, écartant son négligé, écartant le cœur de ses cuisses, ses lèvres, ses cheveux, une vision aussi claire que la maison en flammes vue par Kelly dans sa salle de bains d'Antibes. Je ne lui pardonnerai jamais, Kelly. Cette pensée fit revenir la terreur. Maintenant j'étais sûr que Shago était avec elle, c'était dans l'ordre des choses, il était avec elle de même que j'étais avec Kelly. Ou peut-être un homme était-il tué dans Harlem à cet instant — l'image brouillée par le choc — sentais-je son cerveau écrasé à coups de matraque brisée, le cri jailli d'une ruelle nocturne (mon cri ?) traversant toute la ville jusqu'à ce trentième étage —

la fuite d'un meurtrier et sa capture par la patrouille des dieux ?

Alors je fus pris. Car je voulais fuir cette connaissance qui m'apportait des meurtres dans une direction, des visions de Cherry dans une autre, je voulais me libérer de la magie, de la langue du Diable, de la terreur céleste, je voulais redevenir à peu près rationnel, solidement attaché aux détails, confus et raisonnable, aveugle à la danse des vagues. Et je ne pouvais pas avancer.

Je me baissai pour ramasser le parapluie, quand j'entendis clairement le message. « *Monte sur le parapet*, disait-il. *Marche sur le parapet ou Cherry meurt.* » Mais je craignais moins pour Cherry que pour moi. Je ne voulais pas monter sur ce parapet. « *Marche*, me dit la voix, *ou ce sera pire que la mort.* » Alors je compris : je vis les cancrelats suivre la piste de leur angoisse vers le plafond de l'immeuble.

— Bien, dis-je à Kelly, allons sur le balcon.

Ma voix était claire et distincte. Je croyais que Kelly me supplierait de rester, — je n'avais jamais senti un sexe aussi prisonnier de son désir — mais il avait une volonté d'acier : il n'était pas devenu ce qu'il était par hasard. « Mais certainement, allons sur le balcon. » Il semblait parfaitement assuré d'obtenir ce qu'il voulait par un autre moyen. Mon corps fut pris d'une peur semblable à celle de l'enfant qui doit se battre contre son gré. Une peur affreuse. Je le regardai — j'ignore l'expression que j'avais — et il dut prendre cela pour un appel à sa pitié, comme s'il lui suffisait de dire, « Allons, cessons ces idioties, nous sommes allés assez loin », pour m'accorder un sursis. Mais il resta neutre, ses yeux ne me donnèrent aucune réponse. J'étais incapable de parler. Ma voix avait quitté ma gorge, comme les facultés d'un mourant l'abandonnent une à une, et je sus quelles étaient les dernières impressions du condamné devant le peloton d'exécution, j'enviai cet homme dont la mort est certaine mais qui peut s'y préparer, alors qu'il me fallait être prêt pour l'inconnu, un inconnu plus redoutable que toute mort connue d'avance.

Nous sortîmes à l'air libre par la porte-fenêtre de la bibliothèque. Il pleuvait plus fort, et une odeur d'herbe mouillée montait dans l'air de la nuit sur le vent venu du Park. Je ne savais pas si je pourrais monter sur le parapet, je n'avais aucune force. Utiliser une des chaises en bois était au-delà de mes moyens. Il valait mieux commencer près du mur, près de la fenêtre. Nous nous taisions. Kelly me suivait modestement, comme l'aumônier suit un prisonnier.

Cela devenait plus facile, plus facile en tout cas tant que nous avancions. J'avais laissé ma vie derrière moi. De même qu'un homme à l'agonie peut passer sous l'ombre d'un grand nuage, terrifié, impuissant, mais savoir qu'il est déjà dans la mort et qu'il peut donc l'attendre, de même ma force disparut à nouveau et je sentis monter la mort comme l'ombre qui nous engouffre une fois passés les avant-postes de la conscience, quand on s'avance vers les îles du sommeil. « Très bien, pensai-je, je crois que je suis prêt à mourir. »

Quand Kelly vit que j'allais monter, il me dit :

— Vous feriez mieux de me laisser votre parapluie.

Je fus désorienté, comme celui qui meurt peut être dérangé dans son dernier rêve par la piqûre du médecin. Je ne voulais pas qu'il soit près de moi, je voulais être seul. Abandonner le parapluie me semblait désespérément injuste, d'une manière que je ne pouvais préciser. Mais il aurait été encore pire d'en discuter, j'y aurais dépensé des forces vitales. Et je lui tendis le parapluie. Après quoi je me sentis démuni, j'eus à nouveau peur de monter sur le parapet. Et ce n'était vraiment pas facile. Il me faudrait lever le pied à une hauteur inconfortable, de manière à ce que mon genou vienne à la hauteur de mon épaule, m'agripper de la main droite dans une rainure du mur, m'élever d'un seul coup à la verticale comme pour monter sur un

grand cheval, et pas trop fort, de peur de passer de l'autre
côté. Ma voix, tout au moins, me revint.

— Avez-vous déjà fait *cela* ?

— Non. Jamais essayé, dit Kelly.

— Mais Deborah a essayé ? dis-je sans réfléchir.

— Oui.

— Elle a réussi à faire le tour ?

— Elle est descendue à la moitié.

— Pauvre Deborah, dis-je.

La peur était revenue dans ma voix.

— Ce n'est pas à vous de la plaindre, dit-il.

Ces mots me donnèrent l'énergie suffisante pour faire le
premier pas. Je raclai mes doigts contre le mur, un ongle
se cassa, il en tomba un morceau, et j'étais monté, j'étais
debout sur le parapet d'un pied de large. Je faillis me couper en deux, tant le désir de plonger m'envahit devant
le trou béant, et cela provoqua une telle panique que je
retombai presque sur la terrasse. Je restai en place, de nouveau en proie à la peur, je retirai du mur ma main droite
saisie d'un tremblement incontrôlable, et je me retrouvai nu, posé sur le vide. Impossible de faire un pas. Ma
volonté s'était enfuie et me laissait inerte, tremblant, sur le
point de pleurer. Et j'aurais pu pleurer comme un enfant
si cela même ne m'avait fait peur. Puis je sentis comme
un dur noyau de mépris devant cette répugnante défaite.
« Même un cancrelat se souvient d'un échec lamentable »,
murmura une voix venue de mon corps ou de l'extérieur,
je ne savais pas. J'étais trempé, mais je fis un pas, un pas
véritable, j'avançai mon pied comme s'il était chaussé de
plomb, un poids de vingt kilos, plaçai le second pied à sa
hauteur, puis fis un autre pas vers l'avant, de la même
jambe qui pesait si lourd, comme un enfant qui monte
un escalier en n'utilisant que sa jambe droite. Je fis un
troisième pas et m'arrêtai en sentant soudain l'énorme masse
endormie de l'hôtel, la tour derrière moi, les murs qui s'élevaient à droite et à gauche de la faille ouverte, les murs

aussi qui plongeaient tout en bas en rencontrant d'autres murs, des rebords, des corniches, véritable torrent de pierre. Mais je me sentais moins vulnérable — mon équilibre me paraissait moins précaire, comme si les murs offraient à mes sens une verticale sur laquelle mon corps pouvait se régler. Je fis un pas, un autre, m'aperçus que je n'avais pas encore respiré, aspirai une goulée d'air, jetai un coup d'œil vers le bas et retins l'élan qui me poussait à m'élancer comme un planeur. Le tremblement revint, et il me fallut une minute avant de pouvoir repartir. Un pas, une respiration, un pas, une respiration — je pus faire ainsi dix pas sur le rebord de ciment qui s'étendait devant moi comme une longue planche.

Il y avait dix pas de plus jusqu'à l'angle de la terrasse, là où le parapet tournait vers la gauche et suivait la direction de la rue. J'y parvins en me disant que je descendrais dès que j'aurais atteint le coin. Une fois arrivé là, je fus incapable de m'arrêter — je devais parcourir les trois côtés de la terrasse.

Je n'avais accompli que la première partie de l'épreuve, il restait les deux autres. Et j'étais bloqué au tournant. J'avais aperçu la rue tout en bas, la chute m'avait semblé deux fois plus longue, elle s'était élargie comme une crevasse qui s'agrandissait à mesure que je la regardais, dont le fond s'ouvrait et disparaissait dans un gouffre infini.

Une rafale me prit par derrière, comme une gifle. Je chancelai, pris le tournant et continuai, deux, trois, quatre, cinq pas, j'étais presque à la moitié. Mais la pluie était glacée — la température était tombée de cinq degrés après le tournant, et je me sentais plus exposé. Un pas, encore un pas, non plus une jambe traînant l'autre, bien que mon corps se tînt obstinément incliné vers la terrasse — j'avais peur, en me tenant droit, de ne plus pouvoir quitter des yeux le précipice. C'était épuisant. Ayant à peine dépassé la moitié du chemin, j'étais comme un marin qui est resté attaché des heures dans le gréement d'un trois-mâts pendant une tempête. La pluie me perçait de ses aiguilles. Le vent se leva d'un coup avec un long hurlement de douleur qui me déchira l'oreille et vint me secouer de droite et de gauche, me projetant vers la terrasse pour me rejeter de l'autre côté, vers l'extérieur. Mon pied glissa d'un centimètre et j'eus de nouveau la rue devant les yeux. Je restai figé, genoux tremblants, écoutant le vent qui criait de partout. Il y avait dans l'air une créature qu'on dépeçait vivante. Puis je fus presque renversé par un coup venu de nulle part, un poing dans mon dos bien que Kelly fut à trois mètres de là. Il fallait avancer, plus j'attendais plus le danger grandissait, mais mes pieds ne m'obéissaient plus, une fois encore. J'en fis glisser un vers l'avant et je reçus soudain une rafale plus violente que les autres — l'œil unique et vert de Deborah dans mon œil, des mains qui me tiraient, ses mains, et son haleine — était-ce réel ? — puis le calme. Je pus faire deux pas et atteindre le second tournant. Je commençai à ne plus y voir — c'est-à-dire que l'étroite bande de ciment se mit à onduler, à se balancer de gauche et de droite, la pierre oscillait, non, c'était moi, je chancelais, mes yeux n'y voyaient plus, voyaient à nouveau, s'en allaient, revenaient, je voulais m'en aller, prendre mon vol, j'étais sûr d'y réussir, j'allais m'envoler sur un instant de courage, l'instant s'évanouissait, j'étais de nouveau perché sur mon rebord, prêt à sauter comme un chauffeur sur une autoroute est au bord du sommeil, et je me disais : « Descends donc, tu n'y vois presque plus. »

Mais alors j'entendis une autre voix : « Regarde la lune, lève les yeux. » Une baleine d'argent qui émergeait des nuages, lumineuse, comme à la surface d'une mer calme, à minuit, et lançait son pâle message, princesse des trépassés qui jamais ne m'accorderait le repos, et une voix plus calme que toutes les voix qui disait : « Tu as tué. Tu es dans la cage. Pour gagner ta liberté, refais à nouveau le tour de la terrasse. » Un message si clair que je rassemblai mes dernières forces, et le mur se rapprocha, la

vie revint dans mes membres, chaque pas m'apportait un
bien-être nouveau, je pouvais le faire, j'étais sûr désormais
d'en être capable, et je pressentais le moment où tout serait
fini, ce moment de bonheur enfantin qui passerait la barrière de ma poitrine.

Comme j'approchais du mur, quatre mètres, trois mètres,
deux, Kelly vint vers moi. Je m'arrêtai.

— Il semble que vous allez y arriver, dit-il en marchant
sur moi.

Je n'osai pas lui dire qu'il me fallait recommencer, reprendre le même chemin.

— Je ne pensais pas que vous y réussiriez, dit Kelly.
Je croyais que vous seriez descendu avant. (Il eut un sourire
aimable.) « Vous n'êtes pas si mal, Stephen, dit-il encore,
mais simplement — le sourire s'accentua — je ne crois
pas avoir envie que vous vous en sortiez. » Il pointa le
bout du parapluie contre mes côtes et poussa pour me
faire tomber. Je pivotai, écartai le parapluie et m'en saisis
au passage, seule chose qui me retint de tomber, je sautai
sur le balcon au moment où il lâchait prise et le frappai au
visage avec le manche, si fort qu'il s'écroula sur lui-même.
Je faillis continuer à le frapper, mais je n'aurais pas pu
m'arrêter, cela aurait donné libre cours à une rage irré-
pressible. Soulagé, soulagé d'une certaine manière, à tort
ou à raison, je ne sais, je me retournai et lançai le parapluie par-dessus le parapet — le parapluie de Shago. Je
passai la porte-fenêtre, la bibliothèque, le bar, j'étais
presque à la porte d'entrée quand je me souvins que je
n'avais pas effectué le trajet du retour, le second tour de
la terrasse. L'œil vert de Deborah était revenu dans ma tête.
« Oh ! non, oh ! non, me dis-je en moi-même, j'en ai fait
assez. Par Dieu, j'en ai fait assez. »

« Ce n'est pas assez. Ce n'est rien si tu ne recommences
pas », dit la voix.

« Va au diable ! pensai-je, j'ai trop longtemps vécu avec
la folie. »

J'aperçus en ouvrant la porte, Ruta qui sortait d'une chambre. Elle avait mis un négligé. Mais j'étais déjà dehors, dans l'entrée, je choisis l'escalier d'incendie et descendis en courant, quatre étages, cinq, six, sept. Je m'arrêtai au huitième, essoufflé, et appelai l'ascenseur. Dix secondes passèrent, vingt secondes, je me battais contre le désir de retourner chez Kelly pour retrouver le parapet, sachant que si l'ascenseur n'arrivait pas bientôt je remonterais les marches. Mais l'ascenseur arriva et me fit glisser jusqu'en bas dans un long soupir, jusqu'à l'entrée secondaire où j'avais vu les policiers. Un taxi attendait. Je donnai l'adresse de Cherry, et nous partîmes. Le feu rouge de Lexington fit remonter la peur — comme une maladie, contre toute ma volonté, la peur s'installa de nouveau.

« Le premier tour, dit la voix, était pour toi. Le second était pour Cherry », et je revoyais le parapet et la pluie se changeait en glace. J'avais peur d'y retourner.

— Allons-y, dis-je au chauffeur.

— Feu rouge, mon vieux.

Le feu changea et nous descendîmes Lexington Avenue à trente kilomètres-heure à travers une forêt de feux rouges. Il se passa moins de cinq minutes et je ne pus plus supporter le taxi.

— Quelle heure est-il ? demandai-je.

— Quatre heures moins le quart.

— Je descends là.

J'entrai dans un bar qui allait fermer, pris un double bourbon qui descendit comme l'amour dans mon corps. Je serais près de Cherry dans quelques minutes, et demain nous achèterions une voiture. Nous resterions longtemps en voyage. Puis, si Dieu et les dieux voulaient, retour pour Deirdre. Je pourrais l'arracher à Kelly. Il devait y avoir un moyen. Et je sentis le bonheur m'envahir à l'idée de vivre avec Cherry — une idée qui renfermait une promesse. Je levai mon verre à cette musique, plongeai en moi-même —

le souvenir de Deborah était devenu un parchemin qu'il faudrait lire en entier — et pensai : « Tu t'en es tiré à bon compte. » L'alcool faillit m'étouffer, car la terreur était remontée comme une vague. Je voyais brûler dans ma tête l'immeuble de l'East Side, j'entendais la sirène des pompiers. Mais la sirène était réelle, une minute plus tard elle passa près du bar dans un cri rouge et tranchant.

J'étais levé, dehors, je cherchai un taxi. Mais rien ne vint plus, si ce n'est une impression de sommeil troublé et de murmures échangés dans des grands lits. La ville était réveillée. Il y a dans New York une bête féroce qui l'empêche parfois de dormir, parfois non. Cette nuit appartenait à la bête. Je sus brutalement que quelque chose n'allait pas, que quelque chose avait finalement mal tourné. Il était trop tard pour le parapet. J'entendis les cris et les encouragements d'une bande à trois rues de distance. Mon estomac était coupé de mon corps, comme en ces longues nuits de l'année précédente, quand Deborah s'enfonçait un peu plus dans la nuit de notre séparation. Une lamentation passa sur le vent froid. Puis un taxi.

Nous quittâmes Lexington pour la Seconde Avenue juste avant Gramercy Park et continuâmes vers le sud, jusqu'au Lower East Side, Houston Street et la Première Avenue. Mais la Première Avenue était barrée. Trois voitures de pompiers ne laissaient qu'un étroit passage et une foule s'était rassemblée malgré l'heure tardive. Le feu avait pris dans un immeuble distant d'un peu plus d'une rue de celui où habitait Cherry, assez loin pour que personne ne remarque une voiture de police arrêtée en bas de chez elle, et une ambulance. Personne dans la rue, mais des visages à toutes les fenêtres. Le taxi s'arrêta, je le payai. Une autre voiture de police arriva, d'où descendit Roberts. Il vint immédiatement vers moi et me prit par le bras.

— Rojack, où étiez-vous ce soir ?
— Nulle part, dis-je, rien de criminel.

Le whisky fit monter un goût de bile.

— Etes-vous allé à Harlem ?

— Non, j'ai passé les deux dernières heures avec Barney Oswald Kelly. Que se passe-t-il à Harlem ?

— Shago Martin s'est fait battre à mort.

— Non, dis-je, Dieu ! non. (J'eus une prémonition.) Avec quoi a-t-il été tué ?

— Quelqu'un lui a fracassé le crâne avec un tuyau d'acier à Morningside Park.

— Vous êtes sûr ?

— Le tuyau était à côté de lui.

— Alors pourquoi êtes-vous là ? (Les mots sortirent comme imprimés sur une feuille de papier.) Pourquoi ici ?

C'était son tour de me rendre la pareille. Il parla lentement.

— Nous voulions venir voir ce que l'ancienne de Shago pourrait nous dire. Et puis nous avons reçu un coup de fil. Il n'y a pas dix minutes. Disait qu'un type était devenu cinglé dans sa chambre. C'est tout ce qu'on nous a dit. Les Porto-ricains poussaient des beuglements.

La porte d'entrée s'ouvrit, deux infirmiers firent passer une civière à travers la porte de l'escalier et celle de la rue. Cherry était sur la civière. Une couverture la recouvrait et la couverture était trempée de sang. Les infirmiers posèrent la civière sur le trottoir et allèrent ouvrir les portes de l'ambulance. Un inspecteur voulut m'écarter. Ma voix dit :

« C'est ma femme, inspecteur. »

— Nous vous parlerons plus tard, dit-il.

Cherry ouvrit les yeux, me vit et sourit comme elle l'avait fait au commissariat à travers toute la pièce.

— Oh ! Monsieur Rojack, dit-elle, vous êtes enfin de retour.

— Tu vas... tu vas bien.

— En fait, Monsieur, je ne sais vraiment pas.

Son visage était profondément marqué.

— Sortez-vous de là, me dit un interne, personne n'approche du patient.

Je me cramponnai à la poignée de la civière et l'interne chercha des yeux quelqu'un pour l'aider. J'avais encore une minute ou deux.

— Viens plus près, dit-elle.

Je me penchai.

— Ne dis rien aux flics, chuchota-t-elle. C'est un ami de Shago. Il n'avait rien compris — trop bête.

Des mystères furent échangés pour d'autres mystères.

— Chéri ?

— Oui.

— Je vais mourir.

— Non, dis-je, tu vas aller très bien.

— Non, baby-chou, dit-elle, ceci n'est *pas du tout* la même chose.

Et, comme je tendais la main, elle eut une expression de surprise et mourut.

Roberts m'emmena dans une boîte ouverte toute la nuit, me fit boire du whisky avec une douceur de mère, et m'avoua finalement que la nuit d'avant, quand il était retourné chez lui à Queens après m'avoir interrogé, il avait réveillé une vieille maîtresse pour se saouler avec elle — la première fois depuis trois ans — avait bu toute la matinée, avait donné une raclée à la maîtresse, et n'avait pas encore appelé sa femme. Puis il me demanda si j'avais trempé dans le meurtre de Shago, je lui répondis non, et il m'expliqua que ce n'était pas sa maîtresse mais sa femme qu'il avait battu la nuit dernière sans savoir exactement pourquoi, me demanda si Cherry baisait bien et, quand je le regardai outragé par ce goût de la trahison qui mène les Irlandais comme une lèpre, il me dit : « Savez-vous qu'elle a travaillé pour nous ? » d'une manière telle que je ne serai jamais sûr, jamais... Il y avait dans sa voix une qualité que je ne pouvais pas ignorer, et il dit encore : « Si vous n'aimez

pas ça, abruti, allons dans la rue. » Et, quand je lui dis
oui en rassemblant tout le courage des cendres, oui, allons
dehors, Roberts me dit : « Savez-vous ce qu'est la frustra-
tion d'un flic ? Eh bien, c'est comme cela que nous les
perdons, nos qualités, nos ambitions... » Ses traits se plis-
sèrent et il se mit à pleurer. Les Irlandais sont les seuls
à savoir pleurer sur le sang souillé du monde entier.

ÉPILOGUE

DE NOUVEAU LES PORTS DE LA LUNE

En conduisant vers l'Ouest, à travers les paysages de la Super-America, je m'arrêtai dans le sud du Missouri, loin des autoroutes, lignes jaunes, motels, auberges, piscines chauffées et bitume américain, pour rendre visite à un ancien camarade de l'armée. Il était devenu médecin, avait lu mon livre, *la Psychologie du bourreau*, et me lança un défi au fond d'une bouteille. « Vous écrivez trop sur la mort, Rojack, un soldat va vous la *montrer*. » Ce qu'il fit. Le lendemain matin à neuf heures, après cinq heures de sommeil, l'alcool de la nuit précédente n'ayant pas terminé son passage dans les cuves de mon métabolisme, je vis une autopsie. Impossible de l'éviter. L'homme mourait lentement d'un cancer quand il avait été emporté dans la nuit par un appendice éclaté et une péritonite gangreneuse. L'odeur qui s'échappa de l'incision était si violente qu'il fallut serrer les mâchoires pour ne pas vomir. Je me souviens de l'avoir laissée venir jusqu'en haut de mes poumons, mais pas plus loin. Je la retenais en me bloquant la gorge. Après avoir respiré de cette manière pendant une demi-heure, j'avais mal à la poitrine pour toute la journée, mais il était impossible d'accepter l'odeur de ce vieillard. Après l'autopsie, mon ami s'en excusa, disant que nous avions manqué de chance, qu'il n'avait pas rencontré pire depuis trois ans, qu'il ne fallait pas juger le corps humain d'après celui-là, car les corps sains ne sentent pas mauvais quand ils sont morts, et la vision de nos organes mis à nu est profondément enrichissante. J'étais prêt à le croire — même l'horreur retirée du vieil homme avait été une vision enrichissante, mais il y avait l'odeur. J'en ai reçu des bouffées pendant deux jours, à travers les terres desséchées et durcies de l'Oklahoma, du nord du Texas, de New Mexico, jusqu'aux déserts de l'Arizona et au sud du Nevada où Las Vegas attend dans le reflet de la lune. Là, l'odeur ne m'a plus quitté, pendant des semaines. Le mort revenait d'abord à chaque tournant, il venait de l'engrais dans les champs, il montait de tous les cadavres de lapins écrasés, de chaque fantôme pourrissant dans les moignons d'arbres, puis il décida de surgir à chaque retour de l'émotion, quand s'annonçait la moindre faille maladive, pour montrer dans quel état se trouvaient les organes quand on les avait exploités à ce point. Le cadavre était orné d'une belle tête de vieillard, un visage de cire qui vous regardait avec sérieux à mesure que les entrailles étaient mises à la lumière. Le visage d'un homme propriétaire de sa ferme, ou celui d'un banquier, un visage avide, orgueilleux, plein de haine, mais discipliné. Un général aurait pu lui ressembler. Peut-être cette discipline l'avait-elle tué, tout ce désir et toute cette volonté cramponnés l'un à l'autre dans un vomissement d'humeurs intimes, la pression ne se relâchant qu'au moment où le bistouri avait pénétré le ventre tendu. Un sifflement, le bruissement d'un autre fantôme à son tour libéré, psssssssss prolongé comme le bruit d'un pneu sur le point d'éclater, cent vingt à l'heure, une traînée noire sur toute la largeur de la route. Puis l'odeur s'éleva, imprégnée de folie. Une odeur démente.

Chez quelques-uns, la folie pénètre avec le souffle, imprègne le sang et ressort avec l'haleine. Chez d'autres elle monte au cerveau. Certains acceptent leur folie et la contiennent par la discipline, l'enferment au plus profond d'eux-mêmes. Elle infiltre leurs tissus, est digérée par les cellules qui deviennent folles à leur tour et brandissent le pavillon du cancer. Le cancer vient de la folie réprimée. Dans le cadavre que je vis, la folie était entrée dans le sang — les leucocytes gonflaient le foie, la rate, le cœur démesurément grossi et les poumons d'un violet sombre, ils perforaient les intestins et faisaient naître la puanteur.

Mauvais de creuser cette caverne. L'odeur de la folie ne fut pas seule à pénétrer ma poitrine, il y vint aussi une part de la folie elle-même. L'odeur du mort me suivit sur les terres arides de l'Oklahoma et du Texas du nord, à travers le désert brûlant de New Mexico et de l'Arizona, jusqu'aux vallées de la lune.

J'arrivai à Las Vegas à cinq heures passées, après avoir conduit deux fois dix heures dans la nuit étouffante, une chaleur de juillet au mois de mars, noire et secouée de vagues. Toutes les lumières étaient allumées. Le Fremont était un brasier d'électricité, la Pépite en était un autre, le ciel était sombre et les rues claires, plus éclairées que Broadway au jour de l'an, et la chaleur était phénoménale. Faisait-il vraiment trente-cinq degrés à cinq heures moins cinq, cinq heures du matin pour être précis ? La voiture descendit le Strip sous la lumière de l'aube, une odeur d'air brûlé montait du carburateur, des folies naissaient et se consumaient aussitôt. Un petit noyau de la grande peur que nous réserve l'éternité était comme une pierre dans ma gorge.

Sentant l'odeur de la peur, je trouvai un hôtel et défis mes bagages poussiéreux. La chambre était froide, vingt degrés, une cave, une tombe, un frisson d'air conditionné. Je plongeai dans l'inconscience à travers des tourbillons de routes, des jets venus d'une fournaise, et les courants de Las Vegas me renvoyèrent à New York sur un sommeil tendu, nerveux, où j'allais d'ami en ami demander l'argent pour acheter une voiture. J'étais bien allé à un enterrement, mais celui de Cherry. J'avais voulu aller à un autre, celui de Shago, mais, j'avais laissé passer le jour. Je n'avais pas voulu rencontrer les nègres chinois qui auraient attendu à la porte.

Nous étions en mars, avril allait commencer. La vague de chaleur durait. Je vivais dans deux atmosphères. Cinq fois par jour, ou huit, ou seize, j'allais de l'hôtel à la voiture, un passage dans les flammes sous le soleil à quarante-cinq degrés, un trajet le long du Strip (affiches de la taille d'une montagne), une course rapide en voiture, la plus rapide des voitures américaines, pas seulement votre part de la production de masse, mais le plaisir de changer de file avec les six ou sept autres voitures qui sont dans votre ligne de mire, apothéose de la vie collective, chacun ouvert à tous, puis un virage sur l'aile pour gagner le parking de l'hôtel suivant, les poumons emplis du souffle de la forge, l'air du désert à quarante-cinq degrés, plus chaud qu'une flanelle chaude dans la gorge, je n'espérais plus savoir si je pouvais aller jusqu'au bout, ou si la chaleur allait faire exploser une part de mon cerveau dans deux, quatre, six ou vingt-six heures, crevasse d'où jaillirait une flamme de folie. Pendant cinq ou dix minutes je me faisais un jeu de supporter cette atmosphère, quarante-cinq et plus, presque bénéfique, comme l'entrée d'un sauna — le désert était un four, une plaque rayonnant la chaleur comme un feu de bois mort. Et chaque fois l'hôtel et la seconde atmosphère, l'air froid, l'oxygène conditionné à vingt degrés qui semblait avoir fait un tour dans l'espace, comme si j'étais dans la salle de jeu d'un camp sur la lune où un air enrichi était apporté quotidiennement de la terre par fusée. La seconde atmosphère avait une odeur qui n'était pas celle de tous les airs conditionnés : le trou fait dans l'air par la machine y était plus profond qu'ailleurs et suggérait un espace vide où se mourait un solitaire.

Vingt-trois heures sur vingt-quatre dans cette atmosphère-là — comme vivre dans un sous-marin, dans les chambres fortes de la lune. Personne au monde ne savait que les déserts de l'Ouest, arides, vides, sauvages, aveugles, produisaient une nouvelle espèce d'hommes.

Je ne quittais pas les tables de passe anglaise. Cela tenait de la nouvelle espèce. Cherry m'avait laissé le don. Oswald Kelly se couchait à une époque en sachant quels titres seraient en hausse le lendemain, et de même je connaissais la chance de tous ceux qui s'approchaient de la table, je savais quand descendre sur la ligne de passe et quand parier que rien ne sortirait. Mais je ne valais plus rien si je lançais les dés, et je les lâchais dès que je pouvais, en gardant un œil sur les perdants. Ce fut la fortune. En un mois je gagnai vingt-quatre mille dollars, payai mes dettes, les seize mille et le prix de la voiture, et j'étais prêt à partir. Il y avait une jungle quelque part au Guatemala où vivait un ami, un vieil ami. Je pensais aller là. Puis au Yucatan. La nuit qui précéda mon départ de Las Vegas, je marchai dans le désert pour regarder la lune. L'horizon portait une cité faite de joyaux, des flèches s'élançaient dans la nuit — diadèmes électriques et flèches de néon, enseignes hautes de dix étages. Je n'étais pas capable d'y grimper et de les jeter à terre. Je pénétrai donc plus avant dans le désert d'où était venue la folie, pensant approcher une embuscade. Pendant quatre semaines des yeux ne m'avaient pas quitté du regard, des yeux sans cesse mieux renseignés — on savait qui j'étais et le verdict était imminent. Mais j'étais en sécurité dans la ville, il ne pouvait rien m'y arriver, alors que dans le désert la mort pouvait bondir comme le dard d'un scorpion. Si quelqu'un avait voulu me tirer dessus, c'eût été facile. Il ne se passa rien. Je continuai à marcher, et trouvai une cabine téléphonique au bord d'un chemin abandonné. Le cadran était rouillé. J'entrai, sonnai et demandai Cherry. Et, sous la lumière de la lune, une voix me répondit, une voix adorable. « Alors, hello, chéri, je croyais que tu ne m'appellerais plus. C'est plutôt calme en ce moment, et les filles sont très bien. Marilyn te dit hello. On s'entend bien, c'est bizarre, car les filles ne pigent jamais. Au revoir, baby boy, et garde les dés, la lune est dans le coup et c'est une mère pour moi. » Je raccrochai et retournai vers la cité étincelante. Avant de quitter ses flèches et ses tours je pensai appeler Cherry une dernière fois, mais le matin me trouva de nouveau presque raisonnable, je fis mes bagages et commençai un long voyage vers le Guatemala et le Yucatan.

Provincetown, New York.

Septembre 1963 — octobre 1964.

TABLE DES MATIÈRES

Dans la collection
Les Cahiers Rouges

Cet ouvrage a été reproduit
par procédé photomécanique
et réalisé sur
Système Cameron
par la SOCIÉTÉ NOUVELLE FIRMIN-DIDOT
Mesnil-sur-l'Estrée
pour le compte des éditions Grasset
le 28 décembre 1984

Imprimé en France
Dépôt légal : décembre 1984
N° d'édition : 6578 – N° d'impression : 1727
ISBN 2-246-13952-X
ISSN 0756-7170